Luiza Moura

FERENCZI E WINNICOTT
ANÁLISE DE ADULTOS NA LÍNGUA DA INFÂNCIA

Luiza Moura

FERENCZI E WINNICOTT
ANÁLISE DE ADULTOS NA LÍNGUA DA INFÂNCIA

Ferenczi e Winnicott - Análise de adultos na língua da infância

Copyright © 2021 Artesã Editora

3ª Edição - 4ª Reimpressão 2025

É proibida a duplicação ou reprodução deste volume, no todo ou em parte, sob quaisquer formas ou por quaisquer meios (eletrônico, mecânico, gravação, fotocópia, distribuição na Web e outros), sem permissão expressa da Editora.

DIRETOR EDITORIAL
Alcebino Santana

DIREÇÃO DE ARTE
Tiago Rabello

REVISÃO
Maria da Graça Azevedo Bortoli

CAPA
Lenon Flores e Luiza Moura

PROJETO GRÁFICO E PRODUÇÃO
1ª EDIÇÃO
Adriana May Mendonça
Denise Martinez Souza
Marcia Zart

Moura, Luiza

Ferenczi e Winnicott : análise de adultos na língua da infância / Luiza Moura. – Belo Horizonte : Artesã Editora, 2020.

228 p. ; 22,5 cm.

ISBN: 978-65-86140-05-7

1. Psicologia. I. Moura, Luiza. II. Título

CDU 159.9

Catalogação: Patrícia Guariglia Sousa Cerezer CRB-10/1592

IMPRESSO NO BRASIL
Printed in Brazil

📞 (31)2511-2040 💬 (31)99403-2227
🌐 www.artesaeditora.com.br
📍 Rua Rio Pomba 455, Carlos Prates - Cep: 30720-290 | Belo Horizonte - MG
📷 📘 /artesaeditora

À minha filha, Rafaela, com quem eu posso reviver a delicadeza da infância e, ao mesmo tempo, reconhecer a força das novas gerações.

Ao Flávio, por todos esses anos, não apenas de paciência, mas de um interesse gentil e sincero por Sándor e Donald.

*Minha eterna gratidão a José Outeiral e Júlio de Mello
pela sensibilidade e coragem de falarem a língua da infância.*

Sumário

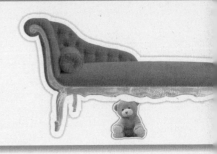

As primeiras palavras 11
Apresentação das Editoras 13
Palavras de Anna Melgaço 15
Palavras de Henrique Honigsztejn 17
Palavras de Nahman Armony 21

1- A 'fala' dos infantes 23
2- Uma língua vivaz para tempos sensíveis 31
3- Confusão de língua na psicanálise 47
4- Inovações técnicas e atitude profissional 95
5- Quando Breuer chorou ou Do que falaríamos se não falássemos de sexo? 119
6- O bebê sábio e o falso *self*: ensaios sobre a submissão 131
7- Crianças feiticeiras 139
8- A infância está sempre em risco 147
9- A língua materna e a língua da mãe: um ensaio 153
10- De Ferenczi para Freud: a correspondência perdida 159
11- Através dos sonhos: um roteiro para teatro 199
12- O que a arte tem a falar sobre isto? 217
Referências Bibliográficas 221
Produção Editorial 225

As primeiras palavras

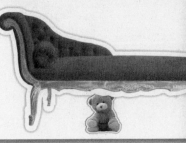

Minha vontade de organizar estas reflexões e pesquisas se fortificou nos meus contatos com pessoas muito especiais, que tive a sorte de encontrar pelo caminho. Os amigos de Fortaleza, com a presença generosa de Denile Thé; o grupo de Vitória, onde todos podem contar com a dedicação de Cheila Mussi; amigos de João Pessoa, Campo Grande, São Paulo, Rio de Janeiro, Vitória, Brasília, Campinas, Uberaba, Santa Maria, Novo Hamburgo, Pelotas, Passo Fundo, Santo Ângelo, Santiago e, claro, Porto Alegre. Minha cidade, onde eu tenho moradas que chamo de lar, entre elas, os Seminários Winnicott e a Comunidade Terapêutica D. W. Winnicott. Sou infinitamente grata a todos, por cada palavra e por cada gesto.

À Anna Melgaço, Henrique Honigsztejn e Nahman Armony, por nossos encontros, sempre tão importantes para mim, e por toda a inspiração que eles representam.

Agradeço o amparo, o incentivo e a competência das minhas editoras, Adriana May Mendonça, Denise Martinez Souza e Marcia Zart, por quem o meu afeto transcende as palavras. Agradeço à Maria da Graça Azevedo Bortoli por sua dedicação e carinho.

Às minha amigas queridas, Berenice Pontes Netto e Stela Marys Vieira dos Santos, com as quais eu aprendo sobre a clínica e sobre as coisas do mundo.

Estes escritos são inegáveis frutos das experiências com meus analisandos, que, continuamente, surpreendem-me. Suas presenças me mantêm alerta, exigindo que meu pensamento não se estreite e que eu não perca de vista a imensidão da vida.

Apresentação das Editoras

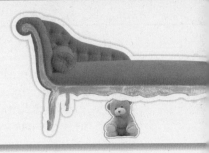

"Ferenczi e Winnicot: análise de adultos na língua da infância" é o resultado de anos de estudos, palestras e conferências em que Luiza Moura articula com maestria os conceitos desses dois grandes teóricos da psicanálise como só é possível fazer quando se tem um conhecimento profundo maturado ao longo do tempo no cerne do si mesmo.

Luiza era uma jovem psicóloga quando ousou desafiar os deuses da psicanálise e buscar inspiração para a sua clínica em Ferenczi, um autor proscrito, que falava de temas que desacomodavam as certezas freudianas, ao resgatar o tema da sedução e do trauma, ao ampliar o campo de intervenção da psicanálise e ao flexibilizar os conceitos da técnica. O encontro da autora com Winnicott promoveu o holding necessário para o acolhimento das ideias revolucionárias de Ferenczi partindo então, da transicionalidade à inquietação. Trajetória incentivada por seu grande mentor, José Outeiral, que soube sustentar o potencial criativo de sua pupila.

Articular os conceitos de Ferenczi e Winnicott, de quem é profunda conhecedora e, hoje, uma grande difusora Brasil a fora, foi consequência natural. Mas, Luiza vai além, e produz sentido na trama dos conceitos, resgata nexos entre teorias, desliza entre semelhanças e diferenças. Faz um trabalho arqueológico, uma pesquisa histórica, resgata conceitos freudianos em desuso, os traz à cena contemporânea com a devida contextualização e a razão de seu abandono; ainda desvela a complexa e ambivalente relação entre Freud e Ferenczi, a partir do estudo de suas correspondências.

Nesse livro impar o leitor encontrará, além das articulações entre a teoria de Ferenczi e Winnicott, ideias originais de Luiza, abordadas com a profundidade, sagacidade e sensibilidade que são sua marca. Trata da importância de temas densos como a infância desapossada, crianças feiticeiras, fala sobre o abuso intrusivo do adulto no mundo infantil, nas crianças que precocemente cuidam por serem negligenciadas, do mal trato do adulto que projeta sua malícia e loucura nos pequenos infantes, ressalta a importância da autonomia quando denuncia o quanto de submissão é imposta as crianças pela violenta passionalidade do mundo adulto.

Entregar a obra, com esses textos à comunidade científica é um prazer que como editoras partilhamos com a autora. Podemos dizer que esse livro é como uma joia, uma pérola cultivada que nasce pela deposição do nácar da sabedoria e da madrepérola da generosidade de Luiza Moura, que se entreabre para que possamos vislumbrar uma parte do seu talento quando transforma conhecimento em obra de arte.

Adriana May Mendonça, Denise Martinez Souza e Marcia Zart

Palavras de Anna Melgaço

Conheci Luiza Moura, então Mendonça Teixeira, através de Julio de Mello que a convidou para escrever um artigo no nosso livro "Winnicott 24 anos depois". Na introdução do artigo "Ferenczi e Winnicott: da inquietação à transicionalidade", Julio aponta, além da beleza do título, o destaque que a autora deu ao trauma real ambiental e às preocupações de Winnicott e Ferenczi com o *setting* analítico, entre outras. Importante lembrar que estamos falando de uma publicação em 1995. Essa menina promissora, hoje essa grande mulher, com uma bagagem admirável de textos e livros psicanalíticos, autora, inclusive de várias peças de dramaturgia, vem nos brindar com mais um livro: "Ferenczi e Winnicott: análise de adultos na língua da infância".

Nesta obra, Luiza costurou com sensibilidade os conceitos desses dois queridos autores, entre outras joias, que tão bem se aplicam ao tratamento dos pacientes considerados fronteiriços.

Sinto-me honrada pelo convite para ser apresentadora desse livro, que certamente será mais um sucesso da autora. Não vou antecipar. Leiam e aproveitem.

Palavras de Henrique Honigsztejn

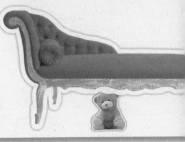

Luiza entrou em contato comigo, solicitando algumas palavras sobre a minha trajetória como um analista interessado no pensamento de Winnicott e que, em determinado momento, passa a ir, também, na direção das contribuições de Ferenczi.

Logo pensei que esta experiência estaria muito bem representada neste artigo que se segue, intitulado "O processo criativo em arte", apresentado em Florença, neste ano de 2018, na Ferenczi Conference. O convite de Luiza para participar de seu livro me causou muita alegria.

O processo criativo em arte.

Em Thalassa, Ferenczi (1968) escreve sobre um anseio presente no ser humano: o retorno ao útero materno.

Busco a partir desse estímulo uma resposta: qual é a força motora originando esse anseio?

Em 1972, buscando entender o processo criativo na arte e na ciência concebi, apoiado na concepção de Susanne Langer do ritmo como o aspecto básico da obra de arte, a existência na mente do criador do que chamei o "núcleo rítmico", reprodutor do ritmo existente entre mãe e seu bebê nos primeiros tempos de seu relacionamento. Esse ritmo seria reencontrado quando de frente a situação de crise, a segurança emocional do ser buscasse um lugar seguro onde pousar e se reestruturar, o próprio contato primitivo com a mãe, revivendo o

---

1. Trabalho apresentado na Ferenczi Conference, em Florença, maio de 2018.

ritmo organizador inicial, isso acontecendo pelo contato do criador com seu meio de expressão, como por exemplo: a pena deslizando no papel, o pincel lançando suas cores na tela, e semelhantes.

Essa concepção foi sendo ampliada em mim e eu a vejo existente no ritmo estabelecido num contato íntimo humano, pelo instrumento do tato. Pensando nas ideias de Ferenczi, surge-me que em seu desenvolvimento no útero materno, o ritmo criador de um ser vai se marcando e deixando um forte registro: a vivência primitiva de estar-se criando.

Imagino a força criadora circulante na gestação do ser e que ponto de atração permanente não é estabelecida a partir dela. O que escrevi acima é um parêntese, mas quero deter-me em uma citação de Freud (1925), em Inibição, sintoma e angústia: *"Há uma continuidade maior entre a vida intrauterina e a vida extrauterina do que nos poderia fazer supor a dramática cesura do nascimento"*.

Vejo aqui como Freud concebe o registro marcado no ser no período em que está sendo formado e a importância da presença da mãe como possibilitadora da continuidade da geração do ser. Imagino que Freud foi tocado para essa concepção pela obra de Ferenczi que abordo.

Freud se alia a Ferenczi, lançando uma luz para entendermos a atração pela volta ao útero presente em cada ser. Seria reencontrar o registro de uma conexão criadora se exercendo, algo não verbalizável logicamente, mas encontrado em vivências, como em momentos prévios a uma experiência criativa, e que cito nas palavras de Einstein:

> As palavras ou a linguagem como são escritas ou faladas, não parecem representar nenhum papel em meu mecanismo de pensamento. As entidades físicas as quais parecem servir como elementos no pensar são certos sinais e imagens mais ou menos claras, que podem ser voluntariamente reproduzidas e combinadas... parecem ser o fator essencial na produção do pensamento antes que haja alguma conexão com uma construção lógica em palavras ou outras espécies de sinais que possam ser comunicadas aos outros... elementos mencionados são do tipo visual e alguns do tipo muscular. Palavras convencionais, ou outros sinais, têm que ser procu-

radas laboriosamente, apenas num estágio secundário... (p.25)

Conclusão: O contato com o ritmo organizador do ser no útero materno se torna possível a meu ver, quando a mãe torna possível a continuidade desse processo após o parto, como por exemplo, cantando canções de embalo para seu bebê, tocando-o pelo sentido do tato em sua superfície e pelo tato tocando-o em seu *self* em formação. Volto a citar Einstein: "*... o cientista é possuído pelo sentido da causalidade universal... seus sentimentos religiosos tomam forma de um deixar-se enlevar pela harmonia da lei natural, a qual revela uma inteligência de tal superioridade que, em comparação, todo pensamento sistemático e atuação dos seres humanos são uma insignificante reflexão*" (p.40).

Freud ao enxergar em cada movimento psíquico um sentido, estava certamente deixando-se enlevar pela harmonia da lei universal reveladora, de um processo integrador ao qual cada um que busque saber respostas aos mistérios que tem condição de defrontar, acaba por deixar-se levar.

Ferenczi mais do que ninguém se deixou levar com amor e coragem dele originado, aos mais profundos abismos presentes na mente humana e daí emergiu fornecendo a cada um uma inspiração permanente.

O anseio pelo retorno ao útero materno é o de voltar a experimentar a circulação mais intensa do ritmo, ele mesmo sendo parte de sua criação, no processo originador do ser. Creio que o encontro: íntimo de dois seres, sexual e emocional; o encontro com as grandes obras de artes; possibilitam a quem o experimenta voltar a contatar com a ação integradora desse ritmo e sentir em si uma expansão.

Bibliografia:
Einstein, A (1954), Ideas and Opinions, London: Alvin Redman, págs. 25, 40

Ferenczi, S. (1968) Thalassa. A theory of genitality (H.A. Bunker, Trad). C.1. New York: W.W. Norton and Company.Inc.

Freud, S (1975), Inhibición, síntoma y angustia (J.Strachey, Trad) Obras completas, XX, Argentina: Amorrortu editores (1926)

Honigsztejn, H. (2015) O núcleo rítmico (Um estudo sobre a criação artística e científica), Curitiba: Maresfield Gardens (1972)

Palavras de Nahman Armony

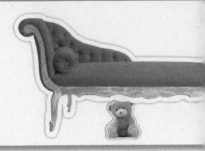

O livro "Ferenczi e Winnicott: análise de adultos na língua da infância" de Luiza Moura traz contribuições extraordinárias para o desenvolvimento da psicanálise. Quando falo 'extraordinário' não o faço levianamente. Não o faço porque estou diante de um livro que nos revela a amplitude do esforço realizado pela autora no aprofundamento das noções envolvidas. Portanto não se trata de um favorecimento tolo ou naïf a partir de uma admiração e simpatia que não posso evitar, mas posso deixar entre parêntesis. Nem cabe este pensamento quando estamos diante de um trabalho sério, leve, minucioso, criativo e de vanguarda.

No capitulo 2, encontramos a seguinte citação da autora: *"Este ensaio propõe uma reflexão sobre os desafios que Winnicott e Ferenczi encontraram ao transporem para a linguagem verbal suas contribuições sobre períodos remotos do desenvolvimento. Os dois psicanalistas precisaram ir além das palavras para comunicar o indizível...utilizaram recursos estéticos e rítmicos"* (in "Uma língua vivaz para tempos sensíveis").

Falar o indizível. Uma tarefa e tanto. Será isto possível? Talvez não tenhamos de falar o indizível, mas sim, viver o indizível. Como ajudar o analisando a viver o indizível? E aqui aparece mais um paradoxo. Se a palavra for dita em um contexto vivencial que inclui expressões, hesitações, variações da fala que pode ser mais rápida ou mais lenta, mais aguda ou mais grave, mais agitada ou mais tranquila, etc. *at infinitum,* se for uma palavra da qual todo o corpo/psique participe, essa será uma palavra autêntica num corpo/psique autêntico. Numa livre interpretação de Bergson eu penso que antes de qualquer palavra temos uma intuição que se passa nas regiões ocultas do cérebro; algo que acontece fora da consciência. Esta intuição não será alcançada pela palavra, mas o conjunto da comunicabilidade permitirá que a pessoa perceba o campo de sua ação. Por essa razão não tenho uma resposta direta às inquietações do analisando, mas tenho o recurso de criar um clima através do qual o analisando terá a intuição da intuição. A palavra poética terá participação na formação desta nuvem.

Um exemplo do que estou afirmando são os capítulos 10,11,12. Luiza coloca toda a sua sensibilidade em jogo a fim de contribuir para a formação de um clima que capture o leitor que terá então a possibilidade de intuir o que se passou entre Ferenczi e Freud. É um novo caminho apontado pela Arte, assunto musicado, poetizado, teatralizado nos capítulos indicados acima. Um belo e estimulante trabalho gerador de muitos novos filhotes.

1 A 'fala' dos infantes

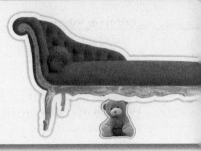

"palavra boa é a palavra líquida, escorrendo em estado de lágrima"

Viviane Mosé

Um livro se escreve com palavras. O cheiro, a textura, o peso de um livro nos leva de volta a antigas e profundas experiências sensori-ais e intelectuais, mas não de um tempo suficientemente longínquo para conter os acontecimentos que pretendo perseguir... Um livro nos embala, nos aquece, e até nos segura nos braços, mas dentro do espa-ço das metáforas. As palavras são o recheio de um livro, as metáforas são as palavras no seu mais nobre sentido. Sem dúvida, nesta dimen-são, o livro acolhe.

Mas Sándor Ferenczi e Donald Winnicott queriam se dedicar àqueles que não se aquecem nas metáforas, dirigiram seu olhar e sua atenção a quem precisava, desesperadamente, de um olhar e de uma atenção efetivos.

Estes dois autores trabalharam por uma clínica de pacientes difíceis. Como muito bem expressou Freud em seu texto "A etiologia da histeria", 1897, uma psicanálise para *"aqueles que sentem a ameaça da vida se tornar impossível"* (1976, v. III, P. 236). Pacientes para os quais uma técnica baseada na associação livre, na rememoração, na concepção do recalcamento, na transferência neurótica e na interpretação sim-bólica não poderia auxiliar.

Ferenczi e Winnicott se dedicaram aos infantes, *enfants, infans*; os "sem fala", que não são compreendidos ou não são ouvidos; cuidaram daqueles que sofrem por terem uma voz imposta, uma voz forjada, aqueles submetidos a confusões terríveis. Para se referir ao destino destes desafortunados, Ferenczi usou a expressão, *Kato-nadolog*: "a sorte do soldado", "a sorte do infante".

Indo ao encontro daqueles que não têm voz, Ferenczi e Winnicott se tornaram, eles próprios, *enfants terribles* da psicanálise, em certa medida, os infames da psicanálise.

A psicanálise nasceu inovadora, transformadora, abrindo caminhos, revelando faces do humano; porém, por muitos anos, mesmo com sua reconhecida audácia, esta disciplina encontrou grandes dificuldades em aceitar o inefável. A maioria dos autores dos primeiros tempos, movidos por uma ânsia em desvelar a infância, instrumentalizaram-se com recursos teóricos equivocados, que, na maioria das vezes, só os distanciaram do universo da criança.

Ferenczi era uma voz solitária quando, em 1927, escreveu "A adaptação da família à criança", iniciando a última fase de sua obra, quando suas ideias o distanciaram irremediavelmente de Freud.

> [...] em geral ocupamo-nos unicamente da adaptação da criança à família, não da família à criança. Mas justamente as nossas investigações psicanalíticas mostraram-nos que o primeiro passo no sentido da adaptação devia partir de nós, e damos, sem dúvida nenhuma, este primeiro passo quando compreendemos a criança.(FERENCZI,1992,v.IV,p.1)

É interessante que, ao falar em adaptação da família, Ferenczi está aludindo à necessidade da revisão, tanto teórica como técnica, da própria psicanálise. E ele prossegue:

> Observando os primitivos e as crianças, descortinamos traços que se tornaram invisíveis nos homens de uma civilização mais evoluída. De fato devemos às crianças a luz que nos permitiram projetar sobre a psicologia, e a maneira mais consequente de pagar esta dívida (tanto no interesse delas, quanto no nosso) é esforçarmo-nos para compreendê-las melhor através dos nossos estudos psicanalíticos. (IDEM)

Transpondo a importância da flexibilização da psicanálise também para os cuidados com os pacientes adultos graves, Ferenczi apresentou, em 1931, uma conferência com o sugestivo título, "Análises de crianças com adultos":

> Foi, portanto, a contragosto que me resolvi a abandonar os casos mais correntes para tornar-me, pouco a pouco, um especialista de casos particularmente difíceis, dos quais já me ocupo agora já vai lá um bom número de anos. Fórmulas tais como a "resistência do paciente é insuperável" ou "o narcisismo não permite aprofundar mais este caso", ou mesmo a resignação fatalista em face do chamado estancamento de um caso, eram e continuam sendo para mim inadmissíveis. (IDEM, p. 71)

É sabido, por todos nós, que estas contribuições de Ferenczi, infelizmente, influenciaram muito pouco seus contemporâneos. Por décadas, as concepções de Karl Abraham sobre a infância, absorvidas por Melanie Klein e seus seguidores, dominaram o cenário. Além disto, por cerca de trinta anos, as observações e registros de Ernest Jones, suprimindo a relevância de Ferenczi e distorcendo a história, suplantaram qualquer manifestação de resgate de suas ideias.

Porém, em 1964, em "Classificação: existe uma contribuição psicanalítica à classificação psiquiátrica?", Winnicott, em mais um dos seus escritos revolucionários, reconduziu Ferenczi ao seu lugar de importância:

> Com o passar do tempo gradativamente estudar psicose começou a fazer mais sentido. Ferenczi (1931) contribuiu significativamente ao examinar uma análise fracassada de um paciente com distúrbios de caráter não apenas como um fracasso na seleção, mas como uma deficiência da técnica psicanalítica. A ideia implícita aí era que a psicanálise poderia aprender a adaptar sua técnica ao tratamento de distúrbios de caráter e casos borderline sem se tornar diretiva, e sem mesmo perder seu rótulo de psicanálise. (WINNICOTT, 1990, p. 114)

Em 1969, no artigo "A experiência mãe-bebê de mutualidade", Winnicott refere:

> Gradualmente o inevitável aconteceu e os psicanalistas, trazendo consigo sua crença exclusiva na importância dos detalhes, tiveram de começar a examinar a dependência, isto é, os estágios iniciais do desenvolvimento da criança humana, quando a dependência é tão grande que o comportamento daqueles que representam o meio ambiente não podia mais ser ignorado. [...] De nossa parte, como psiquiatras, temos outra razão pela qual devemos ir em frente com nosso trabalho de exame das sutilezas do relacionamento genitor-bebê. Temos que levar em consideração que esta é uma área de pesquisa que pode lançar luz sobre o grupo de transtornos que são rotulados de psicóticos ou esquizoides, ou seja, qual não são transtornos afetivos ou aqueles denominados de psiconeuróticos. (IDEM, 1994, p. 195, 196)

As contribuições do psicanalista britânico e uma possível retomada do pensamento de Ferenczi colocaram a psicanálise em contato com suas feridas, com sua inabilidade para se aproximar da "língua da infância" e, consequentemente, de sua incapacidade de adaptar a técnica para receber as crianças e os pacientes graves.

Em 1966, Winnicott escreveu uma carta a Lili E. Peller:

> Nesta carta, estou tentando responder ao primeiro parágrafo de sua carta de 28 de março. Pode parecer estranho que eu faça essa grande distinção entre desejo e necessidade. Em meu contato com a Sociedade Psicanalítica, contudo, estive constantemente em estado de frustração, até mais ou menos 1944, porque nos encontros científicos da Sociedade eu ouvia constantemente referências a desejos, e descobri que isso estava sendo usado como defesa que bloqueava o estudo da necessidade. Na condição de pediatra, voltei-me para a psicanálise com uma consciência bem desenvolvida da dependência infantil, e achei exasperante que a única dependência que meus colegas podiam considerar era a

> dependência do tipo de providências que levam a satisfações do id. [...] O progresso no estudo do que pode fazer a psicanálise em relação a personalidades limítrofes depende, antes de mais nada, do reconhecimento da dependência como algo que se refere à necessidade. (WINNICOTT, 1990, p. 135 e 136)

Os dois autores, cada um a seu tempo, compreenderam que, justamente, as tentativas de negar as limitações e de forjar entendimentos acabaram por gerar as mais perigosas "confusões"; muito bem referidas na última conferência de Ferenczi, em 1932, "Confusão de língua entre os adultos e a criança: a linguagem da ternura e da paixão" (FERENCZI, 1992, v. IV).

A dificuldade da psicanálise tradicional em escutar os infantes, incluiu a dificuldade em conviver com os pensamentos de Ferenczi e Winnicott, percebidos como ingênuos, antipsicanalíticos e suas ideias rotuladas, tais como: as "delusões de Ferenczi" e a "doença de Winnicott".

Enfrentando adversidades e correndo riscos, estes dois *enfants terribles*, mergulharam fundo, mas não se renderam à "sorte dos infantes", sobreviveram para testemunhar e nos contar sobre a "fala dos sem fala".

Este livro nasceu de minhas reflexões sobre os riscos de que a psicanálise seja usada como um esconderijo, construído de concepções sofisticadas que a distanciam tanto da fragilidade, como da força humana; contrariando sua própria natureza.

"Uma língua vivaz para tempos sensíveis" é o tema do capítulo II, texto que evidencia a originalidade da linguagem que Ferenczi e Winnicott empregam em seus escritos, na busca de que as palavras não os afaste da infância, não os afaste daquilo que pretendem apresentar como "período monista" e "dependência absoluta".

O capítulo III é um material teórico de pesquisa que norteia o meu pensamento e a execução de tantos outros artigos já publicados e apresentados. Intitula-se "Confusão de língua na psicanálise", parafraseando o artigo de Ferenczi, de 1932, "Confusão de língua entre os adultos e a criança" (1992). O enfoque é a curiosa história do conceito de trauma real dentro da psicanálise. O texto retoma a "teoria da sedução" de Freud, passando pelo resgate e ampliação que Ferenczi propõe, chegando às contribuições de Winnicott, nas quais a necessidade de uma adaptação do ambiente para receber o pequeno bebê se torna um pressuposto básico.

"Inovações técnicas e atitude profissional" é o tema do capítulo IV, onde são apresentadas as contribuições de Ferenczi e Winnicott para uma clínica adaptada para receber pacientes graves. Propostas técnicas sustentadas por teorias em que a importância da hereditariedade dá espaço para o reconhecimento do papel dos cuidados efetivos no desenvolvimento da pequena criança.

O V capítulo "Quando Breuer chorou" é uma versão ampliada de um artigo anteriormente publicado no livro "Amadurecer: ensaios sobre o envelhecimento", da Editora Maresfield Gardens, em 2013. Uma vez que a temática deste livro diz respeito a uma clínica em que a língua da infância possa ser escutada, pareceu natural que este texto fosse reapresentado. Nesta publicação, o artigo ganhou uma outra sugestão de título, "Do que falaríamos se não falássemos de sexo?".

"O bebê sábio e o falso *self*: ensaios sobre a submissão" é o texto do capítulo VI, no qual a preocupação comum aos dois psicanalistas quanto aos riscos de submissão dentro do processo de desenvolvimento é o ponto central.

O capítulo VII é "Crianças feiticeiras", um texto baseado numa crônica de Roberto Pompeo de Toledo, onde o autor traz relatos de crianças africanas acusadas de feitiçaria. Esta é uma nova versão de um capítulo que integra o livro "Psicanálise de crianças e adolescentes", de José Outeiral e Jairo Treiguer, da Editora Maresfield Gardens, de 2013. Aproveito para expressar minha gratidão a sua diretora Ana Leão, pela autorização para a publicação dos artigos que, revisados e ampliados, integram os capítulos V e VII.

A seguir, no capítulo VIII, é apresentada uma nova versão do artigo "A infância está sempre em risco", originalmente publicado no jornal Zero Hora.

O capítulo IX, "A língua materna e a língua da mãe", é um ensaio guiado por um fluxo de pensamento que tem a intenção de dividir com o leitor algumas inquietações acerca das línguas daqueles que oportunizam o desenvolvimento saudável ou o adoecimento da criança.

O capítulo X, "De Ferenczi para Freud: a correspondência perdida" é um projeto antigo. Há mais de uma década pesquiso e teço uma trama de história e ficção composta por cartas reais trocadas entre Ferenczi e Freud e reflexões inventadas - porém, sugeridas pela correspondência documentada e por alguns dos temas de seus artigos escritos na época -.

"Através dos sonhos" é um roteiro de teatro e compõe o capítulo XI, conta um pouco da história da psicanálise a partir das contribuições de diferentes autores sobre a "interpretação dos sonhos" e sobre o "sonhar". A peça foi encenada no XII Congresso da Flappsip, em Porto Alegre, e no XII Encontro Brasileiro sobre o Pensamento de D. W. Winnicott, em Fortaleza, graças ao talento de queridos amigos da América Latina e de várias partes do Brasil, sob o título de "Os sonhos diurnos da Dra. Viegas".

O capítulo XII é um pequeno ensaio, intitulado "O que a arte tem a falar sobre isto?", onde é lançada uma proposta de paralelo entre as construções e desconstruções na história da arte e da psicanálise.

Estas pesquisas e estes ensaios, ao reunir as contribuições de Ferenczi e Winnicott, têm o objetivo de favorecer aproximações, com mais intimidade, com menos reservas, com menos medo, ao território da infância. Se chegarmos, ainda que apenas nas proximidades deste território; se ouvirmos, ao menos ao longe, a língua que lá se fala, e se, de lá, voltarmos íntegros, ainda que transformados; tornaremo-nos um pouco mais capazes de escutar aqueles que buscam esperança em nossos consultórios.

Ferenczi e Winnicott são autores que exigem muito de nós, sem dúvida. Exigem, talvez, a maior de todas as exigências, que entremos em contato com a nossa vulnerabilidade comum a nossa condição humana e, ao mesmo tempo, que não nos furtemos de nossa responsabilidade para com a infância referente à nossa condição adulta.

Mas, enfim, somos psicoterapeutas, somos psicanalistas e tentamos corresponder a esta exigência... e já estamos, inclusive, percebendo algo que não pode ser desconsiderado: a psicanálise não é um bom lugar para nos escondermos.

2 Uma língua vivaz para tempos sensíveis

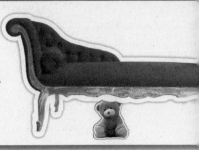

"Numa sociedade científica um dos nossos objetivos é encontrar uma linguagem comum. Essa linguagem, porém, deve ser mantida viva, já que não há nada pior que uma linguagem morta"

Winnicott, 1952, carta à Melanie Klein

INTRODUÇÃO. Este ensaio propõe uma reflexão sobre os desafios que Winnicott e Ferenczi encontraram ao transporem para a linguagem verbal suas contribuições sobre períodos remotos do desenvolvimento. Os dois psicanalistas precisaram ir além das palavras para comunicar o indizível, ultrapassaram a organização lógica da escrita, utilizaram recursos estéticos e rítmicos. Neste percurso, experienciaram não apenas rompimentos teóricos, técnicos e estilísticos, mas, sobretudo, rompimentos íntimos. Na tentativa de auxiliar no dimensionamento dos esforços de Winnicott e Ferenczi para suportar e divulgar estados do "eu" incipiente, este trabalho remete a dois escritores do século XX, que, ao transitarem por regiões obscuras, também chegaram à fronteira do humano.

"tudo poderá ser dito, inclusive para as ideias mais estranhas há um grande fogo pronto, no qual elas se consomem para depois ressuscitarem." (KAFKA, 1912)

"a aproximação, do que quer que seja, se faz gradualmente e penosamente - atravessando inclusive o oposto do que se vai aproximar." (LISPECTOR, 1964)

VIVOS. Em 1933, morria Sándor Ferenczi, depois de cinco anos de absoluta inspiração, quando conseguiu retomar seu pensamento original sobre o desenvolvimento do "eu" e traçar as bases para uma técnica psicanalítica capaz de se adaptar às psicopatologias graves, aos traumas irrepresentáveis e aos sofrimentos impensáveis.

Em 1934, Donald Winnicott recebia sua qualificação e iniciava sua atividade como psicanalista da Sociedade Britânica, começando uma vasta obra, na qual o pensamento reflexivo e independente apontavam para uma nova direção, desbravando espaços nunca antes explorados.

Os dois autores tiveram a sensibilidade e coragem para avançar por caminhos que levavam além das palavras, onde as palavras cessam, esgotam-se. No entanto, tanto Ferenczi como Winnicott, além do trabalho clínico, buscavam interlocutores, sentiam necessidade de expor suas descobertas.

> O inefável é um dos modos pelos quais o desconhecido se apresenta. A palavra inefável desperta uma sensação etérea de atmosfera rarefeita, impalpável, habitada por fantasmas que não podem ser vistos, por sentimentos que não podem ser explicados, por exaltações e temores indefiníveis. Diante dos grandes espetáculos da natureza e da arte, somos tomados pelo inefável; temos a sensação de estar em contato com outras realidades, com uma realidade irreal, com uma irrealidade real [...] Para verdadeiramente falar, para realizar uma fala plena e não um discurso vazio é preciso que o inefável esteja presente. [...] A palavra que fala do inefável deixa de ser discurso para se tornar uma palavra misteriosa, apaixonada. O inefável está na origem da fala e no seu limite. O inefável está no silêncio no qual se apoia a fala e do qual surge a fala. A fala tenta falar do inefável, mas encontra um limite. Este limite é o silêncio onde habita o próprio inefável. Há uma tensão entre silêncio e fala, lethea e alethea, entre velado, desvelado e revelado. A fala tenta falar do silêncio que no limite lhe escapa. É deste silêncio que surge uma fala que não é mais o discurso, mas sim, paixão, magia, poesia. Uma fala inacabada que impele para novos silêncios a serem falados – enigmas do ser – e não com representações objetivas do mundo. [...] Jamais poderemos traduzir em palavras a vivência do inefável. O inefável deverá

ser vivido para que as palavras adquiram sentido. No entanto é preciso falar do inefável. É preciso cercá-lo e brutalizá-lo com palavras para que ele se torne uma experiência cultural. (ARMONY, 2013, ps. 22 e 23).

Mas que meios eles teriam disponíveis para revelar experiências e vivências tão profundas através da linguagem escrita? Usaram recursos que se situam no limite da possibilidade da comunicação: o estilo, a estética, o ritmo, a desconstrução de referências, o convívio com paradoxos, a perseguição de sensações, desconfortos e confortos...

FERENCZI. A obra de Ferenczi é, comumente, separada em três fases. Esta divisão, por vezes, pode obscurecer uma forte complementaridade existente entre a primeira (1908-1919) e terceira fase de seus trabalhos (1927-1933).

A segunda parte da sua obra (1919-1926) tem uma função de abalo sísmico, pois suas experiências técnicas, desta época, o levaram ao oposto do que ele viria a se aproximar – à semelhança do que Lispector nos diz. É interessante como suas incursões técnicas, criticadas por ele mesmo, mantiveram vivas as suas preocupações centrais sobre a dependência e o perigo de submissão.

Esta intensidade com que Ferenczi pensou e trabalhou a clínica o conduziu, a partir de 1927, a perceber a necessidade imperativa de retomar suas originais e pouco divulgadas ideias sobre o desenvolvimento humano e as costurar nas contribuições técnicas que viriam a ser formuladas nos seus últimos anos de vida. Esta conjugação coerente e poderosa, entre teoria e técnica, veio a dar origem ao que se conhece como terceira fase de sua obra.

Reconhecer esta composição e o enlace entre suas contribuições contidas nestes três períodos ressalta a sua proposta de alteração de alguns dos pressupostos básicos da psicanálise. Diante dos textos deste autor, é necessário abdicar de uma ordenação simplificadora, e aceitar as inter-relações entre ideias que se sustentam e se influenciam mútua e continuamente.

A fase inicial de seus escritos não foi, como Balint considerou, um reasseguramento da teoria clássica, foi, na verdade, uma tentativa de percorrer campos até então desconsiderados pela psicanálise. E seus últimos textos não foram produtos de "delusões", como Joan Rivière caracterizou em carta para Ernest Jones, em 1933, logo após a morte de Ferenczi. Os escritos da terceira fase são propostas técnicas que romperam o estreito limite da prática psicanalítica vigente, muito bem amparados teoricamente pelas concepções revolucionárias dos primeiros tempos.

O retorno arriscado de Ferenczi em direção a tempos remotos se expressa e, ao mesmo tempo, sustenta-se na sua primeira grande contribuição à psicanálise, a concepção de "introjeção" (1909-11).

Ao falar nos processos introjetivos ou no "Desenvolvimento do sentido da realidade" (1913), Ferenczi minimiza a importância da teoria da libido de Freud. O que se reflete tanto nas ideias apresentadas, como na linguagem utilizada. Desde seus primeiros trabalhos, o autor húngaro demonstra ter uma percepção de que os conceitos metapsicológicos, assim como a ênfase nas teorias sobre a sexualidade infantil, não são capazes de expressar o que acontece nos primórdios do desenvolvimento humano.

Conforme Ferenczi, inicialmente, o bebê tem um encontro "monista" com o mundo, ou seja, nos primeiros tempos, a criança não experiencia nada mais do que a simplicidade da unidade e do contínuo. A ideia de "monismo", no texto de 1913, está intimamente relacionada com o conceito de "onipotência". Para este autor, a "onipotência" se desenvolve em direção à realidade, num continuum que vai desde a "onipotência incondicional", passa pela "onipotência alucinatória", pelos "gestos mágicos", pelas "palavras e pensamentos mágicos", sempre no sentido de aquisições de capacidades simbólicas.

É importante assinalar que, para o autor, o "monismo", assim como a "onipotência" a ele relacionada, deverá ser sustentado por adultos que intuitivamente recriarão na realidade o mundo intrauterino, da forma mais fidedigna possível. Ou seja, para que o sentido de realidade possa se colocar em marcha, é fundamental que, inicialmente, adultos cuidem anonimamente do bebê. Num ambiente controlado, gradualmente a onipotência absoluta poderá ir dando lugar para a capacidade simbólica. E apenas neste campo do simbólico a apreensão da realidade poderá acontecer.

A "introjeção" proposta por Ferenczi tem um sentido bastante distinto daquele que será colocado por Melanie Klein anos depois.

Justamente, este "monismo", esta "onipotência" e esta não delimitação, sustentados por cuidados externos, possibilitarão que o "eu" da pequena criança abarque o mundo que o cerca e, por não sentir estranhamento, por não sentir atrito, derrame-se e se amplie. Ou seja, a "introjeção" de Ferenczi é algo que acontece pelos espaços de não reconhecimento do "não-eu".

Sem expor um paradoxo, o autor húngaro parece transitar por um, pois é justamente da experiência de "monismo", de "onipotência" e dos processos introjetivos massivos – oportunizados pela indiscriminação - que surgirão o senso de consistência interna, a delimitação do "eu" e a capacidade de reconhecimento do "não-eu".

Desenvolver estas ideias referentes a momentos anteriores à linguagem vai exigir do autor um grande domínio da escrita e a observação de que variados recursos estéticos serão necessários para que o leitor se aproxime, minimamente, deste mundo "monista".

Muitos de seus textos têm um tom coloquial, onde exemplos corriqueiros e metáforas simples são amplamente utilizados, por exemplo: "Anatole France, psicanalista" (1909), "Adestramento de um cavalo selvagem" (1913) e "O sonho do bebê sábio" (1923).

Expressões como "tato", apresentada em 1927, no artigo "Elasticidade da técnica psicanalítica", por exemplo, é carregada de imprecisão, mas, justamente por isto, bastante capaz de nos surpreender e envolver o leitor com o enfoque do seu pensamento: *Como se vê, somente com a palavra 'tato' consegui exprimir a indeterminação numa fórmula simples e agradável."* (FERENCZI, 1992, v. 4, p. 27).

Ao apresentar a conferência comemorativa ao aniversário de 75 anos de Freud, Ferenczi opta por fazer recomendações técnicas para o tratamento de "casos particularmente difíceis". Ele intitula seu novo trabalho de "Análises de crianças com adultos", mais uma vez demonstrando sua preocupação em assinalar a importância do adulto se adaptar às necessidades da criança, assim como do analista se adaptar às condições do analisando.

Suas propostas de mudanças teóricas e técnicas de grandes proporções, inevitavelmente, incluem uma alteração drástica na linguagem. Nesta mesma apresentação, após expor suas novas ideias, antecipa-se às críticas dos ouvintes e faz a seguinte provocação: *"Onde está, então, a refinada análise econômica, tópica, dinâmica, a reconstrução da sintomatologia, a busca dos investimentos cambiantes de energia do ego e do superego, que caracterizam a análise moderna?"* (IDEM, p. 81).

Muitos de seus textos trabalham em dois níveis: são leituras agradáveis e simples, mas remetem ao sentimento e ao entendimento da dependência e vulnerabilidade de um bebê ou de um adulto "machucado". O convite para estes mergulhos pode ser um tanto assustador, alguns leitores provavelmente permanecerão na superfície, mas Ferenczi não se furta de fazer sua comunicação, ela está sempre à disposição.

Assim, Ferenczi, efetivamente, oferecia proposições teóricas nas quais "a língua da criança" estava presente tanto no conteúdo como na forma.

Seu alerta sobre a necessidade de os adultos cuidadores não imporem seus desejos e paixões e, junto a isto, o valor que confere às formas de comunicação e a sua possível relação com a tirania e a submissão aparece no seu artigo, "Anomalias psicogênicas da fonação". Ferenczi apresenta, neste texto de 1915, seu entendimento sobre o que originou os sintomas em dois casos em que rapazes apresentavam vozes femininas ou infantis. Sua hipótese é de que suas mães precisavam e esperavam deles esta "consideração". Esta concepção vai ao encontro do que o autor escrevera, dois anos antes, em "Adestramento de um cavalo selvagem": *"O estudo psicanalítico dos efeitos e dos métodos da hipnose e da sugestão permitia-me ligar esses fenômenos à tendência infantil para a obediência cega, que pode persistir a vida toda [...] É a história dos quatro primeiros anos, em particular a maneira como se constrói a relação com os pais que vai determinar se o indivíduo ficará toda a sua vida receptivo a uma ou outra, ou às duas formas de influência (hipnose materna e paterna)"* (IDEM, v. 2, p. 13, 14).

Nos últimos anos de sua vida, Ferenczi nos ofereceu a expressão "impressões sensíveis", como uma tentativa de levar palavras por um campo de percepção em que as palavras ainda não existem – à semelhança do que Kafka refere, acreditando que "tudo poderá ser dito, inclusive para as ideias mais estranhas há um grande fogo pronto, no qual elas se consomem para depois ressuscitarem". Ao compor "impressões sensíveis" (1933), Ferenczi propõe um nome ao que não tem nome, e, assim, conduz a nós, seus leitores, a sentirmos e pensarmos o que seria uma memória sensorial, uma memória que não se aloja na mente nem no psiquismo. Algo poderoso e, por vezes, imperceptível, próximo ao que ele denominara anteriormente de "hipnose materna ou paterna". Uma memória provinda de experiências ou vivências precoces, que constituem ou aniquilam.

O trabalho mais polêmico de Ferenczi, "Confusão de língua entre os adultos e a criança" (1932), tem como conteúdo a provocação que já se impõe no título: a urgente necessidade de os adultos (cuidadores e analistas) reconhecerem a língua da infância.

No mesmo período, em "Reflexões sobre o trauma" (1933), ele consegue, de forma primorosa, expressar toda a angústia daqueles que, por não encontrarem acolhimento, precisaram, precoce e catastroficamente, sacrificar uma parte de si para ainda preservar um "eu" infantil. A poética e a escolha das expressões correntes garantem uma "pureza" na comunicação, o que favorece o contato com a delicadeza e vulnerabilidade deste arranjo íntimo:

> O homem abandonado pelos deuses escapa totalmente à realidade e cria para si um outro mundo no qual, liberto da gravidade terrestre, pode alcançar tudo que quiser. Se até aqui esteve privado de amor, inclusive martirizado, desprende agora um fragmento de si mesmo que, sob forma de pessoa dispensadora de cuidados, prestimosa, cheia de solicitude e amor, na maioria das vezes maternal, sente piedade da parte restante e atormentada da pessoa, cuida dela, decide por ela, e tudo com extrema sabedoria e inteligência penetrante. Ela é a própria bondade e inteligência, um anjo da guarda por assim dizer. Esse anjo vê desde fora a criança que sofre, ou que foi morta, percorre o mundo inteiro em busca de ajuda, imagina coisas para a criança que nada pode salvar... (IDEM, v.4, p. 117)

É tocante, nesta passagem, o uso de uma frase bastante longa e ritmada, que vai de *"Se até aqui..."* à *"... sabedoria e inteligência penetrante"*. Um recurso de "fluxo de consciência", com objetivo de transportar o leitor para dentro deste processo de "desprendimento" (e sacrifício) de uma parcela do "eu".

Em seguida, neste mesmo parágrafo, o autor se refere ao encontro verdadeiro entre analista e analisando, apontando o papel do psicoterapeuta frente àquele que busca uma nova chance. Para tanto, utiliza palavras triviais e vagas, que justamente conferem vivacidade ao seu texto:

> [...] o santo protetor deve confessar sua própria impotência e seus embustes bem intencionados à criança martirizada, e nada mais resta, nesta altura, senão o suicídio, a menos que, no derradeiro momento, se produza algo de favorável, na própria realidade. Essa coisa favorável a que nos referimos em face do impulso suicida, é o fato de que nesse novo combate traumático o paciente não estará inteiramente só. Talvez não lhe possamos oferecer tudo o que lhe caberia em sua infância, mas só o fato de que possamos vir em sua ajuda já proporciona o impulso para uma nova vida. (IDEM,v. 4, p. 117)

A exigência de adaptação da linguagem para uma aproximação com a língua e com a necessidade do outro (criança, analisando ou leitor) aparece em toda a obra de Ferenczi. Esta presteza do autor para uma elasticidade que, nos últimos escritos, surgirá, inclusive, como uma recomendação aos analistas, acompanha suas preocupações sobre a assimetria nas relações, os riscos de submissão e a questão essencial sobre a importância da confiança.

WINNICOTT. O estilo de composição de Winnicott propõe uma nova ordem na lógica da escrita: a obra deste autor, em toda sua extensão, está conectada como uma rede, onde a passagem de tempo e a experiência vão criando novas conexões, que sempre reasseguram seu pensamento anterior, o qual, na verdade, não ocupa um espaço no tempo, mas sim está dentro da trama das novas associações, colocando-se como atemporal. Por sua vez, as novas ideias, nunca são propriamente novas, elas já existiam potencialmente nos escritos anteriores.

O pensamento de Winnicott nasce de uma concepção central, a sua teoria sobre o "Desenvolvimento emocional primitivo", de 1945 (WINNICOTT, 1993). Partindo dela e compondo junto a ela, sua rede é tecida.

A originalidade do pensamento de Winnicott está no deslocamento do cerne da estruturação psíquica da dualidade pulsional para a "dualidade" bebê/ambiente. Isto é, a intrincação da dualidade pulsional perde seu caráter fundamental e o foco se detém nos pontos de contato entre o bebê e o mundo.

Porém, esta aparente "dualidade" se constrói, justamente, na desconstrução do modelo de dualidade. Assim, suas ideias não poderão ser apreendidas na sua real originalidade sem que se leve em conta a forma paradoxal de seu pensamento. A duplicidade contrastante e organizadora, comum ao pensamento neoclássico, influenciou a ordenação teórica da psicanálise tradicional, mas não se impõe nos escritos de Winnicott.

Ao lançar um olhar sobre os primeiros tempos de um bebê, Winnicott propõe o termo "dependência absoluta". Este é um momento da vida impensável, no qual o bebê tem o que o autor chama de "dependência dupla". Ou seja, o bebê depende de não saber que depende. O cuidador deve se ocupar de organizar o mundo, torná-lo monótono, previsível, simples e se manter anônimo. Como referiu o autor, o bebê é extremamente independente e extremamente dependente.

A mãe (ou quem desempenha este papel) tem a tarefa de apresentar o alimento (ou o aconchego, ou o cobertor, ou a troca de fraldas) dentro do espaço e do tempo de onipotência do bebê, para que o alimento seja, então, uma criação da criança. A repetição e a constância destes cuidados irão favorecer o amadurecimento de uma confiança interna e de uma confiança no ambiente externo. Neste sentido, neste cenário, a pequena criança poderá gradualmente reconhecer o mundo e o "não-eu", pois, a este tempo, somaram-se no bebê sensações de confiança suficientes para suportar a sua própria dependência. Usando a metáfora de Winnicott, contida numa carta à Melanie Klein, de 1952, em circunstâncias positivas, "o bulbo estaria sendo capacitado a se desenvolver num narciso" (apud RODMANN, 1990, p. 31).

Em uma carta de 1966, fazendo uma crítica ao ensaio apresentado por Meltzer, Winnicott refere: *É verdade que as pessoas passam a vida sustentando o poste onde estão apoiadas, mas, em certo ponto da fase inicial, tem de existir um poste que se mantenha por conta própria, do contrário não há introjeção da confiança. [...] Se, porém, a confiança nas figuras internas não se origina da experiência efetiva do início da infância, pode-se dizer igualmente que não importa se o analista é confiável ou não, e acho que não podemos sustentar esse ponto de vista"* (IDEM, ps. 137, 138).

O encontro bebê/ambiente é para ser aceito em toda a sua dimensão, um acontecimento que não pode ser negado, ainda que sua apreensão total seja impossível, e, por que não dizer, insuportável. Entretanto, o valor da forma de comunicação de Winnicott está no fato de não restringir esta dimensão, seus textos, corajosamente, invadem zonas de difícil acesso.

A forma como a obra de Winnicott se apresenta causa forte impressão. Impressão tão forte quanto o próprio conteúdo de suas ideias. Na verdade, a singular composição de seu pensamento e o conteúdo deste são indissociáveis.

Ao destacar os recursos que o autor usa para expor seu pensamento, inclui-se, além da rede de ideias conectadas em toda a extensão de sua obra, os recursos estéticos na particularidade de cada texto.

O estilo de seus textos é considerado "aberto", dando margem a diferentes interpretações, este é o risco que Winnicott decidiu correr, para poder comunicar o que está no limite do verbal. Seus escritos permeados por recursos que tocam o mundo do sensível podem ser tomados como a exposição de uma teoria superficial e frágil. Longe disto, frágeis e remotos são os estados de onde Winnicott parte para compor suas ideias. A singularidade da forma de suas comunicações reflete o que há de mais ímpar em seu percurso teórico: a perseguição do indizível.

Este universo é fugidio, a experiência surge e logo escapa. É um campo do sensível, com tênues laços com o pensamento. É preciso tolerância para ficar à disposição do que Winnicott propõe, pois a aproximação com um universo tão íntimo e, ao mesmo tempo, alheio gera desconforto e desamparo.

Para o Winnicott o campo oportunizador do viver criativo tem: *"Uma precariedade inerente, uma vez que sempre lida com o fio da navalha existente entre o subjetivo e o objetivamente percebido"* (WINNICOTT, 1994, p. 162).

Sendo que, para o autor britânico, é importante que esta precariedade seja tolerada, uma vez que acreditava ser esta a forma possível de aproximação com as vivências e experiências dos tempos iniciais: *"Aqui, tem-se que permitir que a obscuridade tenha um valor superior ao do falso esclarecimento"* (IDEM, p. 186).

Existe em Winnicott uma preocupação constante com palavras que possam gerar uma falsa ideia de entendimento, onde este entendimento não existe. Ele acredita que só poderemos nos aproximar da apreensão dos estados mais iniciais da vida, na sustentação da precariedade e da obscuridade, ou seja, no reconhecimento dos limites da linguagem.

À Anna Freud, ele escreve, em 1954: *"Eu tenho um modo irritante de dizer as coisas em minha própria linguagem, em vez de aprender a usar os termos da metapsicologia psicanalítica. Estou tentando descobrir por que é que tenho uma suspeita tão profunda para com estes termos. Será que é por que eles podem fornecer uma aparência de compreensão onde tal compreensão não existe?"* (RODMANN, 1990, p. 51).

Loparic, citado por Elsa Oliveira Dias em "Teoria do amadurecimento de D. W. Winnicott", faz a seguinte observação sobre a capacidade de Winnicott de recorrer às palavras, usando uma "semântica que a metapsicologia desconhece": *"[...] a semântica das palavras simples, como a palavra 'ser'. Tudo se passa como se até mesmo para um filósofo que pensasse seriamente, isto é, não academicamente, sobre o que quer dizer a palavra 'ser', o seu sentido originário se determinasse somente num retorno à simplicidade originária do ser humano, inicialmente experienciada na intimidade da relação entre mãe e bebê"* (LOPARIC apud DIAS, 2003, p. 51).

Como assinala Ogden (2002), a comunicação mais profunda de Winnicott se estabelece a partir do ritmo, da escolha de passagens vagas, de palavras coloquiais, de frases que se constroem e desconstroem, tudo sugerindo um movimento poético.

"O leitor tende a suspender a descrença por um tempo, e a entrar na experiência da leitura (com Winnicott), permitindo-se ser levado pela música da linguagem e das ideias. O leitor vive uma experiência, no ato da leitura, em parte semelhante a do bebê imaginário que não se importa se está em diversos pedaços ou se é um ser total [...]. A escrita de Winnicott [...] garante que nunca entenderemos de forma definitiva, e não nos importamos" (OGDEN, 2002, p. 744).

E, Ogden segue: *"A própria escrita, ágil, desinibida e com trocadilhos, cria uma experiência de prazer de não se importar, de não ter que saber, de não ter que ser obrigado a dar significado e, ao contrário, simplesmente usufruir a vivacidade de uma boa experiência [...]"* (IDEM, p. 745).

De forma sensível o autor ainda refere: *"[...] não consigo resistir a usar um instante para simplesmente admirar a forma pela qual Winnicott, o pediatra, o analista de crianças, joga fora com indiferen-*

ça a linguagem técnica, resultado de 50 anos de escrita psicanalítica, em favor da linguagem repleta de vitalidade [...]" (IDEM, p. 745).

Porém, é fundamental assinalar que, se dos textos de Winnicott surge uma poética, ela só tem valor como um recurso para conduzir o leitor a uma comunicação teórica. Há algo a ser comunicado, e Winnicott busca na estética e no estilo formas de transpor o leitor delicadamente, sensorialmente, rumo a uma percepção objetiva do conteúdo de seus textos.

O recurso do paradoxo tem, a partir da última década de sua vida, ampla presença nos seus textos, a linguagem nos desconserta, para logo nos colocar, cara a cara, com o conteúdo. O conteúdo segue sendo a natureza humana, plena de simplicidades e complexidades. Os conceitos de "tendência inata ao amadurecimento", "objeto subjetivo" e seu interesse em retomar e desenvolver suas concepções sobre "objetos transicionais" representam a importância crescente que os paradoxos passaram a ter no seu pensamento.

No artigo de 1960, "Teoria do relacionamento paterno-infantil", Winnicott escreveu:

> Neste lugar que é caracterizado pela existência essencial de um ambiente sustentador, o "potencial herdado" está se tornando uma "continuidade do ser". A alternativa a ser é reagir, e reagir interrompe o ser e o aniquila. Ser e aniquilamento são as duas alternativas. O ambiente tem por isso como principal função a redução ao mínimo de irritações a que o lactente deva reagir com o consequente aniquilamento do ser pessoal. (WINNICOTT, 1990, p. 47)

Em 1962, no texto "A integração do ego no desenvolvimento da criança", o autor propôs:

> Sua tarefa [da mãe] se torna possível porque o nenê tem a capacidade, quando a função de ego auxiliar da mãe está em operação, de se relacionar com *objetos subjetivos*. Neste aspecto o bebê pode chegar de vez em quando ao princípio da realidade, mas nunca em toda a parte de uma só vez; isto é, o bebê mantém áreas de objetos subjetivos juntamente

com outras em que há algum relacionamento com objetos percebidos objetivamente, ou de objetos 'não-eu'. (IDEM, p. 56)

No ano seguinte, ao escrever "Da dependência à independência no desenvolvimento do indivíduo", referiu:

[...] em termos de psicologia devemos dizer que o lactante é ao mesmo tempo dependente e independente. Este é um paradoxo que precisamos examinar. Há tudo que é herdado, incluindo os processos de maturação, e talvez tendências patológicas herdadas; estas têm uma realidade própria, e ninguém pode alterá-las; ao mesmo tempo, o processo maturativo depende para a sua evolução da provisão do ambiente. Podemos dizer que o ambiente favorável torna possível o progresso continuado dos processos de maturação. Mas o ambiente não faz a criança. Na melhor das hipóteses possibilita à criança concretizar seu potencial. [...] Acontece que este adaptar-se dos processos de maturação da criança é algo extremamente complexo, que traz tremendas exigências aos pais, sendo que inicialmente a mãe sozinha é o ambiente favorável.(IDEM, p. 81)

Na introdução de "O brincar e a realidade" (1971), livro em que deu continuidade, cerca de dez anos depois, às suas concepções apresentadas em "Objetos e fenômenos transicionais" (1958), Winnicott assinalou: *Chamo a atenção para o paradoxo envolvido no uso que o bebê dá àquilo que chamei de objeto transicional. Minha contribuição é solicitar que o paradoxo seja aceito, tolerado e respeitado, e não que seja resolvido. Pela fuga para o funcionamento em nível puramente intelectual, é possível solucioná-lo, mas o preço disso é a perda do valor do próprio paradoxo"* (WINNICOTT, 1975, p. 10).

Se os termos "processo de maturação" e "amadurecimento" expressam bem as ideias de Winnicott antes de 1960, eles se convertem em fundamentais para o entendimento do seu pensamento posterior a 1960.

"Amadurecimento" carrega em si a noção de um cerne com o

potencial para o ser, ao mesmo tempo que esta caminhada se dá independentemente do ambiente, uma vez que já está esboçada previamente, ela dependente inteiramente de que o ambiente não a perturbe. Em "amadurecer" estão incluídos os paradoxos que envolvem a independência/dependência, ego forte/fraco, inato/ambiente, criação/encontro e interno/externo.

Parece-me que Winnicott se aproxima ao máximo da comunicação sobre os primeiros tempos de um bebê quando passa a fazer uso, mais claramente, dos paradoxos. Ele coloca o seu leitor ou ouvinte num lugar de equilíbrio tênue, um lugar de certa angústia e imprecisão. O leitor se pergunta: o bebê é independente ou dependente? O bebê cria o seio ou o encontra? O objeto transicional é subjetivo ou objetivo? E Winnicott responde: é melhor não resolver o paradoxo, mas, sim, sustentá-lo.

Winnicott não quer que seu leitor fuja da obscuridade. Winnicott quer que possamos experienciar, mesmo que de maneira fugidia, este algo que nos retira o chão, este lugar onde a lei da gravidade não impera.

FERENCZI e WINNICOTT. Assim como o 'início' pensado por Ferenczi será melhor apreendido ao se levar em conta o paradoxo que ele envolve, seu conceito de "introjeção" favorece o entendimento do "Desenvolvimento emocional primitivo" (1945) proposto por Winnicott. Ou seja, uma teoria se beneficia da outra, ainda que Ferenczi não fale em "paradoxos" e que Winnicott nunca tenha tido conhecimento das ideias de Ferenczi sobre a "introjeção".

O centro da teoria de Ferenczi e de Winnciott são, inegavelmente, os primeiros encontros entre o bebê e o mundo adulto. Tanto para um autor como para o outro, o futuro desta pequena criança depende da sua não percepção prematura da dependência. Ou seja, a necessidade de adaptação ativa de seus cuidadores inclui a exigência de que suportem não serem inicialmente reconhecidos. As ações dos adultos nunca devem recair sobre o bebê, mas sim sobre o entorno. O mundo externo precisa ser controlado e filtrado o suficiente para que o contato se dê de forma gradual, favorecendo que a pequena criança simplesmente vá emergindo para este encontro.

A capacidade de ouvir e sentir seus analisandos e pacientes levou Ferenczi e Winnicott à ideia de que o bebê depende da ignorância de sua dependência. Ambos perceberam que, a partir desta constatação, esboçavam-se as diretrizes para uma reformulação e uma expansão teórica e técnica da psicanálise.

Eles certamente sabiam que estavam diante de observações e propostas difíceis de serem comunicadas, difíceis não apenas pela resistência que suas constatações encontrariam, mas também pelos limites da linguagem verbal e, principalmente, da escrita científica. Mesmo assim, os dois autores não fugiram desta responsabilidade.

OS RISCOS.

"Eu não quero perder a minha humanidade! ah, perdê-la dói, meu amor, como largar um corpo ainda vivo e que se recusa a morrer como os pedaços de uma lagartixa. Mas agora era tarde demais. Eu teria que ser maior que meu medo, e teria que ver de que fora feita minha humanização anterior. Ah, tenho que acreditar com tanta fé na semente verdadeira e oculta de minha humanidade, que não devo ter medo de ver a humanização por dentro." (LISPECTOR, 1964)

Os maiores riscos que os dois psicanalistas enfrentaram vieram do confronto com suas próprias ordenações internas. Eles desbloquearam passagens que não admitiam retornos. Este caminho é um caminho de desmontes, onde a história pessoal é desconstruída, ao mesmo tempo em que a história científica e cultural também o é.

Assim, tanto Ferenczi como Winnicott avançavam a psicanálise, enquanto, paradoxalmente, desconstruíam-na, tornavam-se sujeitos de uma história, da qual eram também desertores.

Os dois autores abriam mão de suas referências em nome da busca e do encontro de novas linguagens. A perda dos referenciais, adultos, históricos, psicanalíticos, representava a ameaça ao próprio sentido de ser. E, neste ponto, Ferenczi e Winnicott experienciaram o que acontece no início antes do início: a "não-integração" (Winnicott, 1962) e a vulnerabilidade impensável.

"Certa manhã, ao despertar de sonhos intranquilos, Gregor Samsa encontrou-se em sua cama metamorfoseado num inseto monstruoso." (KAFKA, 1912)

REFLEXÕES. As contribuições destes dois autores têm o mérito de nos conduzir por caminhos desconcertantes, que muito nos auxiliam em nossos trabalhos como psicanalistas e psicoterapeutas. Exerceram a psicanálise no limite da técnica, no limite das palavras e no limite da possibilidade de comunicação de suas experiências. Nesta fronteira, ou nesta "precariedade", como nos diria Winnicott, a vivacidade poderá ser encontrada.

Ambos nos oferecem uma simplicidade profunda, que inclui coragem e generosidade, demonstradas na capacidade de se desumanizar para se humanizar, se "desadultificar", para, enfim, ser um adulto capaz de reconhecer o universo das pequenas crianças.

Winnicott e Ferenczi se desconstruíram como psicanalistas, para garantir a liberdade de se reconstruir a cada dia, movimento difícil e necessário na clínica psicanalítica contemporânea.

3 Confusão de língua na psicanálise

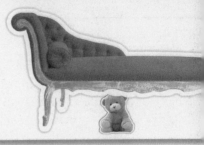

"O trabalho criativo em qualquer sistema estabelecido de pensamento ocorre nos limites do sistema, onde sua capacidade de explicação é menos desenvolvida e sua vulnerabilidade aos ataques externos é mais presente"

Janet Malcolm

INTRODUÇÃO. Este trabalho propõe uma breve revisão histórica da psicanálise, com o objetivo de favorecer uma reflexão sobre o controvertido texto, de 1896, "A etiologia da histeria" (Freud, 1976). É observado que a "teoria da sedução" desenvolvida neste artigo baseia-se em premissas de grande originalidade e valor. Nesta perspectiva, são levantadas hipóteses acerca das necessidades que levaram o mestre e alguns de seus mais proeminentes discípulos a empenharem-se na exclusão da totalidade desta teoria.

Destacam-se do panorama geral, Sándor Ferenczi e Donald Winnicott, pensadores que, em favor da resolução de impasses clínicos, retomaram e revitalizaram o reconhecimento da importância do ambiente no amadurecimento humano e nas interrupções deste amadurecimento. Esta ousadia lhes cobrou um alto preço: a desvalorização e distorção das suas contribuições. Por fim, é observado, que, graças à coragem de Ferenczi e de Winnicott, o conceito de trauma real está sendo definitivamente reintegrado ao pensamento psicanalítico.

DA INOCÊNCIA À SOBREADAPTAÇÃO. Em 1896, Freud escreveu "A etiologia da histeria" (FREUD, 1976), e, neste ensaio, apresentou o que viria a ser conhecida como a "teoria da sedução". Esta teoria tinha como objetivo esclarecer a etiologia das neuroses graves, relacionando-as a traumas precoces; originados na infância, a partir de condutas abusadoras de adultos.

Mais especificamente, na "teoria da sedução", Freud sugere que algumas das graves inibições no desenvolvimento são determinadas por situações em que adultos, com grande influência sobre a criança, submetem-na a práticas sexuais, muitas vezes, mantendo com ela relações regulares. Esta criança, vítima destas intrusões, sob forma de contatos sexuais, mais tarde, apresentará o que Freud chamou de *"casos de neurose grave, que ameaçavam tornar a vida impossível"* (IDEM v. III, p.193).

Há uma série de pontos expostos por Freud que merecem destaque. Por exemplo, ele caracteriza o adulto abusador como alguém *"armado de completa autoridade e do direito de punir, e que pode inverter os papéis para a satisfação irrestrita de seus caprichos"* (IDEM, p.198). E, assim escreve sobre a criança: *"no seu desamparo, está à mercê desse arbitrário uso de poder, e é despertada para toda espécie de sensibilidade e exposta a todo tipo de decepção"* (IDEM).

Vemos, nestas duas passagens, a importância que o autor dá ao reconhecimento das diferenças geracionais; enfatizando a assimetria referente ao encontro entre o adulto e a criança e o desamparo e vulnerabilidade comuns à infância. "A etiologia da histeria" apresenta reflexões que nos aproximam da dependência impensável comum ao mundo infantil. E nos alerta para o fato de que, num ambiente adverso, esta dependência coloca a pequena criança absolutamente à mercê da ação de adultos incapazes.

Mesmo que o foco do seu texto de 1896 seja a apresentação da repercussão patológica do trauma sofrido na infância, a conhecida "teoria da sedução"; os pressupostos básicos ali contidos lançam seus leitores mais além: ao reconhecimento da importância do mundo adulto circundante e das repercussões que se estabelecem a partir deste ambiente.

A força revolucionária do que Freud diz em seus escritos de 1896 está muito bem representada nesta passagem:

> As lesões sofridas por um órgão ainda imaturo, ou por uma função em processo de desenvolvimento, frequentemente causam efeitos mais graves e duradouros do que causariam em época mais madura. [...] Se assim for, estará aberta a perspectiva de que o que até agora se atribui a uma predisposição hereditária ainda inexplicada possa ser compreendido como algo adquirido em tenra idade. (IDEM, p. 188)

A noção de maturidade e imaturidade auxilia no entendimento das sutilezas que permeiam os pontos de contato entre o ambiente e a pequena criança. O uso do termo "maduro" sugere a potencial existência de um caminho a ser trilhado da imaturidade em direção à maturidade; ao mesmo tempo, assinala a vulnerabilidade natural da criança. A afirmação de Freud sobre a possibilidade de se substituir o que fora até então *"atribuído a uma hereditariedade inexplicada"* por *"algo adquirido na tenra infância"* é de uma atualidade desconcertante.

Baseada em ideias originais capazes de lançarem luz tanto sobre a tendência natural e humana ao amadurecimento, como sobre as vivências traumáticas e correspondentes reações defensivas que comprometem este amadurecimento, a "teoria da sedução" sofreu, curiosamente, conforme as palavras de Jean Laplanche, *"um lamentável recalcamento e desmembramento"* (LAPLANCHE, 1988, p.68).

"Com o passar do tempo, foi sendo criada uma imagem cada vez mais limitada e preconceituosa das ideias contidas no ensaio de 1896. Mantê-las apartadas da corrente associativa psicanalítica, inviabilizou, por décadas, o seu desenvolvimento. O que só reforçou o rótulo de que a "teoria da sedução" seria uma teoria ingênua e antipsicanalítica" (MOURA, 2004, p. 46).

Diferentemente de outros conceitos de Freud, que viriam a ser transformados ou combinados, as hipóteses acerca da importância do reconhecimento das diferenças geracionais, além de serem oficialmente banidas, foram consideradas perniciosas para a psicanálise.

O exílio das ideias em sua totalidade é sustentado por uma leitura estreita da "teoria da sedução" propagada pelo próprio Freud e pelos críticos que se somavam. Uma atenção especial passou a ser dirigida à seguinte passagem: *"apresento, portanto, a tese de que na base de todo caso de histeria há uma ou mais ocorrência de experiência sexual prematura"* (FREUD, 1976, v. III, p. 189). O uso da palavra "todo" foi a via para se desarticular e desacreditar a ampla e valorosa contribuição que ali residia.

As críticas se estenderam através dos anos e se tornaram tão paralisantes que gerações e gerações de psicanalistas não tiveram contato com o texto, não descobrindo que muitas das objeções adicionais que surgiram já estavam previstas e, adequadamente, rebatidas no próprio artigo.

Provavelmente mais de um motivo, e todos eles com uma força tremenda, levaram Freud a encaminhar a supressão destas ideias.

Ainda que Jeffrey M. Masson (1984) considere pouco a importância da decepção de Freud com suas histéricas "mentirosas", é inegável que a revelação de que algumas de suas pacientes fantasiavam situações de abuso deve ter sido um golpe contra a sua vaidade, contribuindo para uma virada teórica. Mas, certamente, não foi só este o motivo que veio a determinar uma guinada tão forte.

Afinal, que combinação de fatores impossibilitou Freud de, ao constatar que alguns relatos sobre abusos sexuais eram falsos, explorar a concepção de trauma de uma forma mais ampla, seguindo justamente as pistas que já estavam no seu texto?

Tanto maior foi o incômodo de Freud com estas suas pacientes, quanto maior era o risco de, ao defender sua "teoria da sedução", ser efetivamente rechaçado pela comunidade científica.

Ao apresentar "A etiologia da histeria" na Sociedade de Psiquiatria e Neurologia de Viena, na noite de 21 de abril de 1896, Freud sentiu-se desconfortável. Cinco dias depois, referiu-se ao episódio numa carta a Wilhelm Fliess, nos seguintes termos: *"Fiz uma palestra sobre a etiologia da histeria, tive uma recepção gélida por parte daqueles imbecis"* (FREUD e FLIESS, 1986, p. 185). Certamente, sua teoria foi vista e sentida, pelos poderosos homens da comunidade médica, mais como uma denúncia (ou acusação) do que como uma revelação científica.

Na mesma carta, Freud relata ter ouvido do chefe do Departamento de Psiquiatria da Universidade de Viena o seguinte comentário sobre seu ensaio: *"Parece um conto de fadas científico"*. Observação que rebate, em confidência a Fliess: *"É isso depois de ter-se demonstrado a eles a solução de um problema mais que milenar, uma 'fonte do Nilo'! [...] Que vão todos para o inferno, para expressá-lo eufemisticamente"* (IDEM).

É impressionante o vigor com que Freud, num primeiro momento, defende a sua "teoria da sedução", parecendo ter total clareza do valor humano de suas contribuições. Porém, este posicionamento, em poucos meses, seria revertido.

Ver a sua promessa científica ser comparada a um conto de fadas foi um grande golpe. Para quem perseguiu e prezou o caráter investigativo e perspicaz da psicanálise, esta crítica o pressionou a uma mudança de enormes proporções.

Sentindo que não podia "se dar ao luxo" de seguir por este caminho, decidiu não conceder às suas hipóteses etiológicas e aos pressupostos sobre os quais elas se amparavam a oportunidade de serem naturalmente ampliadas pela sua experiência clínica e pela colaboração de colegas. Freud se percebeu sem tempo a perder, já que estava determinado a não correr o risco de sofrer uma radical segregação.

Além disto, Masson (1984) nos alerta que permanecer fiel às ideias contidas em "A etiologia da histeria", inevitavelmente precipitaria um desacordo com o pensamento de Fliess. Este adorado amigo, otorrinolaringologista de Berlim, na época, principal interlocutor de Freud, estava cada vez mais imerso em suas teorias sobre o determinismo da "periodicidade", da hereditariedade e do estilo de vida sexual de seus pacientes sobre as psicopatologias e, inclusive, sobre a data da morte. Portanto, assinalar a dimensão da imaturidade e da dependência naturais e intrínsecas da criança nos primeiros contatos com o mundo adulto e as repercussões deste encontro na sua história pessoal era estar na contramão do que Fliess acreditava.

Justamente o que surge como marco para o abandono da "teoria da sedução", e o reconhecido início de uma nova era na história da psicanálise, seria uma outra correspondência de Freud dirigida a Fliess: a incansavelmente citada carta de 21 de setembro de 1897. Nesta carta, ao reavaliar, de maneira simplista, sua posição anterior, Freud conclui: *"... e, com isso, o fator da predisposição hereditária recupera uma esfera de influência da qual eu me incumbira de desalojá-la - com a intenção de elucidar amplamente a neurose"* (IDEM, p. 266).

Nas palavras de Masson:

> [...] a carta simboliza o começo de uma reconciliação interna com seus colegas e com toda a psiquiatria do século XIX. É como se Freud estivesse de pé diante de seus colegas na Sociedade e dissesse: "Afinal, vocês tinham razão – o que eu pensava ser verdade era uma conto de fadas científico." (MASSON, 1984, p. 105)

Olhando em perspectiva, entendemos que, naquele momento, já era primordial para Freud manter a ideia da sexualidade como centro do desenvolvimento e do adoecimento do indivíduo e, sem dúvida, este empenho em preservá-la teve efeitos sobre sua decisão de suprimir a "teoria da sedução".

Na sua genialidade, percebeu a chance de atingir um equilíbrio entre ser original, através das contribuições sobre "sexualidade" e ser aceito, retornando às etiologias hereditárias. Neste contexto, Freud sacrificou as suas descobertas acerca da infância.

Ironicamente, "salvar a sexualidade" significava avalizar teoricamente um encaixe forçoso: o que, antes, fora reconhecido como demanda do adulto, agora, seria deslocado para "o interior do psiquismo" das crianças. Uma transposição da etiologia exógena para a endógena.

"Um ato foi substituído por um instinto, um feito por uma fantasia" (MASSON, 1984, p. 107).

Para Laplanche (1988), o pensamento psicanalítico, pós-abandono da "teoria da sedução", caracterizou-se por uma busca apressada e desnecessária do determinismo da organização psíquica pela hereditariedade, incluindo aí teorias sobre disposições sexuais e fantasias inatas.

A primeira rejeição explícita e pública de Freud às hipóteses contidas no texto de 1896 foi num pequeno trabalho, de 1905, "Meus pontos de vista sobre o papel desempenhado pela sexualidade na etiologia das neuroses":

"Durante aquele período, era incapaz de distinguir com certeza as falsificações fabricadas por histéricos em suas memórias da infância e a reconstituição de fatos reais. [...] os fatores de constituição e hereditariedade necessariamente voltaram a predominar" (FREUD, 1976, v. VII, ps. 286, 287).

Em 1914, ao escrever "A história do movimento psicanalítico", Freud se apresentou ainda mais seguro sobre a teoria substitutiva para a etiologia dos distúrbios psicológicos:

> No caminho, tivemos de superar uma ideia errada que poderia ter sido quase fatal para a nova ciência. [...] Quando essa etiologia se desmoronou sob o peso de sua improbabilidade e contradição em circunstâncias definitivamente verificáveis, ficamos, de início, desnorteados. A análise nos tinha levado até esses traumas infantis pelo caminho reto e, no entanto, eles não eram verdadeiros. Deixamos de pisar em terra firme. Nessa época, estive a ponto de

> desistir por completo do trabalho, exatamente como meu estimado antecessor, Joseph Breuer, quando fez sua descoberta indesejável. (FREUD, 1976, vol. XIV, p. 27)

É interessante a comparação da sua agonia frente à impossibilidade de levar adiante a sua "teoria da sedução" com a "descoberta indesejável" de Breuer. No caso de Breuer, a descoberta era o amor de transferência, e o que mais o perturbou: a contratransferência. O paralelo proposto por Freud é esclarecedor ao nos sugerir que os dois episódios têm em comum um constrangimento dos analistas envolvidos. Tanto Freud com sua hipótese sobre traumas sexuais infantis, como Breuer ao sentir-se envolvido sexualmente com Ana O., estavam sendo exigidos além de suas possibilidades, precisariam suportar as críticas e assumir uma grande responsabilidade. No entanto, nenhum dos dois grandes homens resistiria à pressão. Com a diferença de que Breuer tinha liberdade financeira e status profissional suficiente para abandonar a psicanálise; o que, para Freud, era impensável.

"Talvez tenha perseverado apenas porque já não tinha outra escolha e não podia então começar uma outra coisa" (IDEM).

Freud encontrara uma saída, um arranjo alternativo que estava sendo, cada vez mais, incorporado. Na citação abaixo, do mesmo artigo, fica claro como o abandono do reconhecimento do trauma real e sua ação sobre o amadurecimento vão sendo inevitavelmente substituídos pela teoria das fantasias sexuais precoces:

> Por fim veio a reflexão de que, afinal de contas, não se tem o direito de desesperar por não se ver confirmadas as próprias expectativas; deve-se fazer uma revisão dessas expectativas. Se os pacientes histéricos remontam seus sintomas e traumas que são fictícios, então o fato novo que surge é precisamente que eles criam tais cenas na fantasia. Essa reflexão foi logo seguida pela descoberta de que essas fantasias destinam-se a encobrir a atividade autoerótica dos primeiros anos da infância, embelezá-la e elevá-la a um plano mais alto. E agora, por detrás das fantasias, toda gama da vida sexual da criança vinha à luz. (IDEM, ps. 27, 28)

O que move Freud quando assinala que as fantasias sobre abuso sexual criadas na infância *"destinam-se a encobrir a atividade autoerótica dos primeiros anos da infância, embelezá-la e elevá-la a um plano mais alto"?* Esta afirmação é, no mínimo intrigante, pois, por algum motivo, é sugerido que o autoerotismo infantil estaria num "plano mais baixo" do que a violência sexual dirigida a crianças. Argumento um tanto irresponsável, que, claramente, tem o objetivo de reforçar a ideia de que as crianças constroem memórias de abusos com o objetivo de encobrir suas próprias fantasias e desejos.

Seguindo o texto de 1914, vemos que o autor mantém seu raciocínio sobre a importância das disposições inatas; porém, vai adiante, e refere que esta hereditariedade não apenas "alimenta" as fantasias, como também pode ser *"calculada precisamente"* para *"provocar"* experiências de submissão a abusos reais.

> Com a atividade sexual dos primeiros anos de infância também foi reconhecida a constituição herdada do indivíduo... *Abraham deu a última palavra sobre a questão da etiologia traumática* quando ressaltou que a constituição sexual peculiar às crianças é calculada precisamente para provocar experiências sexuais de uma natureza particular – ou seja, traumas. (IDEM, p. 28)

O texto de Abraham, a que Freud se refere, é de 1907 e se intitula "A experimentação do trauma sexual como uma forma de atividade sexual". Masson (1984) cita Abraham (1907), para destacar o pensamento que Freud compartilhava ao escrever "A história do movimento psicanalítico":

> Cheguei à conclusão de que nelas [certas crianças] o desenvolvimento sexual era precoce, a própria libido quantitativamente anormal, e a imaginação ocupava-se prematuramente com assuntos sexuais num grau também anormal. Esta ideia pode ser expressa agora de modo mais definido. Podemos dizer que crianças que pertencem a essa categoria demonstram um desejo anormal de obterem prazer

sexual, e em consequência disso sofrem traumas sexuais. [...] Pois a criança predisposta à histeria ou à demência precoce sofre o trauma em consequência de uma tendência no seu inconsciente. Se há um desejo inconsciente subjacente a isso, a experimentação de um trauma sexual na infância é a expressão masoquista do impulso sexual... É curioso que uma criança que experimentou um trauma sexual o mantenha escondido dos seus pais...Uma menina de 9 anos foi atraída a um bosque por um vizinho. Ela o seguiu de boa vontade. Ele então tentou estuprá-la. Foi apenas quando tinha quase ou já [?] atingido o seu objetivo que a criança conseguiu se libertar. Ela então correu para casa, mas não disse nada a respeito do que havia acontecido; nem falou jamais sobre isto com a família depois... [ela] havia consentido em ser seduzida. Não é de se espantar que essa criança guardasse segredo sobre a ocorrência. (ABRAHAM apud MASSON, 1984, p. 124, 125)

Transcrevendo Masson: *"Se – a palavra de Abraham - é 'a última palavra', como nos afirma Freud, então é uma palavra assustadora"* (MASSON, 1984, p. 125).

A percepção da assimetria na relação entre adultos e crianças e a inerente dependência e vulnerabilidade da infância parece ser esquecida. É absolutamente eclipsada, pela necessidade ou desejo de minimizar a responsabilidade do adulto abusador.

Num primeiro momento, logo após o abandono da "teoria da sedução", os relatos de jovens pacientes sobre vivências de abusos foram interpretados como manifestações dos seus desejos sexuais infantis. Poucos anos depois, talvez frente a ocorrências inegáveis de agressões sexuais a que crianças são submetidas, o discurso de Freud se alterou e se amparou nas ideias de Abraham. Ou seja, passou a considerar que as fantasias sexuais ou *"a libido quantitativamente anormal"* não apenas funcionariam como uma etiologia endógena para as psicopatologias, como levariam a criança a sofrer traumas sexuais reais. Conforme Abraham: *"podemos dizer que crianças que pertencem a essa categoria demonstram desejo anormal de obterem prazer sexual e, em consequência disto, sofrem traumas sexuais"*. A preocupação não é mais em apenas negar a prevalência de abusos contra crianças, mas em redefinir a culpa referente a acontecimentos reais.

Usando de subsídios que incluíam teorias sobre as fantasias sexuais precoces, disposições inatas e, quando o abuso sexual era inegável, ainda podendo recorrer a recursos teóricos que os instrumentalizavam a responsabilizar a pequena criança "sedutora", Freud e seus seguidores conseguiram ir adiando reflexões mais profundas sobre impasses que a clínica lhes impunha.

Em 1925, ao escrever "Um estudo autobiográfico" (FREUD, 1976), Freud seguia com sua crítica simplista e estreita em relação ao texto "A etiologia da histeria". A passagem abaixo explicita a substituição direta das hipóteses levantadas em 1896 pelo que veio a ser um dos grandes pilares da psicanálise, o "complexo de Édipo":

> [...] devo mencionar um erro no qual incidi por algum tempo e que bem poderia ter tido consequências fatais para todo o meu trabalho. Sob influência do método técnico que empreguei naquela época, a maioria dos meus pacientes reproduzia de sua infância cenas nas quais eram sexualmente seduzidos por algum adulto. [...] Quando, contudo, fui finalmente obrigado a reconhecer que essas cenas de sedução jamais tinham ocorrido e que eram fantasias que minhas pacientes haviam inventado [...] Quando me havia refeito, fui capaz de tirar as conclusões certas de minha descoberta: a saber, que *os sintomas neuróticos não estavam diretamente relacionados com fatos reais, mas com fantasias impregnadas de desejos, e que, no tocante à neurose, a realidade psíquica era de maior importância que a realidade material.* [...] (grifo meu) Eu tinha tropeçado no "complexo de Édipo", que depois iria assumir importância tão esmagadora, mas que eu ainda não reconhecia sob seu disfarce de fantasia. (FREUD, 1976, v. XX, ps. 47, 48)

Os registros equivocados que dizem respeito ao abandono da "teoria da sedução" como caminho para entendimento da etiologia das neuroses e sua substituição pelas novas hipóteses incluem um tópico poderoso: a ideia propagada de que conceber uma teoria baseada na relevância da sexualidade infantil foi um ato de arrojo e coragem. O próprio Freud alimentou este erro de avaliação, ao referir que sua nova contribuição, ao "colocar por terra o mito da pureza da infância", vinha de encontro a um acentuado preconceito humano.

Nas palavras de Freud:

> [...] encontrei-me diante do fato da sexualidade infantil – mais uma vez uma novidade e uma contradição de um dos mais acentuados preconceitos humanos. A infância era encarada como inocente e isenta de intensos desejos do sexo, e não se pensava que a luta contra o demônio da sensualidade começasse antes da agitada idade da puberdade. [...] Poucos achados da psicanálise tiveram tanta contestação universal ou despertaram tamanha explosão de indignação como a afirmativa de que a função sexual inicia no começo da vida e revela sua presença por importantes indícios mesmo na infância. E, contudo, nenhum outro fato na análise pode ser demonstrado de maneira tão fácil e completa. (IDEM, ps. 46, 47)

É um equivoco pensar que o percurso alternativo proposto por Freud se contrapunha ao pensamento vigente. Negar a "pureza" (ou inocência) infantil não representava nenhuma ameaça à ordenação social. Ao contrário, esta guinada teórica mantinha o que já vinha sendo estabelecido através de séculos, oferecia uma sistematização que organizava e, de certa forma, sustentava a ideia prevalente de que a criança era um ser movido por ímpetos selvagens, que precisava ser domado.

As concepções de Freud, em substituição à "teoria da sedução", favoreceriam a conciliação entre a tendência secular de subjugar e culpabilizar as crianças e uma imperiosa necessidade moderna de ordenar a sociedade em termos "científicos".

Suprimir a "teoria da sedução" era aliviar um peso insustentável, era tirar de vista a complexidade e delicadeza das relações humanas. Acima de tudo, bani-la favorecia o ocultamento de verdades que nos são insuportáveis, a nossa vulnerabilidade como seres humanos e a nossa responsabilidade como adultos. Tudo seguiria em seu lugar...

Para nos ajudar na contextualização histórica, é importante sabermos que a contribuição de Freud de 1896 é do mesmo ano do primeiro processo judicial em defesa de uma criança vítima de maus-tratos. E apenas sete anos depois da primeira lei que protege os filhos das agressões dos pais e dois anos antes da primeira lei que introduz sanções penais a pais agressores e abusadores. É inegável que as ideias contidas neste artigo, ao absorver e amplificar, com extrema coerência e coragem, os sinais de um novo tempo, tem a amplitude de uma grande conquista humana.

Mas, infelizmente, em busca de uma acomodação com o meio científico, foi imperativo que as construções de Freud prescindissem da teoria do trauma. A psicanálise foi, então, distanciando seu foco das psicopatologias graves. Os quadros difíceis geravam apenas um interesse investigativo, e os limites das possibilidades terapêuticas, que se encerravam nas "neuroses de transferência", foram reconhecidos e bem aceitos.

No entanto, com o advento da I Guerra Mundial e o retorno dos soldados do *front*, Freud e seus discípulos se viram frente a manifestações de sofrimentos psíquicos que não poderiam ser desconsiderados. A própria violência implicada na guerra, assim como os sintomas que os submetidos a esta violência manifestaram, conduziu Freud a novas considerações teóricas.

Percebendo que o "princípio do prazer" não poderia ser o princípio que rege a agressão desmedida, nem os sonhos traumáticos repetitivos e nem a compulsão à repetição nas suas diversas formas, Freud escreveu, em 1920, seu texto "Além do princípio do prazer". Onde nos apresentou "[...] *algo que parece mais primitivo, mais elementar e mais instintual do que o princípio de prazer* [...]". E reiterou: *"concedem-nos, assim, a visão de uma função do aparelho mental, visão que embora não contradiga o "princípio do prazer", é sem embargo independente dele, parecendo ser mais primitiva do que o intuito de obter prazer e evitar o desprazer"* (FREUD, v. XVIII, ps. 37 e 48).

Neste momento, Freud abriu espaço em seu, até então, intransponível alicerce da "sexualidade" e revelou o seu novo e também poderoso conceito para entendimento das forças que dominam o psiquismo: a "pulsão de morte". Sua contribuição de 1920 sacrificava a supremacia do "princípio do prazer", mas atingia o objetivo: mudava para não mudar. Tinha dupla função, expandia ainda mais o suporte teórico que fornecia respaldo às etiologias inatas, e, aparentemente, instrumentalizava a psicanálise para se reaproximar do entendimento de casos graves.

O pensamento psicanalítico seguia amparado em edifícios teóricos que surgiram para preencher o vazio deixado pela supressão da "teoria da sedução". Ou seja, se, nos primeiros anos, o desenvolvimento das ideias acerca do trauma real ameaçaria as propostas de Freud sobre a importância da sexualidade na origem dos distúrbios psíquicos; a partir da década de 20, um retorno a esta reflexão colocaria em risco, também, a nova dualidade pulsional.

O medo de que as ideias contidas em "A etiologia da histeria" inviabilizariam o surgimento e o êxito da psicanálise norteou o pensamento e as ações de gerações de psicanalistas.

Em 10 de setembro de 1981, quando Masson organizava suas pesquisas sobre o abandono da "teoria da sedução", recebeu de Anna Freud a seguinte carta:

"Manter a teoria da sedução significaria abandonar o complexo de Édipo e, com ele, toda a importância da fantasia, fantasia consciente ou inconsciente. Na realidade, acho que não teria mais psicanálise depois disto" (ANNA FREUD apud MASSON, 1984, p. 107).

Esta avaliação é superdimensionada, mas é inegável que ampliar o conceito de trauma, - incluindo agressões, intimidações, abusos psicológicos e inversões de papeis entre o adulto e a criança -, inevitavelmente, retira a "sexualidade infantil" do centro da cena e torna a "pulsão de morte" um conceito pouco necessário.

Mas a questão que pode ser levantada é a seguinte: a psicanálise efetivamente precisaria das teorias sobre a importância da sexualidade infantil, das fantasias inatas e do poder da pulsão de morte para se aproximar das capacidades e dos sofrimentos humanos e, então, existir como prática terapêutica eficaz? E, indo além, será que, justamente, a desconsideração sobre a dependência, a vulnerabilidade da infância e as repercussões do trauma real não comprometeu, durante anos, o desenvolvimento da clínica psicanalítica?

"UM INIMIGO DA PSICANÁLISE"[2]. Sándor Ferenczi, o

---

2. Este subtítulo é inspirado na obra "Um inimigo do povo", de Ibsen, um dos autores prediletos de Ferenczi.O dramaturgo norueguês, em sua peça, de 1882, defende a verdade e combate a hipocrisia através do personagem Dr. Stockman.

importante psicanalista húngaro, próximo a Freud desde 1908, sempre preconizou que a psicanálise não poderia se limitar a um método de investigação do inconsciente. Seus corajosos movimentos, de constante crítica e autocrítica, em busca de uma terapia identificada com o sofrimento humano, fizeram dele o que Pierre Fédida chamou de *"o verdadeiro fundador da psicanálise como técnica clínico-terapêutica"* (FÉDIDA, 1988, p.99).

Já no final de sua vida, em 1931, na conferência comemorativa dos 75 anos de Sigmund Freud, Ferenczi refletiu sobre a postura que, no decorrer da história, o havia caracterizado:

"Uma espécie de fé fanática nas possibilidades de êxito da psicologia da profundidade fez-me considerar os eventuais fracassos menos como consequência de uma "incurabilidade" do que da nossa própria inépcia, hipótese que me levou necessariamente a modificar a técnica habitual" (FERENCZI, 1992, v. IV, p. 71).

Esta perseguição por adaptações da psicanálise em conformidade com as necessidades de pacientes difíceis tomou nova força a partir da década de 20 do século passado. Através de sua vasta e profunda experiência clínica, Ferenczi chegou a uma descoberta que iria comprometer a sua vida e o seu nome na história da psicanálise.

Ele percebeu que não poderia pensar em uma nova proposta técnica sem a formulação de uma teoria consistente sobre o desenvolvimento do "eu". Ferenczi estava convencido de que alterações teóricas eram fundamentais para uma compreensão mais profunda das neuroses graves e psicoses e, ao mesmo tempo, para amparar uma alteração técnica capaz de incluir pacientes inacessíveis à psicanálise tradicional. A revisão teórica consistia em reaproximar o conceito de experiência traumática real ao entendimento do desenvolvimento do "eu" e das psicopatologias.

No seu artigo, que inaugura a última fase de sua obra, "A adaptação da família à criança", de 1927, o autor assinala: *"De fato devemos às crianças a luz que nos permitiram projetar sobre a psicologia, e a maneira mais consequente de pagar esta dívida (tanto no interesse delas quanto no nosso) é esforçarmo-nos por compreendê-las melhor através de nossos estudos psicanalíticos"* (IDEM, p. 1).

No mesmo texto, no empenho de reconduzir os leitores a uma aproximação com a vulnerabilidade da infância, Ferenczi nos traz a seguinte metáfora: *"... num quarto onde existe uma única vela, a mão colocada perto da fonte de luz luminosa pode obscurecer a metade do quarto. O mesmo ocorre com a criança se, no começo da vida, lhe for infligido um dano, ainda que mínimo: isto pode projetar uma sombra sobre toda a sua vida"* (IDEM, p. 5).

Poucos anos antes da constatação de Ferenczi, Freud desenvolvera suas ideias acerca da "pulsão de morte". As novas hipóteses de Freud foram muito bem recebidas.

Porém, para Ferenczi, as ideias defendidas em "Além do princípio do prazer" eram insuficientes ou equivocadas, sem uma revisão reconsiderando o papel dos primeiros contatos reais entre o mundo adulto e a pequena criança, alguns sintomas seguiam lhe parecendo órfãos e descontextualizados.

No artigo de 1929, "A criança mal-acolhida e sua pulsão de morte", Ferenczi tenta discriminar, para o leitor, a diferença entre a sua visão sobre a etiologia dos casos graves, da contribuição freudiana de 1920:

> Aqueles que perdem tão precocemente o gosto pela vida apresentam-se como seres que possuem uma capacidade insuficiente de adaptação, semelhantes àqueles que, segundo a classificação de Freud, sofrem de uma fraqueza congênita de sua capacidade para viver – manifestação da "pulsão de morte" -, com a diferença, porém, de que nos nossos casos o caráter congênito da tendência mórbida é simulado em virtude da precocidade do trauma. (IDEM, p. 50)

Em 1930, ele propõe que se evite qualquer interpretação de intencionalidade onde ela não pode ainda existir: *"em vez de "pulsão de morte" seria preferível escolher uma palavra que exprima a completa passividade desse processo"* (IDEM, p. 239). Nas suas anotações do mesmo ano, apenas postumamente publicadas, encontramos: *"a pessoa atingida pelo traumatismo encontra-se em contato com a morte, portanto, num estado em que as tendências com um fim pessoal e as medidas de proteção encontram-se desligadas, bem como toda a resistência por atrito que, na vida centrada no eu, realiza o isolamento das coisas e da própria pessoa, no tempo e no espaço"* (IDEM, p. 253).

Se Freud buscara, na nova dualidade pulsional, uma explicação para os grandes impasses da clínica; Ferenczi dedicava-se a contatar estados mais regressivos de seus pacientes, acreditando encontrar ali expressões de estágios remotos do desenvolvimento. O autor húngaro percebia e assinalava uma total vulnerabilidade da criança frente ao poder do adulto e um extremo risco de submissão em nome da sobrevivência, adaptações "autoplásticas" que poderiam ter consequência por todo o curso da vida, cristalizando-se como "compulsões à repetição".

A hipótese de Ferenczi era que, na incapacidade de acolhimento da infância e nas reações compensatórias da criança em busca de manutenção da vida, encontravam-se as chaves para o entendimento de distúrbios psíquicos graves.

Nos trabalhos de Ferenczi, depois de 1927, pode-se observar, mais claramente, o encontro entre as suas inquietações referentes à necessidade de adaptação da técnica psicanalítica e suas antigas ideias sobre os momentos remotos do desenvolvimento do "eu", concebidas em 1908, 1912 e 1913 e contidas em "Transferência e introjeção", "O conceito de introjeção" e o "Desenvolvimento do sentido da realidade" (FERENCZI, v. I, II, 1992). Estes artigos apresentavam, cuidadosamente, o delicado processo de encontro entre o pequeno bebê e o ambiente, lançando luz sobre os momentos iniciais em que o mundo externo ainda não é percebido e o gradual estabelecimento das primeiras experiências de apreensão da realidade.

Em 1929, ao escrever "Princípio de relaxamento e neocatarse" (FERENCZI, v. IV, 1992), Ferenczi expressou claramente sua descoberta da imperativa necessidade de uma teoria que se dedicasse a refletir sobre etapas remotas do desenvolvimento do "eu":

> Após terem ouvido a minha exposição, alguns de vocês terão muito provavelmente a impressão de que era inteiramente injustificado intitulá-la "Progressos da técnica", e que seu conteúdo mereceria, pelo contrário, ser qualificado de passo atrás ou retrocesso. Mas essa impressão se dissipará rapidamente, espero, quando se pensar que o retorno a uma tradição mais antiga, injustamente negligenciada, pode igualmente favorecer a verdade; e penso francamente não ser paradoxal, em tais casos, apresentar como progresso científico o fato de enfatizar o que é antigo. As investigações psicanalíticas de

Freud abrangem um domínio imenso que compreende não só a vida psíquica individual, mas também a psicologia das massas e a história das civilizações humanas; recentemente, essas investigações ampliaram-se às representações extremas a respeito da vida e da morte.
À medida que transformava um modesto método de trabalho psicoterapêutico numa psicologia e numa visão do mundo completas, o inventor da psicanálise devia centrar sua investigação, ora num, ora noutro, campo de pesquisa, e afastar provisoriamente todo o resto. Essa negligência de certos pontos já elucidados não significa em absoluto, bem entendido, um abandono ou uma retratação. (IDEM, v. IV, p. 53)

Após falar da importância da retomada de conceitos negligenciados, Ferenczi expôs o outro ponto de sua constatação:

"Considerando-se o estreito e quase indissolúvel vínculo entre o método técnico e o conjunto do saber psicanalítico, compreenderão que eu não possa limitar a minha comunicação ao domínio da técnica e que seja igualmente levado a rever uma parte do conteúdo desse saber" (IDEM, p. 54).

Para não deixar dúvida quanto ao teor da reflexão que marcou a última fase de sua obra, Ferenczi escreve mais adiante, de forma veemente:

Após ter dado toda a atenção devida à atividade fantasística como fator patogênico, fui levado, nestes últimos tempos, a ocupar-me, cada vez mais com maior frequência, do próprio traumatismo patogênico. Verificou-se que o traumatismo é, muito menos frequentemente, a consequência de uma hipersensibilidade constitucional das crianças - que podem reagir de um modo neurótico até mesmo a doses de desprazer banais e inevitáveis - do que de um tratamento verdadeiramente inadequado, até cruel. *As fantasias histéricas não mentem* (grifo meu), elas nos contam como pais e adultos podem, de fato, ir muito longe em sua paixão erótica pelas crianças. (IDEM, p. 64)

E vai além, ao dar um novo entendimento à memória de prazer relatado ou suposto por vítimas de abusos. "Memória" esta, infelizmente, muitas vezes percebida e comemorada pelos analistas como uma "revelação" fundamental e um "grande triunfo" da análise. Estas são as palavras de Ferenczi: *"Parece que a primeira reação a um choque é sempre uma psicose passageira, ou seja, uma ruptura com a realidade, por um lado sob a forma de alucinação negativa (perda da consciência ou desmaio histérico, vertigem), por outro lado, com frequência, sob a forma de uma compensação alucinatória positiva imediata que dá a ilusão de prazer"* (IDEM, p. 64, 65).

O autor segue: *"Ficarei satisfeito se tiverem colhido a impressão de que levarmos na devida conta a traumatogênese, por tanto tempo negligenciada, poderia mostrar-se uma decisão fecunda não só no plano terapêutico e prático, mas também teórico"* (IDEM).

Na mesma exposição, propôs paralelos entre a necessidade de o adulto se adaptar ao bebê e a necessidade de o psicanalista processar adaptações para receber seu paciente que sofre, assinala a importância do estabelecimento da confiança para que a psicanálise realmente aconteça e reitera o papel do fator traumático na etiologia dos quadros difíceis:

> [...] após ter-se conseguido criar uma atmosfera de confiança um pouco mais sólida entre médico e paciente, assim como o sentimento de uma total liberdade, sintomas histéricos corporais faziam bruscamente sua aparição, com frequência pela primeira vez, numa análise de vários anos de duração. [...] O material mnêmico descoberto ou confirmado pela neocatarse voltou a dar grande importância ao fator traumático original na equação etiológica das neuroses. (IDEM, p.62, 63)

Sua proposta técnica, gerada na integração com a teoria sobre estágios precoces do desenvolvimento, fica ainda mais clara quando ele caracteriza o trauma como uma situação vivida sem registros de memória possíveis: *"No relaxamento, os sintomas histéricos corpo-*

rais conduziram, às vezes a estágios do desenvolvimento em que, não estando o órgão do pensamento completamente formado, só eram registradas as lembranças físicas.[...] A semelhança entre a situação analítica e a situação infantil incita mais, portanto, à repetição; o contraste entre as duas favorece a rememoração" (IDEM, p. 65, 67).

Com inquietação clínica e coragem teórica, Ferenczi conseguiu retomar as ideias de Freud sobre a "teoria da sedução" e dar-lhe um novo e amplo significado, abrindo espaço para toda a complexidade que envolve o tema do trauma real. Estas foram suas palavras, em 1931, quando apresentou "Análises de crianças com adultos":

> [...] gostaria de emitir a hipótese de que os movimentos de expressão emocional da criança [manifestações infantis em pacientes adultos que, em condições especiais, pode surgir na análise] remontam fundamentalmente à terna relação mãe-criança, e que os elementos de malevolência, de arrebatamento passional e de perversão aberta são, na maioria das vezes, consequências de um tratamento desprovido de tato, por parte do ambiente. (IDEM, p. 74)

Em 1932, no centro das preocupações de Freud e dos grandes expoentes da psicanálise, estava a genial exposição de Ferenczi, "Confusão de língua entre os adultos e a criança - a linguagem da ternura e da paixão -". Texto que Freud tentou impedir, sem sucesso, que Ferenczi apresentasse no XII Congresso de Psicanálise.

Neste artigo, Ferenczi segue ampliando as ideias contidas em "A etiologia da histeria" (FREUD, 1976a), apontando que o sexual vai além do estupro, e o traumático, além do sexual.

O autor sugere pelo menos três possibilidades traumatogênicas decorrentes da incapacidade do adulto em acolher as crianças: as agressões sexuais; os castigos passionais, sem correspondência com a atitude da criança, mas sim com o humor do adulto; e o terrorismo do sofrimento, que impõe uma inversão: a criança é levada a desempenhar o papel de cuidador.

Somado a isto, propõe o conceito de "trauma bifásico", assinalando a importância de que a criança possa ser acolhida após experiência traumática, e de como o descrédito – a desmentida - pode levar a um agravamento da morbidade. É neste lugar, justamente, que o autor coloca a psicanálise e o psicanalista, um espaço e uma presença confiáveis onde vivências insuportáveis poderiam ser repetidas e, pela primeira vez, acolhidas.

Ou seja, segundo Ferenczi, a segunda fase do trauma, a desmentida, poderá ser reencenada e transformada devido à presença do analista. Nas palavras do autor: *"Talvez não lhe possamos oferecer tudo o que lhe caberia em sua infância, mas só o fato de que possamos vir em sua ajuda já proporciona o impulso para uma nova vida"* (IDEM, p. 117).

Esta disposição do analista a dar crédito ao analisando proporciona, em condições muito favoráveis, a "absorção" do conteúdo traumático e reintegração do "eu". O trauma poderá ser, enfim, reconduzido à realidade, e o senso de integridade do "eu" será restabelecido. A vivência catastrófica deixará de ser atemporal, encapsulada e imutável. Será incluída na cadeia associativa, recebendo um sentido simbólico, fazendo-se memória e se tornando história.

A grande sensibilidade do analista aparece, também, na forma como Ferenczi expõe os processos "autoplásticos", os quais são arranjos na busca de uma sobrevivência a qualquer custo. Ele alerta que, caso o mundo adulto não se adapte para acolher a pequena criança, esta, por ser incapaz de alterar o ambiente externo, estará fadada a se submeter a adaptações na base de seu "eu". O autor desenvolve a ideia de que a dependência natural da criança a coloca em situação de grande vulnerabilidade. O poder de um adulto abusador é capaz de gerar um estado de transe, próximo à inconsciência, inviabilizando o protesto, inclusive sob forma de pensamento. Esta circunstância obriga a criança *"a submeter-se automaticamente à vontade do agressor, a adivinhar o menor de seus desejos, a obedecer esquecendo-se de si mesmo"* (IDEM, p. 102).

Neste ponto, propõe o termo "identificação com o agressor" para expressar uma adaptação catastrófica que se impõe à pequena criança. Este processo defensivo inclui transe hipnótico, internalização, ataque à percepção e cisão, movimentos que não ficarão registrados como memória, mas como marcas e distorções do "eu", com graves repercussões futuras.

O conceito de "identificação com o agressor" de 1932, assim como o seu anterior conceito de "introjeção" de 1908, não devem ser entendidos nas bases do que conhecemos como mecanismos de internalização da psicanálise tradicional: movimentos que se dariam no interior de um "eu" já delineado, e que, nestes casos, poderiam ser caracterizados como processos neuróticos.

Ambos compreendem parcelas do "eu" em estado primitivo, nos quais não se faz possível a discriminação do "eu" e "não-eu" (independente da idade cronológica). Porém, são movimentos que acontecem em direções opostas. A "introjeção" é uma expansão natural, do íntimo em direção a um mundo externo confiável, que favorece o enriquecimento e a ampliação do "eu". Já a "identificação com o agressor" é justamente uma reação a uma intimidação, uma violação, uma invasão que atingiu subitamente partes sensíveis do "eu".

Enquanto a primeira é um acontecimento que favorece o amadurecimento do "eu", sendo um processo intenso e primordial nas etapas iniciais, mas permanecendo como fator de transformação e enriquecimento por toda a vida; a segunda é um mecanismo de defesa reativo a uma intrusão. Em uma circunstância de extrema ameaça, a "identificação com o agressor" surge em nome da sobrevivência de, ao menos, uma parcela do "eu".

A vítima, mesmo que já tenha amadurecida a sua capacidade de discernimento, frente à presença impositiva do agressor, perde-a. É da natureza do poder hipnótico do agressor violar sem encontrar nem mesmo a resistência das funções perceptivas de quem se encontra submetido.

Ferenczi assinala que o estado de transe hipnótico, comum à vítima aterrorizada, funciona como defesa na medida em que favorece o desaparecimento do agressor enquanto realidade exterior e a sua transformação em vivência onírica. A este transe e à internalização do agressor como realidade fantasiada, segue-se a cisão, como última tentativa de preservação.

Com estes movimentos "autoplásticos", a criança tem abalada a capacidade avaliativa e coloca em risco sua tendência à unidade, parte-se em pedaços, perde-se de si mesma, este é o alto preço para assegurar uma ilusão de confiabilidade no mundo exterior. Para ela, devido a sua extrema dependência, perder a confiança em si é preferível a perceber e reconhecer a imprevisibilidade do mundo circundante. Esta criança estará, durante toda a sua vida, vulnerável às seduções abusivas e às ameaças do mundo.

O entendimento da "identificação com o agressor" e todos os violentos processos autoplásticos envolvidos são a contribuição de

Ferenczi para o entendimento da "compulsão à repetição", em oposição à proposta freudiana da "teoria da pulsão de morte".

> [...] a mudança significativa, provocada no espírito da criança pela identificação ansiosa com o parceiro adulto, é a introjeção[3] do sentimento de culpa do adulto: o jogo até então anódino apresenta-se agora como um ato merecedor de punição. Se a criança se recupera de tal agressão, ficará sentindo, no entanto, uma enorme confusão; a bem dizer, já está dividida, ao mesmo tempo inocente e culpada, e sua confiança no testemunho de seus próprios sentidos está desfeita. (IDEM, p. 102)

Ainda no que diz respeito ao estabelecimento da "compulsão à repetição" o autor segue falando de como não é raro que estas crianças feridas não encontrem alguém a quem possam confiar o relato do abuso e como este descrédito, este não acolhimento (desmentida) levará a uma maior cristalização das defesas.

> De um modo geral as relações com uma segunda pessoa de [suposta] confiança – no exemplo escolhido, a mãe – não são suficientemente íntimas para que a criança possa encontrar ajuda junto dela; algumas tênues tentativas nesse sentido são repelidas pela mãe como tolices. A criança de quem se abusou converte-se em um ser que obedece mecanicamente, ou que se fixa numa atitude obstinada; mas não pode mais explicar as razões desta atitude. (IDEM, p. 103)

Estas considerações de Ferenczi servem como respostas ao equí-

---

3. Uma alternativa ao uso do termo "introjeção" ao se referir aos processos que compõem a "identificação com o agressor", seria, "intropressão", este conceito foi proposto por Ferenczi, num artigo descoberto postumamente (1992, v.IV, p. 308). O uso de "intropressão" evitaria possíveis equívocos, uma vez que, em seus escritos da primeira fase (1908-1919), "introjeção" está relaciona da ao desenvolvimento normal, é um movimento primário e não uma reação à intrusão.

voco cometido por Abraham no trabalho de 1907, "A experimentação do trauma sexual como uma forma de atividade sexual", endossado por Freud em 1914, em "A história do movimento psicanalítico".

Relembrando: a interpretação de Abraham e Freud, sobre a conduta da menina submetida ao abuso, desconsidera a dependência natural da infância e o poder dos adultos sobre as crianças. Os argumentos que os dois compartilham objetivam sustentar a tese de que o papel da constituição sexual da criança é *"calculada precisamente para provocar experiências sexuais de uma natureza particular – ou seja, traumas"* (FREUD, 1976, v. XIV, p. 28) e que *"a experimentação de um trauma sexual na infância é a expressão masoquista do impulso sexual"* (ABRAHAM apud MASSON, 1984, p. 125). O que confere, de maneira equivocada, intencionalidade a uma criança ao ponto dela se tornar responsável pelo próprio trauma a que foi submetida; inegavelmente, retirando ou minimizando a responsabilidade do adulto agressor.

Uma reinterpretação do exemplo trazido por Abraham, levando em consideração o conceito de "identificação com o agressor", aponta para um entendimento bastante distinto: a menina seguiu sem questionar o adulto (uma figura de autoridade conhecida, o vizinho), após o abuso, correu para casa, mas não disse nada a respeito do acontecido. O que é absolutamente compreensível, uma vez que, justamente, a "identificação com agressor" pressupõe a transformação da realidade insuportável em vivência onírica e a minimização da responsabilidade do abusador e o consequente ingresso da criança num movimento de autoculpabilizações e constrangimentos. A incorporação da culpa do agressor somada à dúvida quanto à capacidade de seus pais de acolhimento explicam a dificuldade desta menina de falar sobre a agressão com a família. Este encadeamento de fatos e reações, não custa reafirmar, é absolutamente comum a vivências traumáticas tanto de crianças como de adultos.

Fazendo referência aos efeitos catastróficos do abuso sobre o desenvolvimento da pequena criança Ferenczi escreve:

> É estranho ver funcionando, no decorrer da identificação [com o agressor], um segundo mecanismo sobre o qual eu, pelo menos, não sabia grande coisa. Refiro-me à eclosão surpreendente e súbita, como ao toque de uma varinha mágica, de faculdades

novas que surgem em resultado de um choque. [...]
Uma aflição extrema e, sobretudo, a angústia de
morte, parecem ter o poder de despertar e ativar de
súbito disposições latentes, ainda não investidas, e
que aguardam tranquilamente sua maturação.
(FERENCZI, 1992, v. IV, p. 104)

Esta maturidade forjada, oculta e protege uma parcela do "eu"
que seguirá, vida afora, inocente e frágil. Lembrando que Ferenczi
aponta, neste mesmo artigo, pelo menos três tipos de situações de abusos: sexuais, punições passionais e a conversão da criança em suporte
emocional para o adulto, os quais muitas vezes serão infligidos combinados; as faculdades que eclodem, como consequência das ações
adaptativas, também podem somar-se: conduta sexualizada, precoci-
dade perceptiva, intelectual, emocional, características que conferem
à pequena criança disposições de adultos. Para ilustrar esta ideia, o
autor usa a imagem do fruto machucado pelo bico de um pássaro, o
qual amadurecerá cedo demais.

É bastante lamentável que estes ajustes, processados no interior
da criança para que ela sobreviva ao trauma, especialmente quando o
abuso é de origem sexual, representem, ao olhar de adultos equivocados, indícios da cumplicidade ou culpabilidade da criança em relação
a seu próprio infortúnio.

Ao se referir a situações traumáticas constantes e acumulativas,
Ferenczi irá propor o termo "atomização" descrevendo a ação arrasa-
dora do processo contínuo de "identificação com o agressor" sobre o
"eu" imaturo, alerta que tal nível de fragmentação levará a uma sensação intensa de estranheza, desconexão e confusão. O autor assinala
que estes arranjos defensivos inviabilizam a vida e nada mais são do
que estratégias de sobrevivência, enquanto se espera que *"algo de
favorável se produza na própria realidade"* (IDEM, p.117).

A evolução da obra de Ferenczi e os registros de intervenções e
reações de Freud e alguns de seus discípulos não deixam dúvidas de
que o clima de tensão entre eles dizia respeito à grande descoberta de
que uma técnica psicanalítica de maior alcance só poderia se desenvolver apoiada em alterações teóricas importantes.

O confronto com a comunidade psicanalítica foi direto, custan-
do um alto preço para Ferenczi, que teve sua credibilidade como pessoa e psicanalista atacada durante os poucos anos de vida que lhe res-

tavam e, por décadas, após sua morte.

Numa carta para Freud, de 21 de agosto de 1932, Ferenczi renunciou definitivamente à presidência da IPA, e escreveu:

"[...] *durante o esforço para desenvolver minhas análises num sentido mais profundo e mais eficaz, cheguei a um ponto decididamente crítico e autocrítico que, sob certos aspectos, parece dever impor não só complementos, mas também correções às nossas posições práticas e, aqui e ali, também teóricas"* (FERENCZI, 1990, p.16).

A necessidade de correções teóricas, era bem mais profunda do que esta carta deixou transparecer, já vinha se tornando consciente e angustiando Ferenczi há alguns anos. Mas foi na sua última exposição, em 1932, "Confusão de língua entre os adultos e a criança", que os novos pressupostos tomaram toda a dimensão que lhe cabiam.

Logo após ter conhecimento do conteúdo deste texto, Freud escreve à Marie Bonaparte: *"Ferenczi é minha pílula amarga"* (apud BOKANOWSKI, 2000, p. 40). Em dois de outubro de 1932, referindo-se especificamente a este ensaio, escreve a Ferenczi, apontando o que ele considera um "erro teórico":

> Não acredito que você se corrija, como eu me corrigi, uma geração mais cedo... Acredito estar objetivamente em condições de lhe mostrar o *erro teórico* em sua construção, mas de que adianta? Estou convencido de que você se tornou inacessível a qualquer reconsideração. (FREUD apud FERENCZI, 1990, p.17)

O *"erro teórico"* ao qual Freud referiu ter-se *"corrigido"*, *"uma geração mais cedo"*, certamente, dizia respeito à "teoria da sedução" desenvolvida em 1896, no artigo "A etiologia da histeria" (FREUD, 1976).

Ferenczi, no mesmo dia em que recebeu a carta sobre o seu suposto *"erro teórico"*, registrou no seu "Diário" o seguinte dilema: *"'reorganizar-se'* [conforme as exigências de Freud] *ou morrer"* (FERENCZI, 1990, p.17). Morreu sete meses depois, deixando uma obra reveladora.

Após a morte de Ferenczi, em 1933, Ernest Jones enviou para Freud uma carta desconcertante, na qual refere sua disposição de não publicar o ensaio "Confusão de língua", no Jornal da Sociedade Psicanalítica, desfazendo a promessa que teria feito a Ferenczi. Em sua correspondência, Jones citou também um trecho de uma carta que Joan Rivière lhe havia enviado:

> Desde a sua morte [Ferenczi] tenho meditado sobre o afastamento das razões pessoais para publicá-lo ["Confusão de Língua entre os Adultos e a Criança" (1932)]. Outros também sugeriram que ele agora seja retirado e cito a passagem de uma carta da Sra. Rivière, com a qual concordo plenamente: 'Agora que Ferenczi morreu, fiquei pensando se você não reconsideraria a publicação do seu último ensaio. Parece-me que só pode ser prejudicial para ele e uma desonra, pois agora ele não pode mais ficar sentido por não ser publicado, e isso não serviria a nenhum propósito positivo. Seus argumentos científicos e afirmações sobre a prática analítica são apenas uma trama de delusões, que só podem desacreditar a psicanálise e dar razão a seus opositores. Não se pode supor que todos os leitores do *Journal* vão considerar o estado mental do autor, e neste aspecto tem-se de pensar na posteridade também!'. (JONES e RIVIÈRE apud MASSON, 1984, p. 145).

Não há registro da carta de Freud em resposta a Jones, o fato é que o texto de Ferenczi jamais integrou o *Journal*.

Nos anos decorrentes, diversos empecilhos foram sendo criados para evitar a publicação da obra e da correspondência de Ferenczi na Inglaterra, o que fica claro nas cartas trocadas entre Michael Balint (ex-paciente e divulgador de sua obra), Gizella, esposa de Ferenczi, e Anna Freud.

Em 1948, Gizella escreveu a Anna Freud uma carta plena de gratidão por ter sido aceito o seu pedido de que as cartas de Ferenczi a Freud lhe fossem entregues: *"Seria, pois, uma alegria para o resto da vida, que não será mais muito longa, se eu pudesse deixar a minhas filhas as cartas de Sándor, sobretudo as cartas escritas ao professor".* O texto segue de forma emocionante:

O fato de meu marido ter convivido pessoal e profissionalmente com um dos maiores homens do nosso tempo tem para mim um grande valor moral; como a mim não restaram senão valores morais, seria um consolo e uma tranquilidade, para mim e minhas filhas possuir este monumento de dois homens tão importantes. (apud FERENCZI, 1994, p.34)

Porém, a cooperação não se confirmou, no final do ano de 1951, após a morte de Gizella, sua filha Elma escreveu a Balint: *"Quem me dera pudesse eu presenciar a publicação dessa correspondência [...] sabendo que Anna é culpada pelo atraso"* (IDEM, p. 35).

Realmente, nem Gizella, nem Elma, nem Balint estavam vivos para ver os testemunhos das contribuições corajosas de Ferenczi serem traduzidos e divulgados. O "Diário Clínico" (1932) e a "Correspondência Freud e Ferenczi" (1908 a 1933) precisaram aguardar mais de trinta anos até serem publicados.

"MINHAS PRÓPRIAS PALAVRAS"[4]. Donald Winnicott fazia parte de um grupo de psicanalistas conhecido como *midle group* (ou grupo independente), da Sociedade Britânica de Psicanálise. Este conjunto de pensadores originais obteve um reconhecimento político na psicanálise a partir de seu posicionamento numa área, na medida do possível, fora dos embates entre Anna Freud e Melanie Klein, nos anos 40 e 50.

Mas é preciso discriminar a sua postura em termos de relações e posições políticas, muitas vezes com um caráter mediador e conciliador, de seu pensamento psicanalítico extremamente independente. Winnicott, o mais proeminente participante deste grupo, desenvolveu uma teoria original em relação às concepções "annafreudianas" e "kleinianas". Suas contribuições estavam longe de serem tentativas conciliatórias entre ideias que se contrapunham, como também não eram desenvolvimentos complementares à psicanálise tradicional.

Estas são suas palavras, ao falar sobre independência e lealda-

---

4. expressão utilizada numa carta à Melanie Klein, 1952 (Apud RODMANN, 1990).

de, numa carta escrita nos últimos anos de sua vida: *"... conheço a psicanálise apenas como uma ciência em luta, e, sem dúvida, como nunca conheci Freud, nunca cheguei a depositar nele uma fé equivalente àquela que o Sr. menciona. Tive minhas lealdades iniciais a Freud, Melanie Klein e outros, mas, por fim, a lealdade acaba se voltando para nós mesmos"* (WINNICOTT apud RODMANN, 1990, p. 168).

Algo inaugural surgia com suas contribuições, ele propôs um deslocamento do foco dos conflitos e das dualidades de dentro do espaço psíquico, para os pontos de contato entre o bebê e a realidade exterior. O olhar atento de pediatra favoreceu o nascimento de uma teoria com amplos alicerces, concebida na observação da relação efetiva entre as mães e seus bebês. A experiência e disposição pessoal conduziram Winnicott à compreensão de características sutis referentes aos estágios iniciais.

O autor observou que o ambiente humano, inicialmente não percebido pelo bebê, tinha um papel fundamental tanto no desenvolvimento normal como nas interrupções do desenvolvimento. Neste percurso, foi levado a repensar a importância das fantasias inatas, a dualidade pulsional e, inclusive, a dimensão do papel das fantasias sexuais infantis na etiologia dos distúrbios psíquicos.

A obra de Winnicott se organizou como uma renda tecida a partir de um centro. Neste centro, estão as ideias sobre o início antes do início: a solidão essencial, a dependência dupla, a necessidade de o ambiente realizar uma adaptação ativa para que o pequeno bebê possa se manter em estado de apercepção.

Sustentado nesta convicção, o psicanalista britânico retomou a importância do trauma real, alertou para as reações que ameaçam romper a "continuidade do ser", propôs uma nova visão das psicoses e, consequentemente, uma ampliação dos recursos técnicos, onde a "regressão à dependência" passa a ter um papel fundamental.

Suas palavras ao escrever o "Desenvolvimento emocional primitivo", em 1945, são:

> O principal objetivo deste trabalho é apresentar a tese de que o desenvolvimento primitivo do bebê, antes de o bebê conhecer a si mesmo (e como consequência os outros) como a pessoa total que ele é (e que eles são), é vitalmente importante: e, de fato,

que aí se encontra o esclarecimento da psicopatologia da psicose. [...] A importância da mãe é vital especialmente no início e, realmente, a mãe tem como tarefa proteger seu bebê de complicações que ele não pode entender ainda e continuar a fornecer, de maneira uniforme, o pedacinho simplificado de mundo que a criança, através dela, passa a conhecer. Somente sobre este alicerce pode-se construir objetividade ou uma atitude científica. Qualquer falha de objetividade que ocorra em qualquer época se relaciona a uma falha neste estágio do desenvolvimento emocional primitivo. Tendo somente como base a monotonia, uma mãe pode enriquecer proveitosamente a vida de seu filho. (WINNICOTT, 1993, p. 274 - 280)

Poucos anos depois, em 1948, em "Pediatria e psiquiatria", refere: *"De acordo com a teoria que estou apresentando, processos complicados fazem parte do desenvolvimento emocional de todo o bebê e, caso estes processos não caminhem para frente, ou não se completem, ocorre uma predisposição para a perturbação ou colapso mental; a conclusão de tais processos forma a base da saúde mental"* (IDEM, p. 291).

No ano de 1952, em "Psicose e cuidados maternos", Winnicott assinala a relação entre falha ambiental e o diagnóstico de psicose:

O diagnóstico [psicose infantil] é feito quando o meio ambiente não consegue esconder ou aguentar distorções do desenvolvimento emocional, fazendo com que a criança necessite se organizar em torno de uma determinada linha defensiva que possa ser reconhecida como uma entidade doença. [...] Para o pediatra, há uma continuidade no desenvolvimento do indivíduo; este desenvolvimento tem início com a concepção, continua através de toda a infância, levando ao estado adulto, a criança sendo o pai do homem. (IDEM, p. 375, 376)

Partindo de novos pressupostos, a teoria de Winnicott era inovadora e, em muitos aspectos, contestava o pensamento psicanalítico vigente, que naquele momento se encontrava com dificuldades adicionais para reconhecer novos desenvolvimentos. A Sociedade Britânica estava dividida em dois grupos, extremamente engessados por ameaças paranoides e mecanismos defensivos, conforme observações do próprio Winnicott.

Numa das várias críticas que fez a esta divisão empobrecedora, o psicanalista britânico refere que os seguidores da Sra. Klein "são todos filhos e netos" e os seguidores da Srta. Freud "foram todos à mesma escola". Ou seja, os psicanalistas que se abrigavam nestes grupos pagavam o preço de se limitarem criativamente e se tornarem incapazes de reconhecer e aceitar uma colaboração vinda de fora.

Assim, Winnicott respondeu a má acolhida de seu trabalho "Ansiedade associada à insegurança", em uma carta à Melanie Klein de 17 de novembro de 1952:

> [...] percebo como é irritante quando quero colocar em *minhas próprias palavras* algo que se desenvolve a partir da minha própria evolução e da minha experiência analítica. [...] O que eu queria na sexta-feira era sem dúvida que houvesse algum movimento da sua parte para com o gesto que fiz naquele ensaio. Trata-se de um gesto criativo e não posso estabelecer relacionamento algum através desse gesto se ninguém vier ao seu encontro. (grifo meu) (WINNICOTT apud RODMANN, 1990, p. 30)

Na mesma correspondência, segue fazendo uma crítica ao grupo kleiniano, enquanto assinala a importância da Sociedade e de seus membros serem capazes de acolher novas ideias:

> [...] qualquer um que tenha uma boa ideia é bem vindo, e creio que seremos capazes de tolerar uma declaração inicial feita em termos pessoais. A declaração inicial é geralmente feita a grande custo e, durante certo tempo após ter sido feita, o homem ou a mulher que fez esse trabalho encontra-se num estado sensível, já que está pessoalmente envolvido. [...] Mais um detalhe: você está tão bem rodeada

> pelos que a apreciam, valorizam seu trabalho e ten-
> tam colocá-lo em prática, que você tende a perder
> contato com outros que estão fazendo um bom tra-
> balho, mas que por acaso não caíram sob sua
> influêncìa. (IDEM, p. 32)

Mais adiante, Winnicott pretende alertar sobre algo que "entusi-
astas kleinianos" não devem deixar de lado, mesmo que não tenham
simpatia pelos seus escritos: *"Acredito que a ideia expressa em meu
ensaio, por pior que ele tenha sido, tem o sentido de conferir uma
nova ênfase, de modo que os que usam os conceitos, ideias e técnicas
da senhora não possam esquecer algo que é desastroso deixar de
lado"* (IDEM).

Este *"algo que é desastroso deixar de lado"* diz respeito à
preocupação de Winnicott com a desconsideração da importância do
ambiente na teoria kleiniana.

Diante desta ameaça que sugere diferenças irreconciliáveis,
Winnicott finaliza a carta declinando do convite para participar como
colaborador no próximo livro de Klein:

> Estou escrevendo tudo isto para mostrar porque
> sinto uma real dificuldade em escrever um capítulo
> para seu livro, mesmo querendo tanto fazê-lo. A
> questão que estou discutindo toca bem na raiz de
> minha dificuldade pessoal, de modo que o que você
> vê sempre pode ser posto de lado como doença de
> Winnicott, mas se você desconsiderá-lo desse
> modo pode perder algo que, no fundo, é uma contri-
> buição positiva . (IDEM, p. 33)

Winnicott parece perceber que Klein, ao ser incapaz de reconhecer a importância do ambiente real nos cuidados dos primeiros
tempos de um bebê, desenvolve uma teoria cada vez mais no sentido
de designar processos psíquicos precoces; como que preenchendo o
espaço onde a íntima relação mãe-bebê deveria estar sendo considerada.   Em uma carta à Joan Rivière, ele escreve se referindo a ela e
Klein, com certa ironia: "[...] *ambas estão absolutamente seguras de
que não há nenhuma contribuição positiva que eu possa dar à interessante tentativa que Melanie está empreendendo o tempo todo para*

formular a psicologia dos estágios precoces" (IDEM, p. 82).

Dois anos após a morte de Klein, em 1962, Winnicott apresentou seu artigo "Enfoque pessoal da contribuição kleiniana", onde refere:

> [Melanie Klein] examinou a influência do ambiente apenas superficialmente, nunca reconhecendo realmente que juntamente com a dependência da fase precoce da lactação há, na verdade, um período em que não é possível descrever um lactente sem descrever a mãe de quem o lactente ainda não se tornou capaz de se separar para se tornar um *self.* Klein afirmava ter dado toda a atenção ao fator ambiental, mas na minha opinião ela era incapaz disso, por temperamento. (WINNICOTT, 1990, p. 161)

Sobre as discordâncias entre Winnicott e o grupo kleiniano, Rodmann se pronunciou: *"Com o tempo, ele veio a discordar de várias de suas teorias, em especial as elaborações da pulsão de morte, tais como a inveja constitucional. [...] Suas objeções fundamentavam-se especialmente na relutância dela em reconhecer a importância da mãe concreta e da sua conduta concreta no desenvolvimento do bebê"* (RODMANN, Introdução do "Gesto Espontâneo", 1990).

No mesmo texto, o autor segue fazendo um breve retrospecto da consideração e desconsideração da importância do ambiente na história da psicanálise:

> O papel da realidade externa foi colocado em questão pela descoberta de Freud de que os relatos de ataques sexuais na infância geralmente eram resultado antes de fantasias edipinianas que de eventos reais. Isto abriu o mundo da fantasia ao estudo cuidadoso e lançou Freud ao grande trabalho de demonstrar que os ímpetos pulsionais e a neurose infantil de uma pessoa colorem e dão forma ao curso da vida. Klein provavelmente representa a apoteose deste ponto de vista. Ao virtualmente excluir a realidade externa de um papel formativo

> no desenvolvimento, sua teoria transmite a impressão de que a técnica por ela gerada irá beneficiar o paciente através de insights que "mexam" com ele. Winnicott, firmemente enraizado na tradição psicanalítica, mas também um observador prático de crianças e de pais aflitos podia introduzir a realidade externa como influência sem sacrificar o significado da vida de fantasias da criança no processo. Seu senso de realidade, talvez até mesmo seu senso de justiça, exigia isso dele. (IDEM)

A realidade externa e a responsabilidade dos adultos frente a uma criança já não podiam mais ser eclipsados por um temor de que a psicanálise, ao questionar preceitos referentes à hereditariedade e às fantasias sexuais precoces, perdesse status no meio científico.

Especificamente sobre este abandono do reconhecimento do trauma sexual real e a "apoteose" kleiniana deste ponto de vista, Winnicott escreve, em 1963: *"De início Freud pensou que todas as pessoas neuróticas tinham tido um trauma sexual na meninice, e mais tarde descobriu que o que elas tinham tido eram desejos. Então por muitas décadas presumimos nos escritos analíticos que não existia tal coisa como traumas sexuais reais. Agora temos que admitir isso também"* (WINNICOTT, 1990, p. 227).

As diferenças fundamentais entre o pensamento de Winnicott e as propostas teóricas dominantes diziam respeito também às contribuições do grupo annafreudiano.

Em 1956, no artigo "Preocupação materna primária", o autor fez uma reflexão sobre o pensamento de Anna Freud ("e psicanalistas de modo geral"), iniciou, citando-a:

> 'Os desapontamentos e as frustrações são uma parte inseparável da relação mãe-criança... Culpar as falhas maternas na fase oral pela neurose infantil não é mais que uma generalização fácil e enganadora. A análise deve investigar mais longe e mais profundamente na sua busca das causas da neurose.' Com estas palavras, Anna Freud expressa uma visão que é compartilhada pelos psicanalistas de modo geral. Apesar disso, podemos lucrar muito, se

> levarmos a posição da mãe em consideração. Existe o meio ambiente, que não é suficientemente bom e que distorce o desenvolvimento do bebê, da mesma forma que pode haver um meio ambiente suficientemente bom, aquele que permite ao bebê alcançar, a cada estágio, as satisfações, ansiedades e conflitos inatos apropriados. (WINNICOTT, 1993, p. 492)

Winnciott, na sequência do mesmo artigo, fez uma crítica à tendência de Anna Freud, Margareth Mahler e seus seguidores de usarem termos tais como "equilíbrio homeostático" e "relação simbiótica" com o objetivo de sugerir modelos para a relação mãe-bebê.

> O termo simbiose não faz mais que comparar a relação entre mãe e bebê a outros exemplos na vida animal e vegetal: interdependência física. As palavras equilíbrio homeostático também deixam de lado alguns pontos delicados que surgem ante nossos olhos, quando examinamos essa relação com o devido cuidado. Estamos preocupados com as enormes diferenças psicológicas existentes entre, de um lado, a identificação da mãe com o bebê, e, por outro, a dependência do bebê com relação à mãe. (IDEM)

É interessante observar que tanto as críticas ao grupo kleiniano como as dirigidas aos seguidores de Anna Freud, dizem respeito às desconsiderações sobre a relevância da importância dos cuidados efetivos da mãe (ou de quem desempenha esta função) para acolher o pequeno bebê. Winnicott se ocupa da inegável dependência e vulnerabilidade com que o bebê humano chega ao mundo, ressalta a assimetria que envolve o contato mãe-bebê e, partindo desta constatação, preocupa-se em assinalar a responsabilidade dos adultos cuidadores de processarem uma adaptação ativa.

Como um psicanalista atento à necessidade de a psicanálise não perder de vista a realidade objetiva, tanto para que a etiologia dos casos graves possa ser compreendida, como para que a análise possa oferecer adaptações ativas para se manter realmente terapêutica, era

Confusão de língua na psicanálise

natural que Winnicott se posicionasse também em relação à "teoria da pulsão de morte".

Em 1948, poucos anos depois do final da Segunda Guerra Mundial, em uma carta à Anna Freud, Winnicott escreve algo intrigante sobre os "impulsos e as ideias agressivas". Ele assinala que, no desenvolvimento natural da psicanálise, recaiu sobre os psicanalistas da Sociedade Britânica a responsabilidade de colocar os impulsos e a agressividade em seu lugar adequado na teoria e na prática psicanalíticas. Esta é uma manifestação direta de suas reflexões a partir de seu trabalho com crianças evacuadas e seus retornos aos lares, durante e após a Segunda Guerra. Experiência que o levou a formular suas ideias sobre "as raízes da agressão" (1939-1964) e sobre a "tendência antissocial" (1956), artigos organizados em seu livro "Privação e delinquência" (2012).

Os psicanalistas, que entendem a teoria do desenvolvimento como um encontro entre potencialidades e um ambiente capaz ou não de acolher um bebê que chega, consideram que a hereditariedade e, mais especificamente, as fantasias sexuais inatas ou precoces e os sentimentos de ódio e inveja inatos são construções apressadas e de pouca utilidade. Para eles, a aceitação e o reconhecimento da dependência, naturalmente, conduzem a uma compreensão do amadurecimento e da interrupção do amadurecimento, ou seja, das compulsões à repetição e do adoecer.

O adoecimento para Winnicott é um somatório de reações que rompem a "continuidade do ser", a pequena criança, diante de um adulto incapaz de se adaptar e de oferecer cuidados, adapta-se e ela própria se torna cuidadora, atenta em prever um ambiente imprevisível. Ou seja, os sintomas graves, os casos fronteiriços, a tendência antissocial - e os riscos de sua cristalização em termos de transtorno de personalidade (deliquência) -, as organizações do tipo falso *self* (sua grande contribuição de 1960) e as psicoses teriam sua origem numa falha ambiental catastrófica e numa consequente adaptação massiva em nome da sobrevivência.

Nestes termos, a concepção da "pulsão de morte" perdia, para o grupo dos independentes, sua importância como etiologia dos quadros graves.

A "pulsão de morte" proposta por Freud, em 1920, nasceu no mesmo ano em que morreu sua amada filha Sophie, aos 26 anos. A dor da perda de sua jovem filha se somava ao seu testemunho dos horrores da Primeira Guerra. Freud estava desconsertado com a visão da agressividade humana e com as repercussões nos hospitais psiquiátricos e nos consultórios de psicanálise. Ele percebia a psicanálise vivendo grandes impasses clínicos com pacientes graves, suas compulsões à repetição e com sonhos traumáticos repetitivos apresentados por soldados que voltavam do *front*. Neste ponto, Freud se vê, pela primeira vez, obrigado a questionar a supremacia do "princípio do prazer" e da "teoria da libido", eles não lhe parecem suficientes para explicar estes sonhos, ou estes sintomas, ou esta agressividade. Freud lança mão, então, de uma formulação que irá considerar anterior e mais poderosa do que o "princípio do prazer": a "pulsão de morte".

Ainda que a "pulsão de morte" surja para dar suporte para o entendimento das etiologias dos quadros graves, não parece que esta concepção freudiana tenha oportunizado novas indicações na terapêutica dos casos fronteiriços ou nas psicoses.

Então, mesmo após a concepção da "pulsão de morte", um vazio em termos de orientações sobre recursos técnicos permaneceu, lembrando que a proposição de Ferenczi de uma retomada da traumatogênese como uma sustentação teórica necessária para uma "elasticidade técnica" não pareceu uma opção viável no final da década de 20 e início da década de 30.

Entram em cena, então, a partir da metade da década de 30, as propostas de Melanie Klein. Ela amplificava a dimensão da hereditariedade no adoecer psíquico e conseguia, partindo da "pulsão de morte", sugerir ajustes técnicos que alterariam a prática clínica. Aparentemente, os casos graves e as parcelas mais primitivas da personalidade seriam beneficiados com estas novas abordagens.

Se, por um lado, a ousadia de Klein ao propor uma psicanálise que incluía o atendimento de crianças atraíra o interesse do inquieto pediatra Dr. Winnicott, inegavelmente, o uso que ela faz da hereditariedade foi, justamente, o que mais o afastou. As críticas de Winnicott, acerca da desconsideração de Melanie Klein para com o ambiente e sobre a dimensão que a "pulsão de morte" recebia dentro do grupo kleiniano, ganharam força adicional quando a psicanalista formulou sua teoria sobre a inveja inata.

O conhecido enunciado de Klein sobre a inveja é representativo do grande espaço que a hereditariedade e a "pulsão de morte" ocuparam na sua teoria.

Assim ela inicia seu artigo: *"Considero que inveja é uma*

expressão sádico-oral e sádico-anal de impulsos destrutivos, em atividade desde o começo da vida, e que tem base constitucional". Mais adiante, Melanie Klein escreve:

> Meu trabalho ensinou-me que o primeiro objeto a ser invejado é o seio nutridor, pois o bebê sente que o seio possui tudo o que ele deseja e que tem fluxo ilimitado de leite e amor que guarda para sua própria gratificação. Esse sentimento soma-se a seu ressentimento e ódio, e o resultado é uma relação perturbada com a mãe. Se a inveja é excessiva, indica, em minha concepção que traços paranóides e esquizoides são anormalmente intensos e que tal bebê pode ser considerado como doente. (KLEIN, 1985, p. 214)

No desenvolvimento de seu texto, Klein passa a expor como essa inveja primitiva é revivida na situação transferencial.

> [...] a necessidade que tem um paciente de desvalorizar o trabalho analítico que experimentou como proveitoso é expressão da inveja se as situações emocionais que encontramos em estágios anteriores forem retraçadas até o estágio primário. A crítica destrutiva é particularmente evidente em pacientes paranóides que se comprazem no prazer sádico de desmerecer o trabalho do analista, ainda que este tenha lhe proporcionado certo alívio. Nestes pacientes a crítica invejosa é bastante aberta; noutros, pode desempenhar um papel igualmente importante, mas permanece não expressa e até mesmo inconsciente. (IDEM, p. 215)

Então, Klein chega ao ponto de isentar o analista de grande parte de sua responsabilidade, ao dizer que nos casos em que o analisando tem alguma crítica ao analista isto é ação da inveja, a qual não permite que ele reconheça as qualidades do analista. E, mesmo quando o analisando não apresenta nenhuma crítica, mas a análise tem uma evolução lenta, também é a inveja do paciente que está dominando a cena. Nas suas palavras: *"Em minha experiência, o progresso lento que fazemos em tais casos está também relacionado à inveja"* (IDEM, p. 216).

A preocupação de Winnicott, já registrada, desde 1948, na carta a Anna Freud, de que a psicanálise deva repensar as raízes da agressão e a etiologia dos transtornos de personalidade antissociais ("delinquência"), lançando um olhar mais atento às questões ambientais, deve ter atingido sua potência máxima quando o tema da "inveja inata" passou a se impor nas discussões da Sociedade Britânica.

Em uma correspondência à Joan Rivière, de 1956, ele faz referência ao artigo de Klein, "Um estudo da inveja e da gratidão":

> Fico surpreso ao ver Melanie Klein apresentar um ensaio tão confuso. [...] sinto que ela prestou um desserviço a si mesma ao fazer uma formulação que é bem fácil de ser completamente destruída e que pode facilmente deter o estudo do desenvolvimento da estabilidade do ego e as pesquisas que estão ocorrendo em várias partes do mundo sobre o tratamento da psicose. Acho necessário que Melanie não lide com pacientes psicóticos [...]. (apud RODMANN, 1990, p. 83)

Ele segue: *"Meu problema, quando começo a falar com Melanie a respeito de sua formulação sobre a primeira infância, é que me sinto como se estivesse falando de cores com um daltônico. Ela simplesmente diz que não esqueceu da mãe e da parte que a mãe desempenha, embora, na verdade, eu ache que ela não dá indício algum de ter compreendido a parte que a mãe desempenha bem no início"* (IDEM, p. 84).

Após o Congresso de Genebra, de 1955, e o lançamento do livro de 1959, espaços onde Klein apresenta suas novas ideias, Winnicott se percebe num ponto sem retorno. Ele consegue manifestar sua gratidão por tudo o que aprendeu com Melanie na década que precedeu a Segunda Guerra, mas o trabalho com as crianças evacuadas de Londres e a constatação da dificuldade do reencontro entre elas e suas famílias havia causado uma forte impressão em Winnicott. Ele desenvolvera sua própria teoria sobre as raízes da agressão, totalmente em consonância com sua experiência no ambulatório de pediatria e sustentada pela percepção da importância do ambiente.

Em 1959, Winnicott escreve uma resenha sobre o livro "Inveja e gratidão" (KLEIN, 1985), onde refere: *"Neste livro, a Sra. Klein faz algumas declarações bastante definidas a respeito da inveja e, em minha opinião pessoal, inclui no que diz um certo grau de erro"* (WINNICOTT, 1994, p. 338).

Em "Primórdios de uma formulação de uma apreciação e crítica do enunciado kleiniano da inveja", escrito em 1962, o autor britânico refere:

> Surge a questão: deve-se efetuar uma discussão metapsicológica para explicar fenômenos por referência à hereditariedade até que se tenha chegado a uma compreensão plena da interação dos fatores pessoais e ambientais? Em minha opinião, existe uma séria lacuna de compreensão no argumento de Melanie Klein e, esta lacuna, não é reconhecida, a nossa visão é enevoada pela referência à agressão herdada. [...] O argumento de Klein conduziu-a a um ponto em que ela tem que ou lidar com a *dependência do bebê na mãe* (do paciente no analista), ou deliberadamente ignorar o fator externo variável da mãe (analista) e fazer investigações em busca de *mecanismos primitivos que são pessoais ao bebê.* Ao escolher o último curso, Klein envolveu-se numa denegação implícita do fator ambiental, desqualificou-se quanto à descrição da primeira infância, que é uma época de dependência. Desta maneira, foi forçada a uma chegada prematura ao fator herança. (grifo do autor) (IDEM, p. 341, 342)

Para Winnicott, não faz sentido atribuir uma inveja precoce dirigida à mãe, ou ao analista, quando esta desempenha um "cuidado suficientemente bom" (ou, nas palavras de Melanie, "inveja dirigida ao seio bom"); este conceito de inveja só seria válido no caso de um relativo fracasso da maternagem nos primeiríssimos estágios. E o autor completa: *"Em minha opinião, a tentativa de Melanie Klein de enunciar a história inicial da agressão estava condenada ao fracasso desde que ela tentou enunciá-la separadamente da questão do com-*

portamento do meio ambiente" (IDEM, p. 345).

Em seu trabalho "Enfoque pessoal da contribuição kleiniana", também de 1962, Winnicott escreveu:

> [...] muito se passou e não proclamo ser capaz de expor o ponto de vista de Klein de um modo que ela mesma aprovasse. Acredito que meus pontos de vista começaram a se diferenciar dos seus, e de qualquer modo achei que ela não tinha me incluído como kleiniano. Isto não me importava por que nunca fui capaz de seguir quem quer que fosse, nem mesmo Freud. Mas Freud era fácil de criticar, por que ele era crítico de si mesmo. Por exemplo, simplesmente não acho válida sua ideia de instinto de morte. (WINNICOTT, 1990, p. 161)

Ao final deste mesmo artigo, retoma o tema do "instinto de vida e instinto de morte" e classifica a "manutenção do uso desta teoria" como uma contribuição "duvidosa" de Klein.

Em "O brincar e a realidade", Winnicott assinala que para se falar sobre a "criatividade e suas origens" é fundamental que se considere a origem da agressividade; e, mais uma vez, faz referência a uma necessidade "urgente" de reexame deste ponto. E segue seu texto dizendo: *"Segundo meu ponto de vista, tanto Freud como Klein desviaram-se do obstáculo nesse ponto e refugiaram-se na hereditariedade. O conceito de instinto de morte poderia ser descrito como uma reafirmação do princípio do pecado original. Já tentei desenvolver o tema de que tanto Freud quanto Klein evitaram, assim procedendo, a implicação plena da dependência e, portanto, do fator ambiental* (IDEM, 1975, p. 102).

Para Winnicott a agressividade é original da motilidade do bebê, motilidade esta que o leva ao encontro de um outro, que, a seu tempo, poderá ser percebido. Ou seja, a motilidade ou agressividade faz parte, para Winnicott, da "pulsão que clama por relacionamentos".

Num artigo inacabado de 1968, ele repete a preocupação expressa na carta a Anna Freud de 1948: *"Existe atualmente uma necessidade de que a psicanálise efetue um novo exame da agressão"* (IDEM, 1994, p. 348). E segue:

> [...] quando olhamos de maneira nova para as raízes da agressão, existem dois conceitos em particular, ambos devendo ser jogados fora deliberadamente, de maneira a podermos ver se eles retornam espontaneamente ou se estamos melhores sem eles. Um deles é o conceito freudiano de instinto de morte, um subproduto de suas especulações [...]. O outro é o estabelecimento por Melanie Klein da inveja no lugar proeminente que lhe concedeu em Genebra, em 1955. (IDEM)

Winnicott entende que não é possível avançar o debate científico, a menos que *"estejamos preparados para pôr de lado ambos estes conceitos, desvinculando o primeiro de Freud e o segundo de Melanie Klein"* e completa, *"desta maneira, libertando-nos de crenças e de lealdade, e, assim, novamente, a única coisa pela qual teremos apreço será a verdade"*.

O psicanalista mantém o tom forte no decorrer de seu texto: *"[...] imediatamente percebemos quanto fomos doutrinados pela interjeição constante das palavras 'instinto de morte' e 'inveja' em trabalhos e enunciados"*. Assinala que, anteriormente, nas reuniões da Sociedade nenhum destes conceitos pode ser debatido, por que eles não apareciam como tema principal, mas como suporte teórico para outros temas; e, nestes termos, quem os questionasse, *"pareceria estar sendo rude"*.

Ainda completa: *"Melanie foi 'mal servida' por seus seguidores, que tomaram o que ela disse e pregaram em uma bandeira, quando ela teria lucrado mais se fosse criticada"*. Por fim, Winnicott assim se refere ao trabalho apresentado em Genebra: *"Nesta altura, já havia um sentido de pressa, porque a Sra. Klein estava envelhecendo"*. Segundo ele, Klein estava buscando soluções rápidas para entendimento dos impasses da clínica, ele divide a estratégia que ela usara em dois ítens:

> Primeiro. Fazer tudo pular para trás e enunciar, sem originalidade, que, uma vez que tudo é herdado, algumas pessoas poderiam nascer com uma herança mais carregada do lado agressivo. Este foi um enunciado estéril e incorria em uma desconsidera-

ção a toda a questão da agressão e sua evolução no bebê e na criança individuais e em desenvolvimento.

Segundo. Agarrar o touro pelos chifres e dizer em voz alta o que era clinicamente evidente, ou seja, que os seus pacientes na transferência em nível muito profundo, invejavam-na por ser valiosa, ou "boa". (IDEM, p. 350)

Contrapondo-se a esta pressa de Klein em *"fazer tudo pular para trás"* ou *"agarrar o touro pelos chifres"*, Winnicott apresenta a seguinte passagem, em 1969, em "Contribuição a um simpósio sobre inveja e ciúme":

O novo bebê ainda não separou o 'não-eu' do 'eu', de maneira que, por definição, o 'não-eu' ou o ambiente fazem parte do 'eu' em termos de ego do bebê. Não há maneira de contornar esta dificuldade. No artigo de Genebra, a Sra. Klein pulou sobre este problema e veio a cair em outro. Ela retornou a uma exploração do fator hereditário, tal como, por exemplo, uma herança de uma quantidade anormal de potencial agressivo. [...] Foi um choque descobrir a Sra. Klein evitando algo pela exploração de outra coisa. Incidentalmente, em termos da organização do ego do bebê muito pequeno, a tendência herdada constitui um fator externo de um tipo particularmente grosseiro. É possível que a Sra. Klein tenha pensado que o fator hereditário era pessoal e não ambiental, mas isto seria deixar de fora todo o problema do ego imaturo e a dependência que se baseia no fato de que o 'não-eu' ainda não se separou do 'eu'. (IDEM, p. 351)

Preocupado com a solidificação, cada vez maior, de uma concepção da agressão atrelada à "pulsão de morte", Winnicott, em 1969, no artigo, 'Raízes da agressão" (2012), assinala que, no desenvolvimento de um recém-nascido, existem os primeiros movimentos naturais e os gritos, sem significado agressivo, sem intencionalidade, uma vez que o bebê ainda não está organizado como pessoa. Logo o bebê destruirá o mundo, estará pronto tanto para a destruição mágica como para a criação mágica. Para Winnicott, é neste momento que o bebê reconhece "o que é parte de mim e o que é não-mim". A mãe que sobrevive estará dando a chance do bebê reconhecer a existência de um mundo situado fora de seu controle. Dando-se tempo para os processos de maturação, a criança se tornará capaz de ser destrutiva e de odiar, agredir e gritar, em vez de aniquilar magicamente o mundo.

Para este autor, o resíduo da destruição difusa, quando o ambiente não foi capaz de sobreviver à mágica do bebê, é o que poderá realmente destruir o mundo em que vivemos. Ou seja, a criança impossibilitada de destruir subjetivamente o mundo, por uma incapacidade da mãe de sobreviver e, assim, ser descoberta objetivamente e se deixar "usar", poderá se tornar agressivamente inibida (sempre com risco de rompantes destrutivos) ou efetivamente violenta, justamente por não se tornar capaz de discriminar o "eu" do "não-eu".

As contribuições de Freud nos anos que se seguiram ao abandono da "teoria da sedução" (1896) - a teoria do desenvolvimento psicossexual, as formulações sobre o "princípio do prazer" e a máxima dos "sonhos como realização de desejos" - já traziam em si o tema da intencionalidade. E esta própria intencionalidade, tão difícil de ser retirada do centro do pensamento psicanalítico, manteve-se na concepção da "pulsão de morte". Para Winnicott, a consideração da intencionalidade não colabora para a compreensão dos primeiros tempos de um bebê e dos quadros mais regressivos. O agravante era que a formulação de 1920 nascera, justamente, como recurso para entendimento e manejo dos grandes impasses da clínica e, nas construções de Klein, este recurso tomava uma grande proporção.

A experiência clínica de Winnicott como pediatra e como psicanalista o conduziu a uma valorização da diferença entre necessidade e desejo, e o levou a perceber uma dificuldade, de alguns grupos de colegas, de reconhecer e trabalhar a partir da necessidade de seus pacientes mais regressivos. O campo da necessidade, tão negligenciado, inclui incursões pelo mundo da não intencionalidade e do não reconhecimento do "eu" e do "não-eu".

Em seu artigo inacabado "O uso de um objeto no contexto de Moisés e o monoteísmo", também de 1969, Winnicott refere:

Para advertir o leitor, devo dizer que nunca fui apai-

> xonado pelo instinto de morte e ficaria feliz em poder aliviar Freud do ônus de carregá-lo para sempre em suas costas de Atlas. [...] É sempre possível que a formulação do instinto de morte tenha sido um dos lugares em que Freud se aproximou de um enunciado abrangente, mas não pode fazê-lo porque, embora soubesse tudo o que sabemos a respeito da psicologia humana, remontando à repressão do id em relação a objetos psicoenergizados, ele não sabia o que os casos fronteiriços e os esquizofrênicos iriam nos ensinar nas três décadas subsequentes ao seu falecimento. A psicanálise iria aprender que muita coisa acontece nos bebês que se acha associada à necessidade e separada do desejo e dos representantes do id. (IDEM, p. 188)

Três anos antes, ele escrevera uma carta a Lili Peller com estas mesmas preocupações:

> Pode parecer estranho que eu faça essa grande distinção entre desejo e necessidade. Em meu contato com a sociedade psicanalítica, contudo, estive constantemente em estado de frustração, até mais ou menos 1944, porque nos encontros científicos da Sociedade eu ouvia constantemente referências a desejos e descobri que isso estava sendo usado como uma defesa que bloqueava o estudo da necessidade. Na condição de pediatra, voltei-me para a psicanálise com uma consciência bem desenvolvida da dependência infantil, e achei exasperadamente que a única dependência que meus colegas podiam considerar era a dependência do tipo providências que levam à satisfação do id. Participei da alteração disto, pelo menos no que diz respeito à Sociedade Britânica. Em várias ocasiões, chamei a atenção para o fato de que os oradores estavam se referindo à primeira infância como se o início fosse uma questão de satisfação de pulsão. Gradualmente, fui vendo a Srta. Freud, e depois outros, usando a

palavra necessidade, mas trata-se de uma coisa lenta que está na raiz de um dos problemas atuais de todo o movimento psicanalítico. O progresso no estudo do que pode fazer a psicanálise em relação a personalidades limítrofes e esquizoides depende, antes de mais nada, do reconhecimento da dependência como algo que se refere à necessidade. (apud RODMANN, 1990, p. 135, 136)

Muitas das cartas escritas por Winnicott, através dos anos, e compiladas por Rodmann demonstram sua preocupação com lealdades que podem levar a inibições em termos de contribuições pessoais e originais. Em uma carta em resposta a Roger Money-Kyrle, em 1952, Winnicott se pronuncia fazendo a seguinte crítica:

> Lamento que tenha introduzido aqui a pulsão de morte, porque ela confunde tudo e, do meu ponto de vista, é um conceito que Freud introduziu porque não tinha qualquer noção a respeito do impulso primitivo do amor. Numa discussão não teria a menor utilidade introduzir a expressão pulsão de morte [...]. Você introduz as palavras "posição persecutória e posição depressiva" de um modo que me faz pensar que, por enquanto, você está usando um clichê, e tive a mesma impressão quando você falou sobre a pulsão de morte. (IDEM, p. 35, 36)

Ainda nesta correspondência, Winnicott se posiciona novamente sobre o uso da expressão "pulsão de morte" e sobre o perigo dela se perpetuar como uma prova de lealdade ao invés de ter sentido a partir da experiência clínica de cada um:

> Nesse parágrafo, você mais uma vez introduz a pulsão de vida e a pulsão de morte; você diz que elas são partes de nossos dons inatos, um mundo inteiramente mau seria tão possível quanto um perfeito. Este é um exemplo da maneira como o conceito de pulsão de vida e de morte evita o campo de investigação tão rico do desenvolvimento inicial do

bebê. É uma pena que Melanie Klein tenha feito um esforço tão grande para conciliar sua opinião com a pulsão de vida e de morte, que são talvez o único erro de Freud. (IDEM, p. 37)

Em 1966, escreve para Hans Thorner (apud RODMANN, 1990), comentando o texto apresentado, na noite anterior, na Sociedade:

> Tenho certeza de que você sabe exatamente o que tem em mente quando diz: 'partes perigosas... derivadas da pulsão de morte... devem ser expulsas", etc, etc. Eu mesmo não sei o que você quer dizer, e pelo menos metade da sociedade deve sentir que você está dizendo 'pulsão de morte' , em vez de usar as palavras 'agressividade' e 'ódio'. [...] Qualquer hora destas, quando você não tiver nada para fazer, que tal reescrever aquela frase sem usar as palavras 'pulsão de morte', só por minha causa? (IDEM, p. 134)

Winnicott se ressente de que, em busca de se proteger em grupos fechados, muitos analistas deixam de contribuir efetivamente para o desenvolvimento da psicanálise. Ele lamenta principalmente os entraves no caminho da compreensão etiológica e na adaptação da técnica para quadros fronteiriços e psicóticos. Além disto, uma metapsicologia cujo ambiente é negligenciado e a valorização da etiologia endógena segue preponderando pouco tem a contribuir com a sociedade, com as instituições, com os profissionais da saúde e da educação e com as famílias em termos de prevenção.

Lealdades que aprisionam e submetem preocuparam Winnicott, em todo o seu percurso, e ele, sempre que necessário, posicionou-se de forma crítica. Como nos disse Rodmann, *"seu senso de realidade, talvez até mesmo, seu senso de justiça, exigia isso dele"*.

A contemporaneidade do pensamento de Winnicott, que se constitui na sua corajosa busca das origens do "ser", sugere um retorno às origens da própria psicanálise. É possível detectar uma linha contínua (ainda que sempre ameaçada de rompimento) que surge com a teoria da sedução de Freud, em 1896, que é retomada e profundamente desenvolvida por Ferenczi e volta à cena com as contribuições originais de Winnicott.

O seu pensamento psicanalítico se constituiu no contato efetivo e na observação direta, e, consequentemente, na exclusão de ideias que estavam afastando a psicanálise do humano.

Ainda que a aproximação com estágios remotos do desenvolvimento envolva uma grande obscuridade - para muitos, intolerável -, existe uma obviedade genial no pensamento de Winnicott.

PSICANALISTAS. O reconhecimento da importância do ambiente no desenvolvimento humano, inevitavelmente passa pela importância do reconhecimento das diferenças geracionais, o que está na direção do pensamento de Ferenczi e retoma o sentido das contribuições de Freud contidas em "A etiologia da histeria" (FREUD, 1976).

A verdade é que Winnicott não necessitou da influência de Ferenczi para desenvolver suas ideias, assim como Ferenczi não precisaria das hipóteses contidas em "A etiologia da histeria" para chegar às reflexões finais de sua obra. Mas é inegável que Ferenczi e Winnicott reconheciam uma identidade entre suas propostas e a "teoria da sedução", como se fizessem parte de uma mesma corrente associativa construída paralelamente à psicanálise tradicional. Uma corrente baseada em pressupostos concordantes - o reconhecimento das diferenças geracionais, da dependência natural e a consequente vulnerabilidade do bebê e da criança em relação ao ambiente que o cerca, assim como, profundas repercussões destes primeiros contatos na vida futura -.

A história da consideração do trauma real, que passa por uma nova teoria do desenvolvimento e nos conduz à teoria do amadurecimento, é uma história que sobreviveu à margem. Mas sobreviveu.

Ferenczi morreu como louco, mas morreu psicanalista; Winnicott morreu incompreendido, mas, psicanalista.

Como nenhum dos dois tinha ambições messiânicas, suportaram as incompreensões e retaliações e morreram ainda como integrantes de sociedades ligadas à Associação Psicanalítica Internacional. Suas permanências, de certa forma, teimosas, possibilitaram que, décadas depois, as duas pontas da história se reencontrassem. Ao não optarem pela dissidência, Ferenczi e Winnicott favoreceram reflexões e revisões fundamentais, pois, por maior que tenha sido a distorção e minimização da importância de suas contribuições, seus nomes ficaram incrustados na história.

Quando, reconhecendo suas presenças, faz-se a reconstituição dos caminhos da psicanálise, inevitavelmente, o que foi banido volta ao centro; o que foi "loucura" passa a fazer sentido; o que foi "ingenuidade" passa a ser considerada.

Os seus desenvolvimentos teóricos se fazem presentes nos escritos de, pelo menos, duas gerações de autores. Autores originais, mas que concordam entre si sobre a importância de que a infância seja assegurada aos infantes. A reabsorção do conceito de trauma como vivência real não poderia mais ser adiada.

"Atualmente, estudar e trabalhar sob a influência do pensamento psicanalítico não preconiza uma exclusão da ideia de que existem configurações familiares, nas quais a criança é efetivamente vítima de abusos físicos e psicológicos, velados ou explícitos, e que as repercussões disto precisam ser amplamente consideradas" (MOURA, 2004, p.55).

As contribuições teóricas de Ferenczi e Winnicott e, a partir delas, suas contribuições técnicas não apenas levaram a uma aproximação com o sofrimento humano, mas também resgataram e seguem resgatando psicoterapeutas e psicanalistas que se percebem órfãos de uma teoria que dê suporte ao seu trabalho. Alunos e profissionais que, na tentativa de adaptar a técnica à necessidade de seu paciente, sentem-se abandonados e sob ameaça do fantasma da transgressão.

Os dois autores acreditaram que a psicanálise é grande o suficiente para suportar críticas vindas de dentro (certamente as mais temidas) e reformulações; forte o bastante para abarcar sua própria história, em toda sua extensão e complexidade, incluindo contradições, paradoxos e contrastes.

4 Inovações técnicas e atitude profissional

Foi bastante intencional que a expressão de Winnicott "atitude profissional" estivesse presente não só no conteúdo, mas também já se anunciasse no título deste capítulo. Isto porque acredito que, enquanto as contribuições de Ferenczi e Winnicott em termos de inovações na prática psicanalítica são razoavelmente difundidas, suas preocupações e recomendações para que o analista se mantenha consciente da importância da tarefa que empreende são pouco conhecidas. E, ao meu ver, se não tomarmos suas orientações de forma completa estaremos correndo o risco de distorcer suas proposições mais originais.

Ao transpor suas reconsiderações sobre a teoria do desenvolvimento para elaborar uma teoria das etiologias dos distúrbios e uma teoria da técnica, Ferenczi e Winnicott, repassaram também toda a responsabilidade que eles perceberam que existe no ato de cuidar de uma pequena criança para o analista ou psicoterapeuta. Assim, tanto um autor como o outro, recorrentemente, assinalam em seus textos o papel fundamental das decisões objetivas do analista frente ao seu analisando.

Especialmente quando Ferenczi propõe a "Elasticidade da técnica", em 1928, aparecem suas preocupações com o uso indevido das suas orientações técnicas, ou melhor, sua preocupação de que o analista incapaz utilize a desculpa da "elasticidade" para uma prática descomprometida. Ele escreve: *"Mencionarei agora um problema que nunca foi suscitado até o presente momento, ou seja, uma eventual metapsicologia dos processos psíquicos do analista durante a análise. Seus investimentos oscilam entre identificação (amor objetal analítico), por um lado, e autocontrole ou atividade intelectual, por outro"* (FERENCZI, 1992, v. 4, p. 34). E, adiante, fica ainda mais claro o seu alerta: *"No decorrer de sua longa jornada de trabalho, jamais pode abandonar-se ao prazer de dar livre curso ao seu narcisismo e ao seu egoísmo, na realidade, e somente na fantasia, por breves momentos"* (IDEM, p. 35).

Ciente de que suas novas contribuições técnicas exigem muito do analista, repetidamente, em seus últimos trabalhos, Ferenczi volta ao tema da necessidade de análise do analista: *"Não duvido de que tal sobrecarga – que, por outra parte, quase nunca se encontra na vida – exigirá cedo ou tarde a elaboração de uma higiene particular do analista"* (IDEM).

Um pouco adiante, o autor assinala que é fácil reconhecer terapeutas (e não terapeutas) mal analisados, eles "sofrem de uma compulsão para analisar". Ele completa dizendo que faz parte da análise terminada que o paciente tome para si a mesma "elasticidade" empreendida pelo seu terapeuta e que se torne capaz de "desfrutar simplesmente a vida".

Sobre a complexidade do trabalho psíquico do analista, Ferenczi especifica: *"Deixam-se agir sobre si as associações livres do paciente e, ao mesmo tempo, deixa-se a sua própria imaginação brincar com esse material associativo; nesse meio tempo, comparam-se as novas conexões com os resultados anteriores da análise, sem negligenciar, por um instante sequer o exame e a crítica de suas próprias tendências".*

A seguir ele é bastante sucinto: *"De fato, quase poderíamos falar de uma oscilação perpétua entre 'sentir com', auto-observação e atividade de julgamento".*

Nesse mesmo artigo, de 1928, Ferenczi propõe o conceito de "tato" ou o "sentir com".

> Como se vê, com a palavra 'tato' somente consegui exprimir a indeterminação numa fórmula simples e agradável. Mas o que é 'tato'? A resposta a esta pergunta não nos é difícil. 'Tato' é a faculdade de 'sentir com'. Se, com a ajuda do nosso saber, inferido da dissecação de numerosos psiquismos humanos, mas sobretudo da dissecação do nosso próprio eu, conseguirmos tornar presentes as associações possíveis ou prováveis, que ele ainda não percebe,

poderemos – não tendo, como ele, de lutar com resistências – adivinhar não só seus pensamentos retidos mas também as tendências que lhe são inconscientes. (IDEM, p. 27)

Ele segue refletindo:

Sem dúvida alguma... se aproveitarão de minhas proposições acerca da importância do 'sentir com' para enfatizar, no tratamento, o fator subjetivo, isto é, a intuição, e subestimar o outro fator que sublinhei como sendo decisivo, a apreciação consciente da situação dinâmica." E o autor, ao final do artigo, refere: "Privar o 'tato' de seu lado místico era justamente o motivo principal que me levava a escrever este artigo; mas admito ter simplesmente abordado o problema sem tê-lo resolvido. (IDEM, p. 36)

E o psicanalista húngaro conclui, referindo novamente que a única base confiável para uma boa técnica analítica é a análise avançada do analista, pois, neste contexto, os processos do 'sentir com' e de avaliação não se desenrolarão no inconsciente, mas no nível préconsciente. Ou seja, para Ferenczi é essencial que o analista não perca a capacidade de decisão objetiva, como forma de amenizar ao máximo os riscos de agir em nome de suas próprias paixões ou necessidades, perdendo de vista seu analisando.

Parece-me que 'tato' para Ferenczi é algo além da empatia, por que, necessariamente, inclui uma prática. É um processo absolutamente ativo no interior do analista, ainda que seja, muitas vezes, imperceptível.

Winnicott, com uma orientação próxima às observações de Ferenczi, escreveu, em 1960: *"O psicoterapeuta (analista ou psicólogo analista) deve permanecer vulnerável e ainda assim reter seu papel profissional durante suas horas de trabalho"* (WINNICOTT, 1990, p. 147).

Em 1960, no artigo "Contratransferência", Winnicott volta a fazer a recomendação que já fizera em 1947, ao escrever "O ódio na contratransferência": *o uso da palavra contratransferência deveria ser para descrever a anormalidade nos sentimentos, relacionamentos e identificações estabelecidas, que estão sob repressão no analista. O comentário que isto suscita é de que o analista precisa de mais análise "* (IDEM, p. 145).

Nesse mesmo texto, Winnicott segue valorizando a importância da análise pessoal do analista: *"Não estou dizendo que a análise do próprio analista é para livrá-lo de neurose; sua finalidade é aumentar a estabilidade de caráter e a maturidade da personalidade do profissional, sendo esta a base de seu trabalho e de nossa habilidade de manter um relacionamento profissional "* (IDEM, p. 147).

O tema da "atitude profissional" recebe grande destaque neste artigo. Winnicott, mais adiante, recomenda que, ao nos encontrar, o paciente encontre uma atitude profissional do analista, "não a do homem ou mulher não confiável que costumamos ser na vida privada".

A saúde psíquica do analista está no centro de suas preocupações quando o autor segue dizendo:

> Quero afirmar que o analista no trabalho está em um estado especial, isto é, que sua atitude é profissional. O trabalho é feito em uma situação profissional.
>
> Nesta situação presumimos o analista livre da personalidade e distúrbio de caráter em tal grau que o relacionamento profissional não pudesse ser mantido, ou o pode somente a muito custo, envolvendo defesas excessivas. (IDEM, p. 148)

Entendo que a atitude profissional mantém a assimetria necessária para que o analista não se perca de sua responsabilidade, ele tem o compromisso de estar alerta para tomar as decisões terapêuticas que ninguém mais poderá tomar. Ou seja, o analista deve se abandonar à influência de seu paciente e, ao mesmo tempo, estar sempre pronto para recobrar a consciência plena. Diante destas exigências, a saúde psíquica do terapeuta será primordial como instrumento de trabalho, para garantir que ele possa transitar entre o subjetivo e o objetivo. Uso aqui "saúde psíquica" como sinônimo de capacidade simbólica; ou seja, recursos adquiridos no decorrer de nossa vida que nos fizeram livres o suficientes para circularmos "dentro, fora e nas bordas". Experiências que nos fizeram confiantes ao ponto de encontrarmos outras

Inovações técnicas e atitude profissional

saídas que não as defesas onipotentes (arrogância, onipotência, retaliação, narcisismo, confronto...), dotando-nos de intimidade para com o mundo dos símbolos, presenteando-nos de refúgios internos, "antessalas" para que possamos refletir antes de agir sobre nossos pacientes. Muitas vezes, a decisão acertada é nos calarmos ou falarmos algo com um conteúdo simples, aparentemente inócuo, com o objetivo singelo de demonstrarmos que estamos presentes e que recebemos a comunicação.

Ainda no artigo "Contratransferência" (1990), Winnicott passa a fazer referência aos pacientes graves, com características antissociais e limítrofes, que "alteram completamente a atitude profissional do terapeuta". O autor britânico, inclusive, faz uma ressalva de que nestes casos "o papel do analista" passa a variar.

Neste momento, entram em cena dois pontos importantes, o primeiro: o grande valor que Winnicott irá dar à etiologia e classificação dos distúrbios de seus pacientes, para, a partir daí, traçar um plano terapêutico. O segundo, relacionado com o primeiro, e que diz respeito também a uma reflexão pessoal minha: a atitude profissional, seu valor objetivo e sua importância balizadora da assimetria na relação terapêutica será, mais do que nunca, indispensável. Ou seja, quanto mais o diagnóstico do paciente exigir uma variação no nosso papel, mais estaremos sendo chamados à responsabilidade. Assumiremos o compromisso tanto de nos mantermos vulneráveis e permeáveis, como de nos mantermos capazes de recorrer a um manejo objetivo, quando necessário. A atitude profissional esperada do analista que atende casos fronteiriços em nada se parecerá com uma busca de neutralidade ou estabelecimento de limites no sentido clássico de empreender frustrações, e sim terá relação com o uso que Winnicott faz da expressão "resistência" (bastante diversa do uso corrente em psicanálise). Uma presença constante, que é encontrada na medida em que o bebê ou o paciente regressivo se expande; um algo ou alguém que sobrevive apesar da motilidade ou da crueldade do paciente. Neste cenário, é essencial que o analista possa reconhecer o seu amor e o seu ódio, para manter a liberdade de usá-los como julgar ser o melhor.

Seguindo no mesmo texto, Winnicott descreve o paciente regredido em tratamento, faz referência ao extremo nível de dependência que aí poderá se estabelecer, caso o *setting* se mostre confiável o suficiente, é provável que o *self* verdadeiro oculto aflore, a partir de um colapso; e o autor faz um alerta: *"o analista precisará permanecer orientado para a realidade externa ao mesmo tempo que identificado ou mesmo fundido com o paciente"* (IDEM, p, 149).

O tema das inovações técnicas propostas por Ferenczi e Winnicott, inevitavelmente, passa pela necessidade de avaliação da gravidade do caso. Tanto um analista como o outro reconhecem que a primeira regra fundamental da psicanálise, a "associação livre", é de grande utilidade para os casos de pacientes neuróticos. Quadros aos quais Winnicott se referiu como "pacientes com personalidade intactas" ou, ainda, "pacientes em que as suas mães já fizeram boa parte do nosso trabalho". Porém, penso que justamente a saúde psíquica do analista e sua análise pessoal irão favorecer que ele reconheça os pacientes limítrofes e tenha objetividade para tomar a primeira grande decisão: encaminhar o caso ou tomá-lo em terapia.

Um terapeuta fará muito mal a si mesmo e ao analisando se não conseguir avaliar quais são as necessidades que se impõem e refletir se é capaz, naquele momento específico, de atender aquele paciente. Sobre isto Winnicott escreve em 1954, em "Aspectos clínicos e metapsicológicos da regressão dentro do setting psicanalítico": *"Surge a questão: o que fazem os analistas quando a regressão (mesmo em quantidade diminuta) ocorre? Alguns dizem rudemente: sente-se direito! Puxe suas meias! Volte! Fale! Mas isto não é psicanálise"* (WINNICOTT, 1993, p. 476).

Ao aceitar atender um paciente com características regressivas é fundamental que o analista seja capaz de uma elasticidade pessoal e íntima que favorecerá uma "elasticidade da técnica", sem um demasiado esforço ou sem um risco de que o "elástico" se rompa. Esta "elasticidade técnica", inevitavelmente, retira do centro a regra da associação livre e coloca em evidência a necessidade da análise pessoal do analista.

Ferenczi e Winnicott, em suas práticas clínicas, descobriram que o paciente grave que chega para tratamento só poderá ser beneficiado se for estabelecida uma consistente confiabilidade que levará a uma "repetição do trauma" (Ferenczi) ou a uma "regressão à dependência" (Winnicott). Neste contexto, uma extrema vulnerabilidade será revivida e, se tudo correr bem, pela primeira vez, experienciada. Esta é uma relação de risco, para ambos os lados, analista e analisando, mas é o único caminho que Ferenczi e Winnicott encontraram. As exigências ao analista são muitas e profundas, o risco para o paciente é grande, mas as contribuições destes dois autores se mostram coerentes, bem sustentadas teoricamente e comprometidas com o objetivo de oferecer psicoterapia para quem procura.

Nestes casos, conforme Winnicott, o *setting* se torna mais importante do que a interpretação. O autor está nos dizendo sobre a importância da continuidade e previsilidade do *setting*, que é mantido pela ação do analista, mas o paciente pode não estar pronto para saber disto. Esta constância favorece a regressão à dependência, na esperança de que agora exista a possibilidade de se entregar a estados não-integrados, caso o analista se mantenha vivo e previsível, depois da regressão, será possível um início de progressão verdadeira, com *"a sensação, por parte do paciente, de um novo sentido de self, e o self, até então oculto, e o self redendo-se ao ego total"* (IDEM, 1993, p. 470).

Para o autor inglês, o *"medo do colapso é medo de algo que já aconteceu"* (IDEM, 1994, p. 72), o que já aconteceu para estes pacientes graves é uma vivência original de um estado não-integrado quando não havia uma sustentação para esta não-integração. A saída, naquele momento, foi a desintegração, a doença como uma reação para a imprevisibilidade do ambiente. "[...] *a vivência original da agonia primitiva não pode cair no passado a menos que o ego possa primeiro reuni-la dentro de sua própria e atual experiência temporal e de seu controle onipotente, agora, com o apoio do ego auxiliar do analista"* (IDEM, p. 73). Com a regressão à dependência dentro de um *setting* confiável se torna possível a experiência de não-integração e uma posterior progressão, sem a necessidade de uma organização rígida de defesas.

Em 1929, Ferenczi escreve o texto conhecido pelo título, "Princípio do relaxamento e neocatarse", artigo que teve como título original "Progresso da técnica psicanalítica". Neste artigo, ele claramente correlaciona a necessidade de alteração da técnica para que a psicanálise se torne útil no tratamento de pacientes em que o trauma real se apresenta como etiologia de sua doença. Inicialmente ele comenta a aparente contradição entre o título "Progressos" e a sua proposta de retorno a um conceito negligenciado, a traumatogênese. "[...] *essa impressão se dissipará rapidamente, espero, quando se pensar que o retorno a uma tradição mais antiga, injustamente negligenciada, pode igualmente favorecer a verdade; e penso francamente não ser paradoxal, em tais casos, apresentar como progresso científico o fato de enfatizar o que é antigo"* (FERENCZI, 1992, v. IV, p. 53). Assim, ele inicia a apresentação de sua proposta em oposição a sua "técnica ativa", que fez parte de seus experimentos técnicos entre 1919 a 1926, e que se baseava no ataque direto aos sintomas, na brevidade dos tratamentos e nas abordagens a partir de proibições e frustrações.

A reconsideração da importância do trauma na etiologia dos quadros graves trazia consigo a necessidade da retomada do valor da "catarse" no processo analítico. Ferenczi passa a relatar suas novas experiências em atendimento de pacientes com traumas importantes:

> Em certos casos, esses acessos histéricos assumiam as proporções de um verdadeiro estado de transe, no qual fragmentos do passado eram revividos, e a pessoa do médico era então a única ponte entre o paciente e a realidade [...] No relaxamento, os sintomas histéricos corporais conduziram, às vezes a estágios do desenvolvimento em que, não estando o órgão do pensamento completamente formado, só eram registradas as lembranças físicas. (IDEM, p. 64-65)

É interessante observar como existe uma conexão entre a catarse e a traumatogênese, e a técnica da associação livre e os quadros neuróticos considerados oriundos de conflitivas sexuais endógenas. Digo isto porque o próprio Freud em "Um estudo autobiográfico", de 1925, refere:

> Seu valor [da catarse] como método foi revelado novamente por Simmel [1918] em seu tratamento das neuroses de guerra no exército alemão, durante a primeira guerra mundial. A teoria da catarse não tinha muito a dizer sobre o tema da sexualidade. Nos casos clínicos com que contribuí para os Estudos, os papéis sexuais desempenhavam certa função, mas quase não se prestou mais atenção a elas do que a outras excitações emocionais. (FREUD, 1969, v.XX, p. 34)

Ferenczi logo percebeu que a indução de uma catarse favorecia uma melhora passageira de seus pacientes, a técnica deveria receber ajustes. A vasta experiência clínica de Ferenczi com pacientes graves e a sua disposição para tratá-los adequadamente o favoreceu a encontrar a resposta: "[...] *no decorrer da análise desta paciente pude observar a capacidade do relaxamento para transformar a tendência à repetição em rememoração* [talvez fosse preferível, 'memoração']". Seguindo no texto o autor revela a mudança de atitude que fez a catarse vir a ser o que ele batizou de "neocatarse": *"Enquanto ela me identificava com seus pais de coração duro, a paciente repetia constantemente suas reações de desafio; mas quando deixei de fornecer-lhe a ocasião, começou a distinguir o presente do passado e, após algumas explosões de natureza histérica, passou a lembrar-se dos choques psíquicos que sofrera em sua infância"*. E assim ele resume sua descoberta: *"A semelhança entre a situação analítica e a situação infantil incita mais, portanto, à repetição; o contraste entre as duas favorece a rememoração"* (FERENCZI, 1992, v. IV, ps. 66, 67). Desta forma, o autor propunha a conduta central para tratamento de pacientes difíceis: a pessoa real do analista, que acolhe e dá crédito à vivência traumática, marcará a diferença entre a vida atual e o passado insuportável.

No seu último artigo, de 1932, "Confusão de línguas entre os adultos e a criança" (1992, v. IV), Ferenczi faz referência aos dois momentos do trauma, propõe que o trauma que gera uma "comoção psíquica" é bifásico. A primeira cena é a do abuso e a segunda cena é da desmentida, ou seja, a criança não encontra em sua realidade alguém capaz de lhe acolher e proteger do agressor. De acordo com Ferenczi, somos nós, psicoterapeutas e analistas, certamente incapazes de oferecer ao nosso paciente tudo o que lhe caberia em sua infância, que podemos vir, agora, em seu auxílio, como alguém capaz de dar crédito à sua história. Ao acreditar no relato do nosso paciente, favorecemos que sua vivência seja reconduzida à realidade objetiva, o trauma se torna memória, integra a cadeia associativa e deixa de pairar sobre a sua vida como um fantasma atemporal.

Estes pacientes graves se apresentam num outro campo transferencial, o campo de trabalho da análise não se dará a partir de uma neurose de transferência. A pessoa real do analista, ainda que, muitas vezes, não percebida como tal, será imprescindível para que a análise alcance êxito. Estes homens e mulheres, em que a traumatogênese levou a um adoecimento, não necessitam de interpretações simbólicas - que façam ceder as resistências, para que então os sintomas

Capítulo 4

saiam de cena e surja o espaço para que o material recalcado venha à tona - o que eles necessitam é de algo que se inaugure na realidade, uma presença confiável e um cuidado efetivo.

Ferenczi vai alertar para que a atitude fria do analista, ou mesmo as interpretações de confronto, sejam evitadas para que não gerem resistências inúteis no paciente.

> [...] uma questão de 'tato' psicológico, de saber quando e como se comunica alguma coisa ao analisando, quando se pode declarar que o material fornecido é suficiente para extrair dele certas conclusões; em que forma a comunicação deve ser, em cada caso, apresentada; como se pode reagir a uma reação inesperada ou desconcertante do paciente; quando se deve calar e aguardar outras associações; e em que momento o silêncio é uma tortura inútil para o paciente, etc. (IDEM, p. 27)

Diante de tantos desafios, comum à clínica de pacientes graves, Ferenczi e Winnicott irão se preocupar não apenas com a resistência do paciente, mas, talvez acima de tudo, com a resistência que possa ser suscitada no interior do analista. Reações que poderão surgir diante da necessidade de extremos cuidados do paciente e de sua incapacidade de reconhecer a presença do analista. Para alguns analistas não ser reconhecido por seu paciente o conduz a um nível de ansiedade tal que sua capacidade de pensar será afetada por toda a sorte de reações desesperadas, tais como fantasias persecutórias, reabertura de feridas narcisistas e ímpetos retaliativos.

Esta gama de paixões poderá levar o analista a atitudes absolutamente subjetivas, pautadas por suas necessidades inconscientes. O recurso da interpretação, nestas circunstâncias, pode ser uma arma perigosa agindo a favor das resistências do analista.

Ferenczi assim se refere à interpretação: *"Ser parcimonioso nas interpretações, em geral, nada dizer de supérfluo, é uma das regras mais importantes da análise".* E ele vai além se referindo aos analistas que se excedem: *"o fanatismo da interpretação faz parte das doenças de infância do analista."* Ferenczi conclui: *"Quando se resolve as resistências do paciente pela análise, chega-se algumas vezes, na análise, a estágios em que o paciente realiza todo o trabalho de inter-*

104

pretação quase sozinho, ou apenas com uma ajuda mínima" (FERENCZI, 1992, p. 33).

São visíveis as aproximações entre as recomendações de Ferenczi e Winnicott acerca da interpretação. Todos nós sabemos que, para Winnicott, não existe interpretação boa fora do tempo do paciente.

Reunindo as contribuições dos dois autores, podemos pensar que o compromisso maior do analista é criar um campo confiável, onde as resistências cedam e o paciente inicie um movimento sensorial de contato com estados mais regressivos. Neste contexto, aumentam as chances de que o próprio analisando viva a experiência de chegar sozinho à interpretação, e ela se apresentará apenas no momento em que ele seja capaz de criá-la.

Winnicott assim se expressa, em "O uso de um objeto e o relacionamento através de identificações", de 1968:

> [...] foi somente nos anos recentes que me tornei capaz de esperar pela evolução natural da transferência que surge da confiança crescente do paciente na técnica e no setting psicanalíticos e evitar romper este processo natural efetuando interpretações [...] Estarrece-me pensar quantas mudanças profundas impedi ou retardei, em pacientes situados em certa categoria classificatória, pela minha necessidade pessoal de interpretar [...] Se pudermos esperar, o paciente chega ao entendimento de modo criativo e com imensa alegria, e eu hoje desfruto dessa alegria mais do que costumava desfrutar da sensação de ter sido arguto. (WINNICOTT, 1994, p. 171)

Esta circunstância especial é, para Winnicott, de grande valor terapêutico, ao mesmo tempo, pode ser mais um momento delicado para o analista, que pode vivenciar um incômodo frente à "ingratidão" de seu paciente. Torna-se mais uma vez necessário que o terapeuta fique alerta em relação ao risco de erigir suas próprias resistências.

No seu trabalho "A interpretação na psicanálise", também de 1968, escreve: *"O propósito da interpretação deve incluir um sentimento que o analista tem de que uma comunicação foi feita, uma comunicação que precisa ser reconhecida. Esta é talvez a parte importante da interpretação, mas este intuito muito simples acha-se amiúde escondido entre um monte de outras questões"* (IDEM, p. 164).

Além da função da interpretação ser o reconhecimento de uma comunicação, Winnicott aponta a importância de que se devolva ao paciente algo que uma parcela cindida ofereceu ao analista. O autor sugere que desta porção limitada algo de verdadeiro pode estar sendo entregue ao analista e quando o analista devolve, a interpretação será recebida pela pessoa total do paciente que já emergiu. Uma terceira observação sobre o uso e o valor da interpretação é feita no mesmo artigo, ao devolver a interpretação para o paciente, o analista oferece a oportunidade de corrigir os mal-entendidos.

Winnicott sabe bem que suas observações não fazem sentido para analistas que tenham dificuldade em ouvir orientações e fazer correções, estes analistas defensivamente avaliariam a situação como uma pura expressão das resistências do paciente.

Seguindo no texto, de 1928, "Elasticidade da técnica psicanalítica", Ferenczi assim se refere à interpretação: *"Todas as nossas interpretações devem ter mais o caráter de uma proposição do que de uma asserção indiscutível, e isso não só para não irritar o paciente, mas também porque podemos efetivamente estar enganados."* No decorrer do parágrafo ele se mostra bastante flexível a qualquer possível reconsideração e diz:

> O tão antigo costume dos comerciantes que consiste em acrescentar ao fim de cada fatura a marca 'S. E.', ou seja, 'salvo erro', também deveria ser adotado a propósito de cada interpretação analítica. Do mesmo modo, a confiança em nossas teorias deve ser apenas uma confiança condicional, pois num dado caso talvez se trate da famosa exceção à regra, ou mesmo da necessidade de modificar alguma coisa na teoria em vigor até então. (FERENCZI, 1993, v. 4, p. 31)

Conhecemos a observação de Winnicott de que "há algum tempo havia aberto mão de ser perspicaz", assim como não podemos deixar de lembrar de José Outeiral, quando faz de todos nós seus alunos, ao nos dizer: "a interpretação deve ser o oposto da epifania".

Ainda em relação aos abusos interpretativos, Winnicott fala do perigo da instrução que os analistas recebem acerca do emprego de símbolos.

> Como um exemplo disto, se poderia tomar uma interpretação do tipo 'os dois objetos brancos no sonho são os seios', etc. Tão pronto o analista tenha embarcado neste tipo de interpretação, ele trocou a terra firme e acha-se agora em uma área perigosa onde está utilizando as suas próprias ideias, e estas podem estar erradas do ponto de vista do paciente, no momento. (WINNICOTT, 1994, p. 164)

Mas Winnicott reconhece que há uma oposição a um tipo de comunicação em que o analista simplesmente reflete de volta para o paciente o que ele já disse, esta orientação pode gerar uma sensação de inutilidade no analista e o autor segue refletindo: *"os analistas gostam de exercer as habilidades que adquiriram e têm muito que podem dizer a respeito de qualquer coisa que apareça"* (IDEM, p. 165).

E o autor refere: *"Existe aqui um grande perigo, porque a interação pode ser agradável e até mesmo excitante e fazer tanto o paciente quanto o analista sentirem-se muito gratificados. Apesar disso, existe apenas uma certa distância até onde o analista pode, com segurança, levar o paciente mais além do lugar em que este já se encontra"* (IDEM).

Em "Teoria do relacionamento paterno-infantil", de 1960, Winnicott assim apresenta suas preocupações com certas posturas interpretativas:

> Deste modo o analista em treino muitas vezes faz análise melhor do que o fará passados alguns anos, quando ele souber mais. Quando tiver tido diversos pacientes ele começará a achar entediante ir tão devagar como o paciente vai, e começará a fazer interpretações baseadas não no material fornecido em um dia especial pelo paciente, mas em seu conhecimento próprio acumulado ou em sua adesão no momento a um grupo particular de ideias.

> Isto é inútil para o paciente. O analista pode parecer muito esperto, e o paciente pode expressar admiração, mas no final a interpretação correta é um trauma, que o paciente tem que rejeitar, porque não é sua. (IDEM, 1990, p. 50)

Cabe aqui lembrar da carta de Winnicott à Melanie Klein, de 1952, onde, entre outras observações valiosas, ele faz uma crítica ao trabalho de um colega apresentado na Sociedade Britânica: *"O pior exemplo talvez tenha sido a dissertação de C, em que ele simplesmente ficou jogando de um lado para o outro uma porção daquilo que veio a ser conhecido como as coisas de Klein, sem dar a menor impressão de possuir uma apreciação dos processos pessoais do paciente."* Completa com uma metáfora esclarecedora: *"A sensação foi de que se ele estivesse cultivando um narciso, pensaria estar fazendo um narciso a partir de um bulbo, e não capacitando o bulbo a se desenvolver num narciso através de tratos satisfatórios"* (apud RODMANN, 1990, p. 31).

O autor assinala que se existir uma dificuldade do analista em reconhecer pacientes graves, ele poderá tentar entendê-los numa orientação teórica com prevalência dos conflitos edípicos, por exemplo. Estes analistas fazem seu trabalho através de *"uma associação livre através de palavras, interpretação através de palavras, não tranquilizam o paciente"*.

Mas Winnicott também se preocupa com os analistas que "agem intuitivamente". E completa: *"Aqui surge a ideia da psicanálise como uma arte. [...] A ideia da psicanálise como arte deve gradualmente ceder lugar a um estudo da adaptação ambiental relativa às regressões dos pacientes. [...] Um analista pode ser um bom artista mas (como tenho me perguntado): que paciente deseja ser o poema ou o quadro de outra pessoa?"* (IDEM, 1993, ps. 476, 477).

Alguns anos antes, numa carta de 1946 para Ella Sharpe, Winnicott escrevera:

> [...] não tenho muita certeza se concordo com sua opinião de que a psicanálise seja uma arte. Há algo que a senhorita quer comunicar, a partir de sua vasta experiência, e que expressa deste modo. Mas quanto a mim, gosto do trabalho psicanalítico verdadei-

ro mais do que dos outros tipos, e o motivo de certo modo está ligado ao fato de que na psicanálise a arte ocupa um espaço menor e a técnica baseada em considerações científicas um espaço maior. (IDEM, 1990, p. 9)

Estas reflexões de Winnicott sobre psicanálise como arte estão baseadas na sua persistente preocupação de que a subjetividade do analista ocupe a cena. A intuição, segundo Winnicott, o conduziu a grandes acertos, mas também aos seus maiores erros.

Winnicott assinala que a conduta do "analista poeta" ou "analista artista" serve para substituir uma sustentação teórica ainda não apreendida o suficiente para que possa dar suporte a uma técnica que envolva "tato", confiabilidade e a regressão. Conforme Winnicott, esta teoria envolveria *um estudo da adaptação ambiental relativa às regressões dos pacientes*. Acredito que um dos perigos de não encontrar uma teoria coerente e que faça sentido para si é de que o analista venha a se perceber, em alguns momentos, como um transgressor, e que isto o faça recuar abruptamente e se tornar demasiadamente instável, o que seria insuportável para o paciente regredido. O autor britânico fala muito bem destes riscos quando refere: *"Os analistas precisam estar atentos para evitar a criação de um sentimento de confiança e uma área de intermediária em que a brincadeira se possa afetuar, e, depois, injetar nessa área ou inflá-la com interpretações que, com efeito, provêm de suas próprias imaginações criativas"* (IDEM, 1975, p. 141).

Winnicott e Ferenczi fazem repetidas observações sobre a importância da saúde mental do analista, levando em conta que uma adaptação do analista, no sentido de favorecer que o *setting* seja uma metáfora dos cuidados maternos, exige-lhe muito. Os dois autores relembram constantemente o valor da análise do analista e alertam para que este reconheça e se aproprie de seus sentimentos contratransferenciais.

Winnicott, em suas contribuições sobre o desenvolvimento da criança, observa, num extremo, as dificuldades das mães ou cuidadores que, por terem defesas muito rígidas, não suportam se abandonar a estados não-integrados para se conectar com seu bebê, e observa também um outro extremo, mães que entram em estados regressivos profundos, difíceis de serem revertidos e estabelecem uma inversão da relação de dependência com o pequeno bebê.

Em suas contribuições sobre técnica, ele estenderá estas mesmas preocupações para com os analistas que estão diante de pacientes graves. Tanto a postura sedutora do analista, que busca ser amado a qualquer custo; como o exagero da postura assertiva do analista, que precisa ter sua autoridade reconhecida, serão bastante prejudiciais para o bom andamento da psicoterapia. Tanto num caso, como em outro, a análise estará sendo conduzida pelas necessidades e pela doença do terapeuta.

Quando o analista, por dificuldades pessoais, não consegue avaliar e nem se adaptar às necessidades do paciente, os dois autores denunciam o risco de que se estabeleça uma análise baseada na submissão ou uma análise do tipo falso *self*. Ambos alertam que, no caso do analista se deixar guiar por suas necessidades pessoais ou por suas paixões, existe um perigo iminente da análise reproduzir a cena traumática que justamente levou o analisando a buscar ajuda e, neste ponto, lhe será quase impossível protestar contra esta repetição.

No seu trabalho, "Confusão de língua entre os adultos e as crianças", de 1932, o autor húngaro assinala os riscos do que ele denomina de hipocrisia profissional, o que basicamente diz respeito a diversas posturas do analista, para manter a autoridade ou para sustentar seu narcisismo, em que ele repassa para o analisando a responsabilidade, através de interpretações, negações e descréditos, por exemplo.

Em concordância com as suas considerações em relação à transferência e à contratransferência, Ferenczi apresenta a metáfora do "João-Teimoso" (João-Bobo) como uma orientação aos analistas de pacientes graves:

> Com efeito, é compreensível, desde o início, que a resistência do paciente não perca nenhuma oportunidade que se lhe ofereça [...] ao espirrarmos ou ao assoar-mo-nos com demasiado estrépito, ofendemos eventualmente o paciente em seus sentimentos estéticos, quando foi chocado pelo formato do nosso rosto, ou quando resolveu comparar a nossa estatura à de pessoas, muito mais imponentes. – Em numerosas ocasiões já tentei mostrar como o analista no tratamento deve prestar-se, às vezes durante semanas, ao papel de 'João-Teimoso' [...] Todo indí-

cio de despeito, ou de sentimento de afronta por parte do médico, prolonga a duração do período de resistência [...] colheremos mais cedo ou mais tarde a recompensa bem merecida de nossa paciência, sob a forma de uma nascente transferência positiva. (FERENCZI, 1992, v. 4, p.30)

O tema do "João-Teimoso" nos encaminha para o conceito de "sobrevivência do analista" de Winnicott, nas suas palavras:

No ponto do desenvolvimento que se acha em exame, o sujeito está criando o objeto no sentido de criar a própria externalidade, e tem de se acrescentar que esta experiência depende da capacidade que o objeto tenha de sobreviver. (É importante que, neste contexto, sobreviver signifique não retaliar). Se for numa análise que estas coisas estão acontecendo, então o analista, a técnica analítica e o setting analítico, todos eles entram nisto como sobrevivendo ou não sobrevivendo aos ataques destrutivos do paciente. Esta atividade destrutiva é a tentativa que o paciente faz de situar o analista fora da área de controle onipotente, isto é, do lado de fora, no mundo. (WINNICOTT, 1994, p. 175)

A possibilidade de destruir em fantasia o objeto e vê-lo sobreviver no mundo objetivo (ou seja, poder atacar o "João-Teimoso" e vê-lo retornar intacto) estabelece a confiança do paciente no mundo externo e a confiança em si próprio, como alguém livre para fantasiar, como alguém capaz de odiar e amar, como alguém que se diferencia do outro e percebe que ambos se mantém inteiros e íntegros.
Winnicott segue:

Na prática psicanalítica, as mudanças positivas que ocorrem nesta área podem ser profundas. Elas não dependem do trabalho interpretativo, mas sim da sobrevivência do analista aos ataques, que envolve e inclui a ideia de uma ausência de uma mudança de qualidade para a retaliação. Estes ataques podem

> ser muito difíceis de serem suportados pelo analista [...] O analista tem vontade de interpretar, mas isto pode estragar o processo e, para o paciente pode parecer uma espécie de autodefesa, com o analista desviando o ataque do paciente. (IDEM)

Alguns anos mais tarde, Fédida desenvolve suas ideias, nesta mesma direção. Em seu livro "Clínica psicanalítica - estudos" (1988), o autor escreve que a cena da interpretação da transferência pode ter um sentido de abuso. O "adulto" seduz e, diante da criança seduzida, defende-se se ausentando: "eu não faço parte disto, isto é entre você e suas fantasias".

A partir destas preocupações e contribuições de Ferenczi, Winnicott e Fédida sugiro que possamos pensar que o contraponto da interpretação da transferência seria o que proponho chamarmos de "interpretação na transferência". Circunstância em que o analista não rompe o jogo, nas palavras de Fédida: "o analista consegue não romper a circularidade afetiva" (FÉDIDA, 1988), mantém-se presente e comprometido.

Temos exemplos de vinhetas clínicas onde Ferenczi e Winnicott apresentam "interpretações na transferência". Em "Análise de crianças com adultos", de 1931, o autor húngaro faz o seguinte relato:

> [...] um paciente na plenitude da vida, decide-se, após ter superado fortes resistências, mormente uma intensa desconfiança, a fazer reviver os acontecimentos da sua infância. [...] De repente, a meio de seu relato, passa-me um braço em redor do pescoço e murmura-me ao ouvido: 'Sabe, vovô, receio que vou ter um bebê...' tive então a feliz ideia, parece-me, de nada dizer de imediato sobre a transferência ou alguma coisa do gênero, mas de lhe devolver a pergunta no mesmo tom sussurrado: 'Ah, sim, por que é que você pensa isto?' Como veem, deixei-me levar para um jogo inteiramente análogo aos processos que nos descrevem os analistas de crianças. (FERENCZI, 1992, v. IV, p.72)

Em "Confusão de língua entre os adultos e a criança", 1932,

Ferenczi, faz uma autocrítica e revela o que vem descobrindo com sua experiência:

> [...] esses pacientes me ensinaram termos uma tendência excessiva a perseverar em certas construções teóricas e a deixar de lado fatos que abalariam nossa segurança e autoridade. Em todo o caso, fiquei sabendo por que éramos incapazes de agir sobre os acessos histéricos, o que me permitiu finalmente obter êxito. Encontrava-me na mesma situação daquela dama espirituosa que, na presença de uma de suas amigas em pleno estado narcoléptico, não conseguiu fazê-la sair dele nem sacudindo-a, nem gritando-lhe. Teve de súbito a ideia de falar-lhe de modo jovial, como uma criança: 'vamos meu bebê, rola por terra...'. Falamos muito em análise de regressão ao infantil, mas é manifesto que nem nós mesmos acreditamos a que ponto temos razão. (IDEM, p. 100)

Winnicott, por exemplo, faz uma "interpretação na transferência" quando diz a sua paciente Margareth Little: *"Eu realmente odeio a sua mãe"* (LITTLE, 1992, p. 48). Ou quando relata em "A criatividade e suas origens" a interpretação que fez ao seu paciente de meia-idade. O psicanalista diz: *"estou ouvindo uma moça. Sei perfeitamente bem que você é um homem, mas estou ouvindo e falando com uma moça* [...]. O paciente responde de forma submissa: *"Se eu falasse a alguém sobre esta moça, seria chamado de louco"*. O analista responde: *"Não é que você tenha contado isto a alguém; sou eu que vejo a moça e ouço uma moça falar, quando, na realidade, em meu divã acha-se um homem. O louco sou eu"*. Winnicott segue:

> Não tive que elaborar esse ponto, porque a chave era aquela. O paciente disse que agora se sentia são, num ambiente louco. Em outras palavras, achava-se agora liberto de um dilema. [...] esse homem teve de ajustar-se à ideia da mãe de que seria e era uma menina. [...] ele dispôs suas defesas na base deste padrão, mas a 'loucura' da mãe que via uma menina

onde existia um menino fora trazida diretamente ao presente, através de minha afirmativa: 'O louco sou eu'. (WINNICOTT, 1971, ps.105 e 106)

O relato mais conhecido que, apesar de ser retirado da ficção, ilustra plenamente uma situação terapêutica em que a "analista" avalia e se adapta às necessidades do "analisando" e, a partir disto, empreende "interpretações na transferência", é feito justamente por Freud. O trabalho de Freud, de 1906, escrito mediante uma sugestão de Jung, "Delírios e sonhos na *Gradiva* de Jensen" (FREUD, 1976, v. IX), conta a história de como uma jovem alemã, Zoe ('vida', em grego), encontra, num passeio a Pompéia, seu vizinho e antigo amigo de infância. O qual, ao longo dos anos, recalcara a lembrança da proximidade entre os dois e não mais a cumprimentava ao vê-la. No cenário de Pompéia, Hanold sente uma familiaridade em relação a Zoe. Mas, antes de recordar-se dela e do afeto que por ela nutre, alimenta o delírio de que Zoe é a própria Gradiva que retorna à vida, todos os dias, em determinado horário sob o sol de Pompéia. Zoe percebendo a confusão mental do seu amigo, aceita participar de seu delírio/brincadeira, apenas gradativamente ela vai se apresentando como um ser corpóreo e, finalmente, como sua antiga amiga de infância. Centralizada na pessoa de Zoe, a realidade se mostrou e se confirmou como um lugar confiável para se transitar. Hanold estava de volta à vida.

A "interpretação na transferência" segue um modelo de maternagem, em que o papel do cuidador é de apresentar gradualmente o mundo. Reconhecer a dificuldade da pequena criança ou do paciente regredido de enfrentar as complexidades da vida e conseguir se adaptar, sem que esta adaptação exija além das suas capacidades como cuidador. Neste sentido, tornar-se permeável, receptivo, vulnerável ao paciente, deixar-se levar por suas brincadeiras e delírios e respeitar os seus sintomas, reconhecendo que estes são tudo o que lhe restou depois da dor insuportável. Ao analista cabe conectar-se com as sutilezas do seu paciente, perceber qual o ritmo (HONIGSZTEJN, 2014) com que juntos poderão ir se afastando da fantasia em direção à realidade. O ritmo que lhe foi negado em sua infância. Nos exemplos acima, vemos Ferenczi, a sua dama espirituosa, Winnicott e a personagem Zoe totalmente atentos às necessidades dos seus pacientes e de seus amigos.

Ferenczi e Winnicott tiveram suas trajetórias marcadas por experiências como médicos em hospitais, Winnicott como pediatra, recebendo as crianças e suas mães, e Ferenczi trabalhando com prostitutas e indigentes. As duas grandes guerras os tocaram de forma profunda, participaram ativamente e extraíram reflexões que se tornaram fundamentais para suas obras. Ferenczi, médico do exército húngaro no *front* da Primeira Guerra, percebeu que era impossível seguir na compreensão do sofrimento humano sem que fosse retomada e desenvolvida a teoria do trauma, e assim, gradualmente, afastou-se de Freud. Winnicott, trabalhando com crianças que foram retiradas de suas famílias e, depois, acompanhando os seus retornos ao final da Segunda Guerra, confirmou a importância da previsibilidade e constância do ambiente, formulou suas concepções sobre "tendência antissocial", afastando-se ainda mais do determinismo da hereditariedade e de Melanie Klein. Os dois viveram experiências que foram dando sustentação às suas disposições internas de acolher casos graves. Percebiam-se como clínicos e nunca investigadores, formularam teorias para amparar a prática e não o contrário.

Ambos desenvolveram um profundo respeito àqueles que sofrem e vêm em busca de ajuda. E, com isto, um profundo respeito às doenças e aos sintomas. Perceberam que a doença é a reação estável diante de um mundo imprevisível. Os dois analistas descobriram que, no interior de um paciente grave, existia uma parcela que se sacrificava para cuidar de uma outra, que permanecia inocente e verdadeira, e essa parte falsamente amadurecida, trazia, pela mão, uma pequena criança, até seus consultórios.

É muita pretensão acharmos que a receberemos sem um custo pessoal. É importante sabermos que seremos testados, avaliados, talvez maltratados, confrontados, até que fique comprovado que somos confiáveis. É muita pretensão querermos ser prontamente reconhecidos como confiáveis e capazes. É muita pretensão acreditarmos que algumas poucas horas semanais, de pronto, irão substituir todas as estratégias que nosso paciente desenvolveu ao longo dos anos para sobreviver. Quem estará com ele durante o final de semana? Nós, não. Diante das necessidades imediatas, seremos muitas vezes substituídos pelas suas compulsões arraigadas e que, inegavelmente, têm a sua própria eficácia. Seremos trocados por drogas, bebidas, diversas formas de entorpecimento, amortecimento, atuações sexuais, situações de risco, episódios que anestesiam e reencenam o retorno à vida.

Teremos que manter a nossa atenção sobre tomadas de decisão

Capítulo 4

de internação, contato com familiar, ampliação da rede de apoio. O manejo precisará ser parceiro constante do *"holding"*, mais uma vez, a exigência de transitarmos entre a permeabilidade e a avaliação consciente, entre a subjetividade e a objetividade.

Finalizo este capítulo sobre técnica com duas das passagens mais intensas e sensíveis da obra de cada um dos nossos autores. Citações que trazem em si o cerne de suas contribuições, suas generosidades humanas, suas elogiáveis posturas profissionais, suas capacidades de adaptação frente à necessidade do outro. E, sendo estes dois textos escritos no final da vida de cada um, revelam também a capacidade de transformação que ambos experienciaram no decorrer de suas trajetórias.

Assim são algumas das últimas palavras de Ferenczi dirigidas a nós, analistas e terapeutas. Este material só foi encontrado após sua morte:

> Esse anjo vê desde fora a criança que sofre, ou que foi morta (portanto, ele se esgueirou para fora da pessoa durante o processo de fragmentação), percorre o mundo inteiro em busca de ajuda, imagina coisas para a criança que nada pode salvar... Mas, no momento de um novo traumatismo, o santo protetor deve confessar sua própria impotência e seus embustes bem intencionados à criança martirizada, e nada mais resta, nessa altura, senão o suicídio, a menos que, no derradeiro momento, se produza algo de favorável na própria realidade. Essa coisa favorável a que nos referimos em face ao impulso suicida, é o fato de que nesse novo combate traumático o paciente não estará inteiramente só. Talvez não lhe possamos oferecer tudo o que lhe caberia em sua infância, mas só o fato de que possamos vir em sua ajuda já proporciona o impulso para uma nova vida, na qual se fecha o dossiê de tudo o que se perdeu sem retorno e efetuado este primeiro passo lhe será permitido contentar-se com o que a vida oferece. Apesar de tudo, não rejeitar tudo em bloco e reconhecer o que ainda poderá ser utilizável. (FERENCZI, 1992, v. IV, p. 117)

Winnicott, em outubro de 1970, três meses antes de morrer, faz as seguintes recomendações, numa palestra proferida em homenagem a David Wills, administrador de uma instituição que abrigava adolescentes infratores, onde Winnicott trabalhara no pós-guerra:

> Há muito crescimento que é crescimento para baixo. Se eu tiver uma vida razoavelmente longa, espero encolher e tornar-me suficientemente pequeno para passar pelo estreito buraco chamado de portas da morte. Não preciso ir longe para encontrar um psicoterapeuta cheio de empáfia. Sou eu. Na década de trinta, estava aprendendo a ser psicanalista e sentia que, com um pouco mais de treinamento, um pouco mais de habilidade e um pouco mais de sorte, poderia mover montanhas se fizesse as interpretações certas no momento certo. Isto seria terapia, valendo bem as cinco sessões por semana e o preço cobrado para tal trabalho [...] Bem depressa eu aprendi que a terapia estava sendo feita na instituição, pelas paredes e pelo telhado; pela estufa de vidro que favorecia um alvo magnífico para pedras e tijolos, pelas banheiras absurdamente grandes, para as quais era necessária uma quantidade enorme de carvão, tão precioso em tempos de guerra [...] A terapia estava sendo realizada pelo cozinheiro, pela regularidade da chegada das refeições à mesa, pelas colchas das camas coloridas, pelos esforços de David para manter a ordem apesar da escassez de pessoal e um constante senso de inutilidade de tudo aquilo, porque a palavra sucesso era reservada para algum outro lugar [...] Observar seu trabalho foi um dos primeiros impactos educacionais que me fizeram entender que existe algo em psicoterapia que não se descreve em termos de interpretação certa no momento certo. A palavra-chave não é tratamento ou cura, mas sobrevivência. Se vocês sobreviverem, a criança poderá ter oportunidade de crescer e vir a ser algo parecido com a pessoa que deveria ter

sido se um infausto colapso ambiental não tivesse acarretado o desastre". (WINNICOTT, 2012, ps. 249, 251, 258)

Afinal, qual a substância da transferência destes pacientes de risco? Sabemos que não são imagos paternas, não são representações, não são desejos. O que pacientes limítrofes transferem? O transcorrer da obra destes dois grandes homens e profissionais, refletidas nestas anotações despretensiosas, revelam-me o que é transferido na análise de casos graves: a responsabilidade do cuidado.

Mas esta transferência não acontecerá sem desconfiança, sofrimento, medo, "comoção psíquica", colapso, "não-integração" e, mais, retornos para a "desintegração", para a compulsão, para toda sorte de repetição, refúgios conhecidos e que já comprovaram algum valor.

Somos testemunhas destas batalhas entre a sobrevivência conhecida e a busca de uma vida genuína. Nossa prática é desafiadora, requer humildade, não favorece reconhecimentos, mas nos aproxima sensorialmente de algo que talvez seja um pedacinho da resposta à questão a que Winnicott refere: "sobre o que versa a vida?". Pensando em minhas experiências na clínica, relendo estes dois escritos, penso que é sobre isto que versa a vida: viver.

5 Quando Breuer chorou ou Do que falaríamos se não falássemos de sexo?.

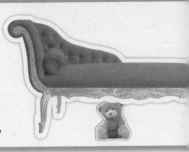

O livro de Irvin D. Yalom, intitulado "Quando Nietzsche chorou" é um romance de ideias com uma criativa história ficcional envolvendo personagens reais. A apresentação do livro refere que o personagem central é o célebre filósofo Friedrich Nietzsche. No entanto, a humanidade com que Josef Breuer nos é revelado é tocante. Sua profundidade faz dele o principal elo de identificação com o texto. Breuer é o encantador herói frágil, luta tanto contra dragões e traições, como contra moinhos de vento e fantasmas.

A edição brasileira da Ediouro (2000) assim se refere à história contada por Yalom:

> No final do século XIX, Josef Breuer está envolvido numa atmosfera de glórias, após curar uma paciente por meio de seu novo método de tratamento, a "terapia através da conversa". O que deveria ser seu melhor momento se revela um grande tormento – ele tem obsessivas fantasias sexuais com Anna O. (codinome criado por Breuer para Bertha Pappenheim), uma paciente recém curada, e, em decorrência disso, sofre de insônia e pesadelos. De férias em Veneza, Breuer encontra a jovem russa Lou Salomé, que lhe pede um favor: tratar da depressão suicida de seu amigo Friedrich Nietzsche. O filóso-

---

5. Uma outra versão deste artigo foi publicada no livro "Amadurecer", da editora Maresfield Gardens (OUTEIRAL, et al., 1913). Agradeço à editora pela cedência do material.

fo alemão já tentara tratamento com dezenas de médicos em toda a Europa e quase sempre seu orgulho e a natureza de seu sofrimento se configuraram em obstáculos intransponíveis. O que se estabelece entre eles é uma relação na qual as funções de médico e paciente se confundem, pois Breuer encontra na filosofia de Nietzsche algumas respostas para suas próprias dores existenciais. (EDIOURO, 2000, quarta capa)

Lou Salomé procura Breuer porque teme que algumas das reflexões de Nietzsche sobre a vida e a morte sejam a expressão de um desejo suicida, além disto, o filósofo sofre de terríveis dores de cabeça que o incapacitam durante longos períodos. Nietzsche vai a Viena, ao encontro do consagrado médico, porém, a ideia de um tratamento sistemático, é-lhe insuportável, além de ser inviável financeiramente. Breuer oferece tratamento gratuito, o que provoca maior repulsa em Nietzsche. Depois de longos embates entre os dois, Breuer propõe que Nietzsche permaneça na Áustria para tratar apenas sua enxaqueca, e que, como pagamento, ajude, através da conversa, a curar o "desespero" do próprio Breuer. Ou seja, ardilosamente o proeminente médico se alia à arrogância do filósofo como estratégia para que ele permaneça em tratamento.

Esta proposta surpreende Nietzsche: *"Desespero? Que tipo de desespero? Não vejo nenhum desespero"* (YALOM, p. 190). Ao que Breuer responde:

Não na superfície. *Ali* pareço viver uma vida satisfatória. Mas, sob a superfície, reina o desespero. O senhor pergunta que espécie de desespero? Digamos que minha mente não me pertence, que sou invadido e atacado por pensamentos estranhos e sórdidos. [...] Falta-me coragem: a coragem de mudar minha vida ou de continuar vivendo-a. Perdi de vista o porquê de minha vida, o sentido disto tudo. Preocupa-me o envelhecimento. Embora a cada dia me aproxime mais da morte, ela me aterroriza. Mesmo assim, ideias suicidas às vezes invadem minha mente. (IDEM, p. 191)

O brilho do livro de Irvin Yalom está justamente na peça que Breuer prega a si próprio, ao imaginar que está driblando as resistências do filósofo. No decorrer do texto, são as dores de Breuer que nos tocam, são suas questões triviais e, ao mesmo tempo, profundamente humanas que nos impelem a continuar lendo e penetrando, mais e mais, num cenário de angústias e impasses.

As queixas de Breuer assim são sistematizadas por Nietzsche: infelicidade geral, pensamentos estranhos, ódio de si mesmo, medo de envelhecer, medo da morte, impulsos suicidas, sentimentos de aprisionamento (pelo casamento, pela vida), sentimento de distância em relação à esposa, arrependimento de ter recusado o "sacrifício" de Eva (ex-secretária de Breuer que ele imagina ter se "oferecido sexualmente", com objetivo de minimizar a paixão dele pela paciente Bertha Pappenheim), preocupação exagerada com a opinião de outros médicos a seu respeito e, por fim, ciúmes de Bertha com outros homens.

Breuer se incomoda com esta compartimentalização de seu sofrimento, ele refere que todos estes itens são vividos de forma muito relacionada e, por vezes, indiscriminada.

Os pensamentos estranhos são pensamentos obsessivos que basicamente envolvem cenas sexuais com Bertha, cenas trágicas onde Breuer imagina sua família sendo eliminada para que ele fique livre para amar Bertha, e sentimentos sobre o fim de sua ascensão e início de seu declínio. Por exemplo, ao olhar-se no espelho, Breuer, que completara 40 anos, sente enorme desconforto, estranhamento e mesmo repulsa, diante de sua imagem envelhecida. Estes pensamentos e sentimentos causam insônia e afastam Breuer, cada vez mais, do prazer do convívio familiar.

Três elementos que surgem, no decorrer do texto, são fundamentais para entendermos Breuer e, talvez, fazermos dele um exemplo emblemático do desconcerto que a percepção da vulnerabilidade da nossa condição humana pode nos causar.

Peço "licença a Breuer" para listar estes pontos, com a certeza de que eles estão inegavelmente interligados entre si e conectados com os sintomas sistematizados por Nietzsche.

Primeiro ponto: no que Breuer estaria pensando se não estivesse pensando em Bertha?

A abordagem de Nietzsche vai sempre em direção de minimizar a importância das questões sexuais, que, para Breuer, são centrais em seu sofrimento. O filósofo repete duas vezes a mesma pergunta, nas

Capítulo 5

páginas 227 e 244, *"o que estaria pensando se não estivesse preocupado com estes pensamentos estranhos?"*. Para o personagem Nietzsche, o desejo é *"um competidor implacável, expulsou todos os demais pensamentos. Mas o desejo não pensa, ele anseia, ele rememora"* (p. 245). Com isto, Nietzsche assinala que Bertha e o desejo sexual de Breuer pela jovem surgem apenas como elementos encobridores de outras questões. Para o filósofo, o desejo sexual é uma motivação rasa em contraste com a profundidade de outras preocupações.

A forma como Breuer descreve a mulher pela qual anseia é bastante reveladora:

> Para me capturar, a mulher precisa ter certo olhar. Um olhar de adoração – vejo-o em minha mente agora -: olhos bem abertos e reluzentes, lábios fechados em um semi-sorriso afetuoso, ela parece estar dizendo [...] 'você é adorável. O que você fizer estará bem. Oh! Querido, você se descontrola, mas isso é esperado de um menino'. Agora a vejo voltando-se para as outras mulheres ao redor e dizendo: 'Ele não é uma gracinha? Não é um amor? Vou abraçá-lo e confortá-lo'. O sorriso diz que eu posso brincar, fazer o que eu quiser. Posso me meter em apuros, mas, não importa o que eu fizer, ela continuará encantada comigo, achando-me adorável. (IDEM, p. 299 e 300)

Chegamos naturalmente ao segundo ponto: a quem pertence, afinal, o olhar de adoração e o belo sorriso pleno de uma aprovação incondicional que povoa os devaneios de Breuer?

Bertha, uma jovem paciente de 21 anos, certamente olhara e sorrira para o importante e reconhecido Dr. Breuer com profundo encantamento. Mas, para Nietzsche, o que o médico vienense busca, na verdade, não é o rosto de Bertha, é, na verdade, um rosto há muito perdido, talvez de sua mãe (também chamada Bertha) que morreu quando Breuer tinha apenas três anos.

A descrição da mulher que o "captura" vai ao encontro da ideia de Nietzsche de que o anseio fundamental de Breuer não é um anseio sexual. Afinal o que quer Breuer? Breuer nada quer, nada deseja, Breuer necessita.

Acreditar que deseja algo acalanta a dor da sua necessidade. Este personagem busca a ilusão contida neste sorriso e neste olhar, a promessa de que ele tudo poderá fazer, pois estará em completa segurança, com cuidados e amor incondicionais.

Esta ilusão criativa é a base para que a desilusão gradual seja suportada e benéfica, esta ilusão é a base também para a confiança no ambiente e em si próprio, confiança que inclui um senso de identidade, continuidade e capacidade criativa. Criatividade que favorece a liberdade de viver sua própria vida, de forma verdadeira e vivaz, tomando posse do que é seu, tornando seu, inclusive, o rosto envelhecido no espelho.

Recorrer a esta ilusão original é um movimento natural mediante uma exigência que coloque em risco a integridade do sentido de "eu". Em todas as crises vitais e, em particular, na crise advinda da percepção do envelhecimento e proximidade da morte é esperado que se busque temporariamente um lugar de conforto, no qual a confiança em si e no ambiente possa ser restabelecida.

Para o personagem Breuer, existem alguns complicadores no movimento de reencontro com a ilusão original. Talvez, esta ilusão tenha se perdido num momento e de uma forma que não permitiram que a vivência se tornasse uma experiência, e recursos reativos/defensivos podem ter sido incorporados ao "eu" como estratégias de compensação da falta. No entanto, estas construções que se ergueram para proteger o "eu" virão dificultar o reencontro com essa matriz criativa, assim, algumas destruições serão indispensáveis. No caso do nosso personagem, é necessário destruir a ideia de que o desejo sexual por Bertha é fundamental e imperativo. A outra destruição diz respeito ao terceiro ponto da minha lista:

A tênue identidade do jovem Breuer foi marcada pela frase que alguém, certa vez, disse-lhe: *"você é um rapaz infinitamente promissor"*. Afinal, qual o significado e a consequência que tiveram, para Breuer, estas palavras que lhe foram ditas quando era criança?

As especificidades da sua história pessoal o levaram a tomar esta afirmativa como contorno e destino. Para Breuer "ser um rapaz infinitamente promissor" significava assumir um compromisso para com os outros. O mundo já não lhe era incondicionalmente promissor, ao contrário, o jovem menino é que tinha uma promessa a cumprir, e, sob esta condição, ter a chance de ser amado...

Nietzsche diz a Breuer que, durante toda sua vida, ele interpretou a frase de forma errada (p. 252), com isto, o filósofo parece querer dizer a Breuer que ele *viveu da forma errada*.

"Sua vida está entremeada demais por outras vidas", disse-lhe o filósofo (p. 331). Interessante esta afirmação, podemos pensar que este é um dos grandes riscos de quem perde precocemente, ou que nunca teve uma figura central, imbuída da responsabilidade pessoal de ser o cuidador ou cuidadora. Ou seja, a criança furtada desta presença única e disponível pode vir a ter sua vida *"entremeada demais por outras vidas"*.

Nietzsche sugere que Breuer viveu conforme o que esperavam dele. Em suas anotações, é assim que o personagem Nietzsche caracteriza Breuer:

> Eis um homem tão oprimido pela gravidade – sua cultura, sua posição, sua família -, que jamais conheceu sua própria vontade. Tão preso à conformidade que parece espantado quando falo de escolha, como se estivesse falando uma língua estrangeira. Talvez a conformidade sufoque os judeus – a perseguição externa une um povo tão estreitamente, que o indivíduo singular não consegue emergir. (IDEM, p. 260)

O filósofo refere: *"Não tomar posse de seu plano de vida é deixar sua existência ser um acidente."* Ao que Breuer protesta: *"Ninguém desfruta de tal liberdade. Você não pode fugir da perspectiva de sua época, de sua cultura, de sua família, de seu..."* Neste ponto, o filósofo interrompe o médico e faz referência às palavras de Jesus Cristo: *"Certa vez, um sábio judeu aconselhou seus seguidores a romper com seus pais e suas mães e a buscar a perfeição. Esse poderia ser um passo digno de um rapaz infinitamente promissor"* (p. 254).

Ao refletir sobre sua vida, vivida à sombra da frase que outrora o seduzira, mas que, agora, o subjugava, Breuer diz: *"Chegar aos quarenta abalou a ideia de que tudo me era possível. Subitamente entendi o fato mais óbvio da vida: que o tempo é irreversível, que minha vida estava se consumindo. [...] agora sei que 'rapaz infinitamente promissor' foi apenas uma ordem de marchar"* (p. 257).

A frase que Breuer ouviu quando muito jovem ajudou a forjar uma falsa identidade que, no momento de uma crise vital, rompe-se, colocando a mostra um grande sofrimento. Ao completar 40 anos, esta frase, que outrora repetira e entoara com alegria diversas vezes, tornara-se um peso insustentável. Não sendo mais um rapaz, a "frase-salvação/maldição" o destituía de qualquer sentido de "promessa" e de "infinitude". Se não era mais um rapaz promissor, o que ele era?

Breuer, além da percepção da passagem do tempo, ainda terá que lidar com algumas ruínas de partes de sua identidade; por este caminho, poderá, então, entrar em contato com sua necessidade real e premente de retorno a um espaço/tempo de ilusão, onde sua confiança e senso de identidade serão restabelecidos.

Nietzsche considera que a reflexão de Breuer sobre a irreversibilidade do tempo é um grande avanço. Neste momento, o personagem do médico consegue abrir mão da distração rasa que o desejo por Bertha lhe oferecera e entra em contato com questões mais profundas.

No entanto, o filósofo alerta o médico: *O fato de que a vontade não pode querer ir para trás não significa que ela seja impotente. [...] Por que a morte se aproxima... não quer dizer que a vida não tenha valor"* (p. 257).

Neste ponto, Breuer já resolvera consigo mesmo que aceitaria a ideia de que estava realmente em tratamento, passou a reconhecer plenamente seu próprio desespero e sua necessidade de ajuda.

Submeter-se às expectativas dos outros levou Breuer a uma vida segura, mas uma vida segura é algo *"perigoso e mortal"*, diz o personagem do filósofo (p. 297). Perigoso e mortal por que inviabilizara que Breuer se tornasse quem ele é. *"Torna-te quem tu és"*, exclamou Nietzsche (p. 260). *"Sê um homem e não siga a mim, mas a ti! Apenas a ti!"*, gritou Nietzsche, citando Goethe (p. 278).

A segurança buscada por Breuer desde muito jovem é perigosa, por que é baseada na submissão, e um "eu" submetido é um "eu" falso. Acreditar, agora, que Bertha pode lhe salvar deste falso viver também é falso. Pois Breuer estaria simplesmente trocando a frase que o moldara, pelo desejo que o definia.

"Não cometa o erro de pensar que Bertha o conduzirá para fora do tempo! O tempo não pode ser rompido; esse é nosso maior fardo. Nosso maior desafio é viver a despeito deste fardo" (p. 299).

As palavras do personagem Nietzsche são no sentido de alertar Breuer para a necessidade de viver sua vida a despeito da vida não vivida. Buscar saídas que anulam a passagem do tempo é novamente um caminho perigoso.

Capítulo 5

"Eis minha lição para você: morra no momento certo! [...]
Viva enquanto viver! A morte perde seu terror quando se morre depois
de consumida a própria vida!" (p. 329).

Sem mais conseguir protestar, Breuer chorou.

O capítulo seguinte, o de numero 21, nos transporta para dentro de uma construção onírica do personagem Breuer. O acompanhamos numa série de atitudes decisivas: avisa sua esposa que irá partir, deixa a casa, vai ao encontro de Bertha e de Eva, sua antiga secretária. Esta viagem, que depois nós leitores descobriremos que é fruto da hipnose a que Breuer se submeteu, representa o ápice de seu tratamento.

A partir desta experiência reveladora e transformadora, o personagem Breuer assumirá um novo posicionamento diante de sua vida, chegando ao desfecho da história.

Propositadamente, evitarei dar ênfase ao conteúdo da história construída durante a hipnose e às atitudes posteriores de Breuer. Estas informações poderiam obscurecer a importância da experiência.

A entrega, o relaxamento e a construção imaginativa tiveram o valor de um sonho, o poder criativo e curativo de um sonhar. É neste ponto, que todo o processo de "terapia através da conversa" faz sentido. A importância da experiência onírica, mais do que no significado do conteúdo, está no reencontro com a matriz criativa, onde e quando o personagem se sente à vontade para viver, na atualidade, uma sensação que julgava perdida. A sensação de confiança para *"poder se descontrolar, [...] brincar, fazer o que quiser, se meter em apuros"* e, ainda assim, saber que "ela" continuará encantada, achando-o adorável, amando-o incondicionalmente. Ou seja, poder ser espontâneo, sem risco de se perder, se desorganizar ou se fragmentar.

Independente de como "nosso herói" Breuer, ou qualquer herói anônimo, sente o desconcerto da passagem do tempo e a necessidade premente de retorno à matriz criativa... Se esta percepção será negada, obscurecida e travestida, por quanto tempo e a que custo... Independente do quanto de ruínas ficarão pelo caminho... Se esta busca se fará na solidão do seu íntimo, ou agindo efetivamente sobre o mundo... Sonhando um sonho ou mudando o curso de sua vida, partindo ou ficando... O importante é que este processo se dê pelos motivos certos.

E, afinal, quais são os motivos certos? Nietzsche diria: tudo o que favoreça tornar-te quem tu és.

Pois, sem este senso de identidade, contínua e, ao mesmo tempo, criativa, envelhecer e morrer são fatos impensáveis. É impossível enfrentar a passagem do tempo e a proximidade da morte quando não se viveu a própria vida.

ALGUMAS REFLEXÕES. Neste maravilhoso romance, Yalom nos conta que existem muitas vias que podem nos desviar da nossa rota pessoal. A ilustração sobre os sofrimentos de Breuer assinala que uma delas é a "sexualização" de temas que dizem respeito a algo anterior ao sexual, tal desvio tem um sentido de corrupção das nossas próprias necessidades.

O tema do sexual é muito atraente, ele acena com uma aproximação com a nossa intimidade, mas, ao mesmo tempo, protege-nos de chegarmos diretamente até ela. A sexualidade nos oferece muitas palavras, muitas possibilidades de simbolização. Em proximidade com o pensamento de Winnicott, a história contada por Yalom fala da atração que o tema da sexualidade pode gerar, servindo de roupagem para questões mais delicadas, primárias e indizíveis.

Mas o alerta de Winnicott vai além, ele se preocupa também em expor o risco de encantamento que a sexualidade pode gerar no analista ou terapeuta. Costumamos nos sentir revigorados com as possibilidades associativas que o tema da sexualidade nos propõe, e, como uma compensação adicional, falar de sexo nos faz sentir psicanalistas ousados e desbravadores. Porém, Winnicott, refere sua preocupação com a ânsia do analista em expor as suas próprias associações para o analisando, tentando trazê-lo a um mundo simbólico que não lhe é familiar; ou ainda, no protótipo da análise falso *self*, quando o analista acata o roteiro proposto pelo paciente que se defende atrás de conflitos sexuais. Para Winnicott a sexualidade pode ser um refúgio para os dois componentes do par analítico, comprometendo, assim, o valor do tratamento.

Diante disto, o autor britânico nos faz uma provocação, sugere que pensemos o que um pênis pode simbolizar? Uma salsicha, uma minhoca... Ou seja, ele nos desassossega, por que afinal a matriz simbólica é de origem sexual?

Ferenczi traz contribuições no mesmo sentido quando escreve "Thalassa, ensaios sobre a teoria da genitalidade", em 1924. À primeira vista, seu texto parece unicamente originário de uma atitude conciliatória com Freud (como vinha fazendo pelo menos nos últimos seis anos), propõe que *"fenômenos físicos e fisiológicos requerem explicações metafísicas (ou psicológicas) e que todo o fenômeno psicológico pede uma explicação metapsicológica (logo, física)"* (FERENCZI, 1992, v. III, p. 257). O autor, neste artigo, faz uma grande incursão ontogenética e filogenética (incluindo a apresentação do fenômeno de autotonia, a qual ele reutilizará, em trabalhos da última fase de sua obra, ao propor que pensemos na "identificação com o agressor" como um processo "autoplástico"), utilizando-se de analogias entre os primeiros tempos dos seres vivos, os primeiros tempos do bebê e o ato sexual genital.

Ferenczi, inclusive, retoma seu original texto de 1913, "Desenvolvimento do sentido da realidade e seus estágios" (1992) e o apresenta, como parte integrante de Thalassa, em outra versão, com o seguinte título: "O desenvolvimento do sentido de realidade *erótica* e seus estágios". Com Thalassa, Ferenczi alcança o que ainda precisava naquele momento, o reconhecimento de Freud. Ao ponto de que no obituário do psicanalista húngaro, Freud escreve que os textos de Ferenczi até 1924, "fazem de todos os psicanalistas, seus alunos", mas que as contribuições posteriores comprovam que "ele já não estava mais entre nós".

Porém, algo passa despercebido para Freud e talvez, parcialmente, para o próprio Ferenczi. Ainda que o tema de Thalassa suscite o massivo uso de palavras que trazem o tema da sexualidade, o pensamento central que ali está apresentado aponta que a origem do desenvolvimento humano não é do campo do psicossexual. À semelhança de Winnicott, o autor propõe uma inversão da matriz simbólica, não é a satisfação do bebê ao mamar no seio da mãe que reproduz uma experiência orgástica, mas sim, o inverso:

> [...] chegaremos à conclusão de que toda essa evolução, incluindo, por conseguinte, o próprio coito, só pode ter como objeto final uma tendência do ego, no começo excitante e canhestra, depois cada vez mais decidida e, por fim, parcialmente alcançada, *de regressar ao corpo materno*, situação em que a ruptura tão dolorosa entre o ego e o meio ambiente não existia ainda. (grifo do autor) (FERENCZI, 1992, p. 268)

Mais adiante, em Thalassa, Ferenczi refere que parte do sentido da realidade é atingido quando o homem encontra na realidade substitutos para sua necessidade de regressão. Mas completa que apenas parte da nossa personalidade participa desta evolução; o sono, os sonhos, a vida sexual e as fantasias permanecem ligados à tendência para realizar o anseio primitivo de reencontro com o corpo materno. Ou seja, nesta passagem, fica claro que a sexualidade não é, para o psicanalista húngaro, o cerne do desenvolvimento, mas um dos elementos que povoam o sentido de "eu", e que está, inclusive, diretamente conectado à busca incessante de um encontro primário e monista, não sexual em sua origem.

O texto de Yalom, repleto de sua própria experiência como psicanalista sensível, remete-nos às contribuições de Ferenczi e Winnicott, dois autores apaixonados pela prática terapêutica. O romance se apresenta para nós como uma linda exposição clínica, onde acompanhamos a "elasticidade da técnica", a flexibilização do *setting*, o "tato" do terapeuta (o "sentir com"), a adaptação do analista e a transformação da pessoa do analista. Durante a leitura, quando reconhecemos quem é o analisando da dupla, acompanhamos o estabelecimento da confiança, a "regressão à dependência", as interpretações sofisticadas silenciadas, a compreensão sexual confortável sendo substituída pela aceitação da limitação das palavras e a perigosa aproximação com o que há de demasiado humano em nós.

6. O bebê sábio e o falso *self*: ensaios sobre a submissão

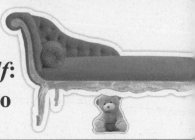

> *"Mamãe lá embaixo chora chora chora*
> *Assim a conheci*
> *Um dia deitado em seu colo como agora nesta árvore morta*
> *Aprendi a fazê-la sorrir a estancar suas lágrimas*
> *a desfazer sua culpa a curar sua íntima morte*
> *Alegrá-la era a minha vida"*
>
> Winnicott, 1963, enviado a James Britton,
> com a seguinte nota:
> *"você se importaria em dar uma olhada nesta minha ferida?"*

As questões sobre o sofrimento humano sempre estiveram presentes nas reflexões de Winnicott e Ferenczi. Os dois psicanalistas acumularam décadas de experiências em hospitais públicos, Winnicott no ambulatório de pediatria e Ferenczi no hospital para indigentes e prostitutas.

O amor pela clínica e a ânsia em aplacar a dor marcaram suas trajetórias. As contribuições teóricas de Ferenczi e Winnicott nasceram da prática e se desenvolveram unicamente em nome de seus ofícios como psicoterapeutas, o que se confirma em suas histórias pessoais e profissionais que revelam a ausência de ambições messiânicas.

Ainda que guiadas pela clínica – ou, melhor dizendo, justamente, por isso – a formulação de suas teorias é bastante consistente e capaz de sustentar, com propriedade, a inclusão de casos fronteiriços. Nas palavras de Freud (1896), *"os casos em que a vida se tornou impossível"*.

As aproximações, entre estes autores, como sabemos, passam pela retomada do valor do fator traumatogênico na etiologia dos quadros graves. E seguem em algumas de suas propostas de elasticidade da técnica, que incluem, por exemplo: que a associação livre dê lugar ao *acting* e às expressões sensoriais, que o analista não use como primeiro recurso a interpretação e se ofereça como aquele que marca a diferença histórica numa "regressão à dependência" (conceito de Winnicott) ou numa "repetição do trauma" (conceito de Ferenczi). A transferência será de uma outra natureza, assim como, as prévias concepções sobre contratransferência precisarão ser reexaminadas.

Não podemos nos distanciar da questão de que autores que propõem, como eles propuseram, a retomada e o desenvolvimento do conceito de trauma real, são autores que sustentam suas contribuições na valorização da capacidade de acolhimento do ambiente que irá receber o pequeno bebê.

Então, a aproximação central e primeira entre Ferenczi e Winnicott se dá nas suas teorias do desenvolvimento. Em 1913, Ferenczi escreve "O desenvolvimento do sentido de realidade e seus estágios". Texto em que ele nos conta a caminhada de um bebê em direção ao contato com a realidade; percorrendo um continuum em que a pequena criança se distancia do que Ferenczi chama de onipotência natural (intrauterina) e passa pela onipotência alucinatória (ilusória). Esta fase de onipotência alucinatória só existirá se for sustentada por adultos que "intuitivamente" percebam a necessidade e tenham a capacidade de organizar o mundo de forma que este se aproxime, ao máximo, do ambiente intrauterino.

Sendo o bebê devidamente acolhido, este continuum terá em um extremo a onipotência natural e, no outro, o desenvolvimento das capacidades simbólicas.

Ao expor estas ideias originais sobre o desenvolvimento, Ferenczi não faz referência ao desenvolvimento psicossexual, "princípio do prazer" ou "teoria da libido".

Quando, a partir de 1927, Ferenczi inicia seus escritos que hoje são conhecidos como terceira fase de sua obra, ele integra a sua teoria do desenvolvimento (1913) à necessidade premente de reaproximação com o conceito de trauma. Uma vez que, para ele, as ideias contidas em "Além do princípio do prazer", de 1920, (FREUD, 1976) não são suficientes para a compreensão da compulsão à repetição, ou seja, para o entendimento da etiologia de quadros inacessíveis à psicanálise clássica.

Laplanche (1988) refere que, após o abandono da "teoria da sedução" (A etiologia da histeria, FREUD, 1896) a psicanálise se apressou em buscar respostas na hereditariedade e, infelizmente, deixou de lançar um olhar sobre os primeiros tempos de um bebê. Estão incluídas nestes constructos teóricos "apressados" as fantasias sexuais inatas e a pulsão de morte.

Winnicott e Ferenczi, autores que valorizam os cuidados efeti-

O bebê sábio e o falso *self*: ensaios sobre a submissão

vos dos adultos dirigidos à criança, compartilham o pensamento de que a incapacidade dos adultos de se adaptar, e se tornar um cuidador, colocará a criança frente a exigências para as quais ela está despreparada.

Este fracasso do cuidado vai capturar a criança, retirando-a precocemente de seu estado de apercepção e a lançando no mundo das percepções. Se o adulto é incapaz de se adaptar às necessidades do bebê, o bebê, então, se adaptará. Em nome de sua própria sobrevivência, a criança vai lutar ativamente pela sobrevivência do adulto.

O adulto incapaz é tirânico, independentemente se ele for deprimido, esquizoide, ausente, instável, extremamente frágil... o certo é que, diante de um pequeno bebê, sua incapacidade o faz ruidoso e grandioso. O adulto que fracassa é ameaçadoramente pleno de poderes e a criança estará inevitavelmente submetida a seus sinais, as suas necessidades e seus desejos.

O tema da submissão é fundamental nas reflexões de Winnicott e Ferenczi. Acompanhou os autores por muito tempo até desaguar nas suas importantes contribuições: "Distorção de ego em termos de falso e verdadeiro *self*", de 1960, (WINNICOTT,1990) e a "identificação com o agressor" apresentada em 1932, no texto "Confusão de língua entre os adultos e a criança" (FERENCZI, 1992).

Muitos artigos de Winnicott vão apontando na direção do que ele viria a denominar "falso *self*", mas um é especialmente interessante neste sentido, "A reparação em função da defesa materna organizada contra a depressão", de 1948 (WINNICOTT, 1993). Neste texto, ele traça uma diferença entre culpa pessoal, a qual pode levar a uma reparação genuína, e culpa (ou doença) da mãe internalizada pela criança. Sendo esta uma "herança" mórbida que colocará em marcha a necessidade de reparação compulsiva da culpa (ou doença) da mãe.

Neste mesmo artigo, Winnicott nos traz uma passagem muito emocionante e ilustrativa. Conta o autor que, no início de sua carreira como pediatra, um menininho chegou sozinho ao hospital e lhe disse: *"Por favor, Doutor, minha mãe se queixa de uma dor no meu estômago"* (WINNICOTT, 1993, p. 198).

É impossível não pensarmos a importância deste tipo de experiência na história de Winnicott. Fatos como este, tanto ajudaram a despertar o interesse pela psicanálise vigente, como influenciaram seus posicionamentos originais sobre a importância do ambiente.

Em 1913, Ferenczi escreveu o "Adestramento de um cavalo

selvagem" (FERENCZI, v. II, 1992). Ele próprio assistiu a demonstração deste adestramento em uma praça em Budapeste. O ferrador, diante de um incrível animal, oscilava entre sussurros de palavras carinhosas e atitudes bruscas como puxar a brida e gritar com uma voz aterrorizadora.

Ferenczi, neste artigo, usa as palavras de um jornalista que, com extrema sensibilidade, assim noticiou o fato:

> Ao fim de um quarto de hora, Czicza tremia com todos os seus membros transpirava e seus olhos, até então cintilantes, embaçavam-se pouco a pouco, mas de um modo bastante visível. Meia hora depois, o animal deixava-se tocar nas patas. Czicza subjugada permanecia de pé sobre três patas, diante do mestre ferrador, a quarta pata dobrada na posição que o adestrador lhe dera, como se fosse de cera... (IDEM, p. 13)

No ano de 1915, o analista húngaro apresentou um texto intitulado "Anomalias psicogênicas da fonação", relatando dois casos de rapazes, um de 24 anos, outro de 17 anos. Ambos chegaram à primeira consulta acompanhados pelas mães. Apresentavam queixas de impotência e fobias. Os dois tinham oscilações na voz, de barítono a soprano, "tinham duas vozes". Num dos casos, a mãe, extremamente perturbada com a voz mais grave de seu filho, esbravejou: *"Não suporto esta voz, você tem que perder o hábito de falar neste tom!"*. No outro caso, Ferenczi percebeu que sempre que o rapaz queria agradar o analista, "punha-se a falar com sua voz feminina". Finalizando o artigo, o autor refere, que os rapazes ainda conservavam sua feminilidade e o registro vocal correspondente, por "amor à mãe" (IDEM, ps. 175, 176, 177, 178).

Ferenczi traz, neste texto, a questão do "diálogo dos inconscientes", o que é preciso complementar com a tendência à submissão e adaptação daqueles que ocupam o lugar de maior dependência. Os jovens, na busca do "amor da mãe" (ou lutando pela sobrevivência da mãe), ajustaram-se, inclusive, à reversão da dependência, atendendo precisamente as necessidades e desejos das mães.

Em "A nudez como meio de intimidação", de 1919, o autor inicia contando um sonho de uma paciente: *"sonhou um dia que estava com seu filho caçula e hesitava em despir-se e lavar-se nua diante do garoto. 'Se fizer isto - dizia-se ela – esta lembrança, gravada de modo indelével na memória da criança, poderá prejudicá-la, até destruí-la'. Logo após, alguma hesitação, decidiu-se, mesmo assim, despiu-se diante da criança e lavou seu corpo nu com uma esponja"* (IDEM, p. 369).

Segue, no mesmo texto, falando do relato de outro paciente:

> [...] contou-me esta lembrança infantil que causara uma impressão muito viva: sua mãe dissera-lhe que o irmão dela, quando era pequeno, tinha sido um 'filhinho da mamãe'; vivia sempre agarrado às saias da mãe, só queria dormir com ela, etc. A mãe só conseguira fazê-lo perder esse hábito pondo-se nua diante dele para intimidá-lo e desviá-lo de sua pessoa. [...] Ainda hoje, meu paciente não pode falar do tratamento infligido ao tio sem exprimir a mais viva indignação; e suspeito que a mãe dele ter-lhe-á contado esta história com um objetivo pedagógico. (IDEM, ps. 370, 371)

Finalizando, Ferenczi nos diz:

> Estas duas observações obrigam a perguntar se a nudez não poderia constituir um bom meio de intimidar ou de assustar uma criança?
> E pode-se responder pela afirmativa [...]. O ego ainda rudimentar da criança assusta-se com as quantidades inesperadas de libido e de possibilidades libidinais, com as quais ainda não sabe – ou não sabe mais – o que fazer. (IDEM, ps. 369, 370, 371)

No segundo período de sua obra, em 1923, Ferenczi escreve "O sonho do bebê sábio". Apenas um parágrafo, o suficiente para criar um desassossego. Basicamente, neste texto, ele se preocupa em fazer referência à frequência que pacientes trazem sonhos em que pequenos bebês falam e demonstram conhecimentos de adultos.

A segunda fase de seus escritos é marcada por importantes reflexões e contribuições, mas também por tentativas de conciliações com as ideias de Freud. Esforços, muitas vezes, "desajeitados"; que, ao invés de cumprir um objetivo apaziguador, denunciam um desespero e antecipam um desastre.

Todos estes artigos são reveladores das inquietações que só viriam a ser consideradas ameaçadoras para a psicanálise tradicional a partir de 1927, na terceira e última fase de sua obra.

No artigo "Confusão de língua entre os adultos e a criança – a linguagem da ternura e da paixão", de 1932, o autor traz o conceito de "autoplastia", adaptação catastrófica sofrida no interior da vítima, quando qualquer modificação na realidade exterior se torna impossível. Apresenta também a ilustrativa imagem do "fruto bicado que amadurece mais cedo" e, por fim, sua grande contribuição, "a identificação com o agressor".

Algumas características do processo colocado em marcha no íntimo da vítima frente ao agressor são: paralisação diante da autoridade e poder daquele que lhe toma de assalto; ataque à própria percepção, na tentativa de transformar realidade em vivência onírica; incorporação da culpa do agressor e cisão interna, visando preservar uma parcela inocente do 'eu'. As reações, em nome da sobrevivência, conduzem a uma certa absolvição do abusador, no sentido de preservação de um mínimo de confiança e esperança no mundo circundante.

Para o autor húngaro, em casos extremos, quem traz o analisando para o tratamento é uma parte que "se esgueirou para fora". Semelhante à ideia de Winnicott sobre o falso *self* que se converte em "ama seca" e conduz o paciente "pela mão" até nós.

Pensar que a "autoplastia" e a "cisão do 'eu'" foram as reações possíveis frente à ameaça terrorífica; e que estas não são manifestações da pulsão de morte, mas sim tentativas de manutenção da vida (da confiança e da esperança); altera a relação do analista ou psicoterapeuta com os sintomas e organizações defensivas do seu paciente. Mais que isto, altera a atitude de acolhimento do analista frente ao paciente que está chegando de uma guerra pessoal, machucado e quase derrotado.

Este "cuidador" humilhado chega até nós, entrega-nos a criança e também se entrega, ainda que parcialmente, aos nossos cuidados. Será esta, então, a "transferência" que se estabelece na análise de pacientes graves? Parece-me que sim. Uma parcela dispensadora de zelo, ao reconhecer seu fracasso nos transfere a responsabilidade de cuidado.

Se formos capazes de, nas palavras de Winnicott (1993, p. 476), tolerar "a meia caída" de nossos pacientes sem precisar esbravejar: *"Sente-se direito! Puxe suas meias!"* poderemos ser úteis.

Seremos tocados pela confiança em nós depositada, abriremos mão de nossa '"perspicácia" e "empáfia". Lembraremos do que Outeiral nos disse: *"a interpretação deve ser o oposto da epifania"*.

Com "tato", empatia, mas também com objetividade e auto-observação favoreceremos que o nosso pequeno sábio, a quem a vida negou o que lhe era de direito, possa, agora, ocupar os espaços do *setting* e ser sábio, inconveniente, arrogante, queixoso, repetitivo, imaturo e ingrato. Que ele se vitimize e odeie a todos que precisar, o quanto for necessário... e, quando parecer que seu sofrimento está aplacado, que ele volte e exija e incomode e se queixe. Tudo de novo... de novo e de novo. Até que o "de novo" se torne "novo", se torne algo realmente novo.

7 Crianças feiticeiras.

> *"se não vejo na criança uma criança
> é por que alguém a violentou antes,
> e tudo o que vejo é o que sobrou de tudo o que lhe foi tirado"*
>
> Herbert Souza (Betinho)

INTRODUÇÃO. Utilizando-me de um ensaio de Roberto Pompeu de Toledo sobre crianças africanas consideradas feiticeiras e responsabilizadas pelos infortúnios das famílias, ilustro a grande violência que está encerrada na incapacidade de reconhecimento da infância.

Os atos de violência contra a criança vão desde o estupro e abuso sexual continuado, agressões passionais, até a eleição de uma criança como confidente e apoio emocional.

Baseada nas contribuições de S. Ferenczi e D. Winnicott, proponho uma reflexão sobre as adaptações autoplásticas que acontecem no interior da criança em busca de uma sobrevivência viável sob o poder de um abusador.

A CRÔNICA. Um texto assinado por Roberto Pompeo de Toledo sobre a vida na República Democrática do Congo traz o seguinte relato de uma mãe sobre sua filha de quatro anos:

> [...] - O pregador declarou que minha filha Nuclette era feiticeira. Então ele perguntou onde estava o meu marido. Eu disse que ele tinha deixado nosso bairro e que agora morava em outra parte da cidade. Ele disse: 'É Nuclette a responsável pelo fracasso

---

6. Uma primeira versão deste artigo foi publicada originalmente no livro "Psicanálise de crianças e adolescentes" (OUTEIRAL e TREIGUER, 2013), da editora Maresfield Gardens. Agradeço à editora pela cedência do material.

do seu casamento. Ela fez que seu marido fugisse. E, quando você dormia à noite, ela veio, com outras crianças feiticeiras, e lhe injetou sangue contaminado, com uma agulha diabólica'. Foi assim que eu peguei aids. Fiquei muito muito magra. Permaneci na igreja por mais ou menos um mês e o pastor me purificou. Estava quase morrendo quando cheguei lá, mas agora me curei da aids -.

No momento da entrevista também a filha Nuclette, de 4 anos, estava internada na igreja, sendo submetida a práticas destinadas a livrá-la de sua natureza feiticeira. Outras crianças são expulsas de casa e engrossam os exércitos de meninos e meninas de rua de Kinshasa (capital do Congo).

Pompeo faz referência também às palavras do menino Serge:

Muitas crianças acabam acreditando que são sim feiticeiras, como é o caso do pequeno Serge: - Eu comi oitocentos homens, eu os fiz sofrer acidentes de avião e de carro. [...] À noite, tenho trinta anos e cem filhos. Meu pai perdeu seu emprego de engenheiro por minha causa [...]. Também matei todos os fetos de minha mãe.

O relato de Serge cita alguns traços atribuídos recorrentemente às crianças feiticeiras. Um é que elas gostam de comer gente. Outro, que à noite viram adultos e têm filhos, destinados a tornarem-se feiticeiros como elas. Na onda do medo das crianças feiticeiras que se apoderou do Congo a partir dos anos 90, não por acaso um período de guerra civil, miséria e desintegração, aliam-se antigas crendices africanas com a ação dos pregadores pentecostais e sua ênfase nos artifícios do demônio [...]. (Roberto Pompeu de Toledo, revista Veja, sete de março, 2007)

Cerca de 30.000 crianças vivem nas ruas de Kinshasa, expulsas de casa sob acusação de feitiçaria. Outras são assassinadas pelas próprias famílias e outras tantas permanecem internadas nas "Igrejas de Reavivamento", onde são submetidas a "sessões de exorcismo", privações e abusos sexuais. Somente na capital do Congo existem 2.000 igrejas praticantes de exorcismo.

A CONCEPÇÃO DA INFÂNCIA. No século IV, Santo Agostinho "alertara" que a infância era brutal, símbolo do pecado, reunindo desejos e ódios e propensa a tornar o homem infinitamente mau.

Através dos tempos, muitos mitos alimentaram a "adultificação", ou ainda, a demonização da infância. Guerra assinala que *"A história da infância é um pesadelo do qual recentemente começamos a despertar. Quanto mais atrás regressamos, mais reduzido o nível de cuidado com as crianças, maior a probabilidade de que houvessem sido assassinadas, abandonadas, espancadas, aterrorizadas e abusadas sexualmente"* (DeMAUSE apud GUERRA, 2008, p. 53).

Até o século IV, no Império Romano, os pais tinham direito de matar seus filhos jovens caso os reconhecessem como criminosos; em 318, Constantino emitiu uma ordem invalidando o que era intitulado *pátria potestas*. Mas, apenas em 374, meio século depois, o infanticídio passou a ser considerado assassinato (RANKE - HEINEMAN, 1996).

O reconhecimento da infância como uma fase específica, com características próprias, em termos de percepção, cognição, plasticidade neuropsíquica, dependência e vulnerabilidade é uma conquista muito nova. É um acontecimento histórico que começa a emergir a partir do Renascimento (séc. XV a XVII) e do Iluminismo (séc. XVIII).

Em 1889, surgiu na França a lei que decide a perda dos direitos dos pais ou mães por maus tratos *"notórios e escandalosos"*. A lei que introduz as sanções penais demoraria mais nove anos.

Segundo Saraiva (2008), nos Estados Unidos, em 1896, foi registrado o primeiro processo judicial efetivo tendo como causa maus-tratos infligidos pelos pais a uma menina de nove anos, tal era o desamparo social e legal das crianças, na época, que esta ação foi movida pela Sociedade de Proteção dos Animais de Nova Iorque.

A noção de que a representação da infância é uma aquisição

moderna e não uma condição inerente à vida humana sugere a sua fragilidade e relatividade. Uma vez que a infância é uma concepção adquirida a pouco tempo e mediante condições culturais muito particulares, podemos pensar que ela, ainda, está sob constante ameaça.

A miséria, o medo, o desamparo, a loucura e a perversão colocam em risco o reconhecimento da infância e a capacidade dos adultos de se responsabilizarem pelas suas crianças. As grandes adversidades, no espaço público ou privado, tanto a desgraça de uma nação, como a desgraça de um adulto em sua particularidade, podem levar a um perigoso processo: a descaracterização da infância. Esta descaracterização pode incluir desde a desconsideração e desprezo, até o ódio paranoide. Os mais fracos serão o alvo preferencial para serem responsabilizados por todo o sofrimento. É recorrente o fenômeno de que aquele que se sente oprimido, volta-se contra seu último território de domínio, muito constantemente, este território é a infância.

Ferenczi (1873 - 1933) e Winnicott (1886 - 1971), cada um a seu tempo e a seu modo, dedicaram-se a observar a vulnerabilidade, a assimetria e a dependência que envolve a relação entre infantes e adultos. Retomando aspectos fundamentais do texto de Freud, de 1896, "A etiologia da histeria" (1976), estes dois autores ingressaram numa viagem profunda tentando sentir e entender como se dão, tanto os movimentos de amadurecimento, como os processos traumáticos neste delicado encontro de dois mundos, o mundo adulto e o mundo infantil.

Toda a situação traumática a qual uma criança pode ser acometida tem, no entendimento de Ferenczi, um caráter de "confusão de língua" (FERENCZI, 1932); assim como, para Winnicott, o traumatogênico tem por trás uma incapacidade do ambiente humano de processar uma "adaptação ativa" (WINNICOTT, 1956) para acolher as necessidades do bebê. O que são estes conceitos de "confusão de língua" e incapacidade de uma "adaptação ativa" se não uma impossibilidade do adulto de reconhecer as diferenças geracionais?

O traumático, no caso de pequenos bebês, estabelece-se pela submissão a vivências que, de tão desordenadas e intensas, serão impossíveis de se manterem diluídas no ambiente; ou, no caso de crianças, vivências impossíveis de ingressarem na cadeia associativa. O traumático é a expressão de condutas imprevisíveis e linguagens não conhecidas capazes de despertar nos bebês e nas crianças sensações e sentimentos de confusão e estranheza.

Ferenczi assinala três tipos de circunstâncias traumatogênicas a que uma criança pode ser submetida: o abuso e violação sexual, a punição passional (quando a criança é submetida cruelmente aos humores do adulto), e o "terrorismo do sofrimento" (quando o adulto usa a criança como confidente e apoio emocional). Em todas estas situações temos adultos incapazes de se responsabilizar por seus desejos, impulsos e emoções e, covardemente, repassando para a criança estas responsabilidades.

A DEPENDÊNCIA. Winnicott se detém, em toda sua obra, a lançar luz sobre fases muito arcaicas do desenvolvimento, o que Ferenczi faz nos seus primeiros escritos, "Introjeção e transferência", de 1908, e "O desenvolvimento do sentido da realidade e seus estágios", de 1913 (FERENCZI, v. I e II, 1990).

Tanto um autor como outro sugere que existe um período no desenvolvimento em que, os adultos cuidadores instintivamente organizam o mundo do bebê recriando o ambiente intra-uterino e suportando não serem percebidos, assim, propiciando uma continuidade da experiência de onipotência original e da ilusão.

Para Ferenczi, este período é marcado pelos processos "introjetivos" e pelo modo "monista" de estar no mundo; nas palavras de Winnicott, este é o período em que a "preocupação materna primária" propicia a "dependência absoluta". Tanto o que Ferenczi vai denominar de "período de introjeção", como o que Winnicott vai chamar de "dependência absoluta", caracteriza-se por um desconhecimento do bebê sobre sua própria dependência.

Esta condição primordial é importante para entendermos o papel desempenhado pela dependência nos processos traumatogênicos e nos movimentos reativos de sobreadaptação.

Para o pequeno bebê, além de ser inconcebível a apreensão da dependência pela imaturidade neurológica, ela também o é pela sua imaturidade emocional e físiologica. O nível de dependência é tão profundo que reconhecê-lo seria aterrorizador. O amadurecimento e a confiança no ambiente irão favorecendo, com o passar do tempo, este desvelamento.

Porém, neste período remoto de não conhecimento da dependência, ou seja, não reconhecimento do "não-eu", a reação traumática intensa poderá levar a pequena criança, bruscamente, da apercepção à percepção, lançando-a de forma prematura ao reconhecimento da dependência e do mundo externo.

Esta dependência é incalculável e, quanto mais precocemente percebida, mais se aproxima do insuportável. Neste contexto, reconhecer os adultos como descontrolados, loucos e incapazes é a maior ameaça que a criança poderá vivenciar.

A INTIMIDADE DA CRIANÇA TRAUMATIZADA. Ferenczi, no seu último e mais polêmico trabalho, escrito em 1932, "Confusão de língua entre os adultos e a criança" (FERENCZI, v. IV, 1990), dedica-se a pensar o que acontece na intimidade da criança traumatizada. Este autor percorre com sensibilidade os movimentos internos desencadeados pela exposição à circunstâncias traumatogênicas.

O autor húngaro assinala e revela reações próprias da criança aterrorizada, entre estas reações, aborda a paralisação, estado de transe hipnótico, submissão, mediante a autoridade e às atitudes descontroladas do adulto; a inclusão do trauma num espaço onírico, ou seja, do real para o fantástico, como forma de criar uma ilusão de controle sobre o episódio traumático; identificação com o agressor, com o objetivo de absolver o adulto agressor; cisão interna, com o objetivo de preservar uma parcela do "eu" inocente.

Uma vez que a criança tem precocemente ciência de sua dependência e vulnerabilidade, a necessidade de absolver o agressor será prioritária. E isto será feito a qualquer custo. Esta absolvição será favorecida pela onipotência natural da criança, a qual, em circunstâncias positivas, irá se desenvolver como capacidade criativa, mas que, em situações adversas, irá encaminhar uma das mais violentas reações: acreditar-se realmente responsável pelo que o adulto agressor foi incapaz de se responsabilizar.

Neste sentido, temos o desconcertante exemplo do pequeno Serge citado no ensaio de Toledo, ele assume as acusações como verdades, absolve os adultos agressores e se abriga na fantasia, pois se ele é o responsável pelo mal, o mal está sob seu controle.

É importante assinalar que tanto serão mais violentos os movimentos "autoplásticos", quanto maior for a dependência da criança e a autoridade que o adulto desempenha sobre ela. Quanto mais próxima for a ligação emocional da criança, maior a sua vulnerabilidade frente ao adulto e sua necessidade de absolvê-lo.

As crianças feiticeiras da distante e miserável África são as mesmas crianças que apanham quando os pais se drogam ou estão infelizes, as mesmas crianças violadas em nome dos impulsos sexuais de um adulto, as mesmas crianças capturadas pela sedução de quem as usa como confidentes e consolos. As crianças feiticeiras da África são a personificação da incapacidade dos adultos de reconhecerem a infância e, neste mesmo sentido, a incapacidade de serem, eles próprios, adultos.

O SEGUNDO TEMPO DA CONFUSÃO DE LÍNGUA. Um outro grande componente perverso em todo o processo traumatogênico e reativo é que, justamente, quanto mais bem sucedidos os movimentos "autoplásticos", no sentido de tornar possível a sobrevivência sob o poder de um abusador, mais a criança poderá ser vítima de uma nova "confusão de língua".

A sobreadaptação da criança traumatizada pode dar margem a perigosos erros de avaliação. Muitas vezes, a pequena vítima acata os desejos do agressor aparentemente sem resistência; isto não é cumplicidade, é submissão. A criança tende a incluir o trauma real no seu mundo onírico; ela própria passa a não discriminar bem o que é real do que é fantasia, atacando sua capacidade perceptiva e dificultando o relato do acontecido. Ela se protege se identificando com o agressor, adivinhando suas intenções, respondendo a pequenos sinais, não faz isto em nome de seu próprio desejo, mas em nome de sua sobrevivência. A pequena vítima, muitas vezes, guarda segredo do acontecido, isto não é uma confissão de culpa, isto é sinal do efeito devastador do trauma: a criança está rendida.

O componente mais comprometedor do episódio traumático, não é a dor, o risco de vida, nem a repulsa e, muito menos, o medo que a vítima pode desenvolver pelo agressor ou por tudo que se refira à vivência traumática; a grande complexidade da ação traumatogênica de um adulto sobre uma criança se refere ao uso oportuno que corrompe a dependência natural. A vulnerabilidade primária da infância é a via de acesso do agressor, que tocará em seu íntimo e a fará desacreditar de sua própria inocência e de sua própria verdade.

A infeliz mãe de Nuclette, com suas palavras acusatórias e delirantes, convence e deforma a sua filha. O pequeno Serge fala com uma voz que não é sua, assume as culpas e as delusões que pertencem aos adultos, dominadores, equivocados e desesperados.

Os processos defensivos disparados no interior da pequena vítima, que favoreceram a absolvição do adulto e a sua autoculpabilização, tornaram a sobrevivência minimamente possível, mas são potencializadores de um novo trauma, processado no âmbito social, legal e, mesmo, na psicanálise. Para a criança, tenha ela a idade que tiver, por toda sua vida, será muito difícil delatar seu agressor, além disto, sua história de paralisação e submissão provavelmente será vista como cumplicidade, sua falta de escolha será vista como escolha.

Ao ser considerada, sem que o entorno seja avaliado, como sexualizada, agressiva, desatenta, estará submetida, uma vez mais, a uma "confusão de língua", a segunda fase do trauma (FERENCZI, v. IV, 1990). Outro adulto ou um grupo social, empossado de poder, repetindo a ação do abusador original, submete a criança à negação da alteridade, da assimetria, da dependência e da vulnerabilidade, responsabilizando-a pelo abuso sofrido. Mais uma vez a infância estará em risco.

As "crianças feiticeiras" da distante e miserável África se assemelham às crianças que chegam aos nossos serviços de saúde, aos nossos consultórios e, o que é mais aterrorizante, assemelham-se a legiões de "crianças feiticeiras" que nunca chegarão... nunca chegarão a ser ouvidas, nunca chegarão a ter uma voz. Porque bem sabemos que elas não são crianças feiticeiras, elas são, sim, crianças enfeitiçadas.

8 A infância está sempre em risco

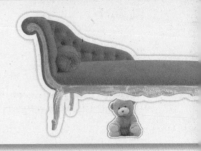

"Essa falta de apreensão de sua própria infância é o obstáculo maior que impede os adultos de compreender as questões essenciais"

Ferenczi, 1927

INTRODUÇÃO. O presente texto é uma nova versão de um artigo publicado no jornal Zero Hora, em dez de agosto de 2013. No mesmo dia, tive a honra e o prazer de receber a seguinte mensagem eletrônica de meu querido amigo e grande pensador, Paulo Sérgio Guedes:

> Luiza, escrevo para te cumprimentar efusivamente pelo artigo publicado hoje em ZH. Considero, Luiza, de vital importância para a saúde pública, todas as considerações que fizeste sobre a infância, sobre a 'psicanalização' perturbadora do entendimento dos primeiros tempos da criança, sobre a 'virada' do pensamento de Freud sobre o abuso sexual para a fantasia de abuso, e teu título absolutamente verdadeiro de que 'A infância está sempre em risco'. Parabéns, Luiza, cumprimentos, temos de defender fortemente a infância – e a nossa, conjunta e especialmente – pois esta poderá vir a ser a solução para a humanidade evoluir em termos realmente humanos. Grande abraço do Paulo Sérgio. (agosto de 2013)

O ARTIGO. O filme "A caça" (Thomas Vinterberg, 2012), que conta a história de um homem acusado injustamente de abuso sexual infantil e perseguido pela comunidade em que vive, despertou questionamentos e retomou um tema de interesse popular e, em particular, de interesse da psicanálise. O argumento do filme promoveu discussões acerca das fantasias e desejos sexuais infantis e os riscos de que estas fantasias possam levar a falsas acusações de pedofilia.

Certamente, todos que têm bom senso irão se indignar com julgamentos passionais e atos bárbaros que, em nome de uma suposta busca de justiça, acontecem à margem das instituições. Este tipo de fenômeno grupal pernicioso, inegavelmente, ameaça o que há de humano em cada um de nós.

Porém, é preocupante quando o apelo contra este tipo de acusação, perigosamente, dirige-se a um outro extremo. É sabido que existe uma tendência histórica de que a criança seja colocada como cúmplice do ato de abuso; ou, ainda, num processo de negação de um abuso real, generaliza-se, com a argumentação de que os relatos de cenas de agressão são tão inadmissíveis que "só podem ter nascido da imaginação da própria criança".

Estas antigas crenças equivocadas e temerárias, nas quais o mais fraco é desacreditado ou responsabilizado pelo próprio infortúnio, perdem-se no tempo. Porém, desde o século XX, encontraram sustentação na psicanálise tradicional, que as recobriu de um tom científico e intelectualizado, fechando questões, ao invés de abri-las.

É sabido que Freud, a partir do início de 1900, propôs que distúrbios psicológicos teriam origem nos desejos e fantasias sexuais infantis inatos. Os quais, muitas vezes, poderiam se reverter em relatos acusatórios enganosos contra adultos inocentes. Quando a realidade do contato sexual entre o adulto e a criança era inegável, a psicanálise oferecia outra tese desconcertante: "algumas crianças, por disposições hereditárias, apresentariam uma tendência a se colocar, intencionalmente, em situações de trauma sexual".

Ou seja, a psicanálise passou a focar unicamente a etiologia endógena, desconsiderando a efetiva influência dos adultos abusadores; minimizando e tirando de foco a responsabilidade destes.

O pensamento de Karl Abraham, tornou-se uma das importantes expressões do pensamento psicanalítico; em 1907, por exemplo, ele fez a assustadora observação:

> Podemos dizer que as crianças que pertencem a esta categoria demonstram um desejo anormal de obterem prazer sexual, e em consequência disso sofrem traumas sexuais, [...] Pois a criança predisposta à

> histeria ou à demência precoce sofre trauma em consequência de uma tendência no seu inconsciente. Se há um desejo inconsciente subjacente a isso, a experimentação de um trauma sexual na infância é a expressão masoquista do impulso sexual. (ABRAHAM apud MASSON, 1984, ps. 124, 125)

Freud, em 1914, retomou estas palavras e as ratificou: *"Com esta afirmação, Abraham deu a última palavra sobre a etiologia das neuroses"* (FREUD, 1976, v. XIV, p, 28).

É lamentável que este aporte freudiano, através de décadas, tem sido utilizado como uma forma de negar uma realidade: a vulnerabilidade da infância. A manutenção deste engano "confortador" traz em si o grande risco de alimentar justificativas para abusos psicológicos e físicos exercidos por adultos sobre crianças.

Quantas crianças sofrem situações de abuso, muitas vezes na intimidade de suas casas? Quantas delas não têm alguém confiável para revelar seu sofrimento? E quantas possíveis testemunhas destas agressões se sentem inseguras em denunciar ou, algumas vezes, nem ao menos sabem que estão testemunhando um crime?

É fundamental que a imprensa e aqueles que têm voz nos veículos de comunicação possam alertar para esta terrível realidade a que muitas crianças estão submetidas. É necessária uma constante e cuidadosa vigilância. A infância está sempre em risco. E, em algumas circunstâncias, quem a defende também estará...

Proponho um recuo na história até um tempo anterior às construções freudianas que superdimensionaram as fantasias sexuais infantis como etiologia das neuroses, até 1896, quando Freud escreveu seu artigo "A etiologia da histeria". Neste texto, ele desenvolveu ideias sobre a vulnerabilidade infantil frente aos adultos agressores. De forma corajosa, assinalou que o abusador é alguém *"armado de completa autoridade e do direito de punir, e que pode inverter os papéis para satisfação irrestrita de seus caprichos"*, e sobre a criança, vai observar: *"no seu desamparo, está à mercê desse arbitrário uso do poder, e é despertada para toda espécie de sensibilidade e exposta a todo o tipo de decepção"* (FREUD, 1976, v. III, p. 198).

Freud, seguindo suas reflexões, sugeriu uma ligação metafórica entre a imaturidade física e a psíquica, para assim lançar uma nova luz sobre a teoria do desenvolvimento emocional:

> As lesões sofridas por um órgão ainda imaturo, ou por uma função em processo de desenvolvimento, frequentemente causam efeitos mais graves e duradouros do que causariam em época madura. [...] Se assim for, estará aberta a perspectiva de que o que até agora se atribui a uma predisposição hereditária ainda inexplicada possa ser compreendida como adquirido em tenra idade. (IDEM, p. 188)

Estas primeiras contribuições de Freud para explicar as psicopatologias foram extremamente revolucionárias, surgiram num momento em que se ensaiavam os movimentos de proteção da criança e de reflexão sobre o poder ilimitado dos pais. Estas contribuições representavam um enorme avanço no sentido do reconhecimento das diferenças geracionais, da aceitação da alteridade e do exercício de respeito às novas gerações.

Para termos uma noção de como o reconhecimento da infância é uma conquista ainda muito nova - e, também por isto, muito frágil -, relembro que, no mesmo ano em que Freud escreveu seu texto "A etiologia da histeria", em 1896, nos Estados Unidos foi registrado o primeiro processo judicial efetivo tendo como causa maus-tratos infligidos pelos pais a uma menina de nove anos. Tal era o desamparo social e legal das crianças na época que esta ação foi movida pela Sociedade de Proteção dos Animais de Nova Iorque.

Como era de se esperar, este artigo de Freud, anterior às suas hipóteses sobre o caráter hereditário e determinista da sexualidade infantil, foi extremamente mal recebido nas sociedades científicas. As provas de maus tratos e abusos sexuais que muitas vezes culminavam na morte de crianças, deveriam permanecer como segredos guardados nos lares ou nos institutos médicos legais.

Diante desta má acolhida, a teoria freudiana foi em busca de novas explicações para a etiologia das neuroses. Infelizmente, Freud, por motivos mais ou menos obscuros, abandonou totalmente o reconhecimento das situações traumáticas reais e se apegou às fantasias infantis de cunho sexual.

Afortunadamente, através dos anos, alguns autores psicanalíticos tiveram coragem para percorrer caminhos alternativos, no que diz respeito à percepção da infância. Entre eles estão, Sándor Ferenczi, Donald Winnicott, Michael Balint, Pierre Fédida, Jean Laplanche. As suas contribuições partiram da consideração da dependência natural da criança em relação ao adulto. E, logicamente, este reconhecimento pautou seus escritos sobre o desenvolvimento, o adoecimento e as suas propostas de alterações na técnica psicanalítica.

É inegável que algumas crianças têm condutas extremamente sexualizadas, mas isto não é uma revelação de uma predisposição inata, são expressões de processos secundários e defensivos a partir de superestimulações infligidas por adultos incapazes de preservar a infância. Além disto, não existe nenhuma atitude de uma criança que possa servir como argumento para minimizar a responsabilidade de um agressor. No entanto, recorrentemente, isto acontece.

Nos séculos passados e, ainda hoje, em diversos segmentos, e mais abertamente em populações vulneráveis (ou em famílias vulneráveis), a criança é percebida como ameaçadora e colocada no lugar de quem deve "expiar os pecados". A cada segundo, crianças são abandonadas, "exorcizadas", mutiladas, abusadas, muitas vezes com conivência e incentivo sociocultural e religioso.

Ser adulto é propor a si mesmo um constante exercício de empatia e reconhecimento do outro. Os contatos com a infância se apresentam como grandes desafios, este é um universo que está contido em nosso íntimo e, ao mesmo tempo, infinitamente distante.

Diferente do que muitos creem, o que tememos não é a "revelação da sexualidade infantil", em muitos sentidos esta formulação de Freud que "adultifica" a infância, conforta-nos. O que realmente tememos é a aproximação com a própria infância, que, com sua vulnerabilidade, descortina os perigos aos quais nós próprios estivemos expostos.

Precisamos ser cuidadosos para que a angústia do contato com este "mistério tão intimamente conhecido" não nos impulsione cegamente em direção a abrigos teóricos, que nos acenam com um falso entendimento da criança. Existe um grande risco de forjarmos uma compreensão do mundo dos infantes a partir de nossa linguagem e de nossas paixões.

A própria psicanálise cometeu este equívoco, e, às vezes, ainda comete.

9 A língua materna e a língua da mãe: um ensaio

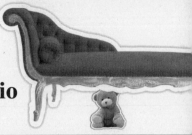

> *"É muito difícil chegar ao âmago da questão, mas numa discussão como esta, precisamos tentar"*
>
> Winnicott, 1957

Sándor Ferenczi não apenas em sua obra, mas como uma angústia pessoal, viveu a dor de não poder escrever suas contribuições em sua língua mãe: o húngaro. Língua que, segundo Anna Verônica Mautner, psicanalista e socióloga nascida na Hungria, é cheia de imprecisões que se conjuga com a sutileza do tom da voz, do olhar e do toque.

Distingui língua materna de língua oficial, e caracterizei o húngaro como idioma que, durante 1.200 anos da história conhecida do povo magiar, nunca teve, para este, status de língua oficial. O direito, a legislação política, a ciência sempre foram expressos na língua do povo dominante, e os magiares foram sucessivamente dominados pelo turco, latim e alemão até o começo deste século, quando e só quando começou-se a dar aulas em húngaro na Universidade; até então era o alemão e o latim. Assim sendo, a língua húngara era a língua da mãe, do lar, da farra, da blasfêmia, enquanto a língua do dominador era o que se escrevia, que regulava a vida social. [...] Por mais de 1.200 anos, o húngaro floresceu como língua afetiva da mãe, da amante, da fraternidade, do não oficial, do secreto. Desenvolveu uma flexibilidade de língua [...] Esta língua do afeto, do consenso, tem seus temas, sua origem. Quem fala esta língua tem 1.200 anos de especialização na intimidade [...]. Enquanto nações, governos [e cientistas] desejam comunicar objetivamente para que todos entendam as leis, a língua materna admite ambiguidades, pois estas disfarçam diferenças não resolvidas e procuram despertar um mínimo de resistências a mudanças. Ela deve ser capaz de conter impressões, de lançar mão de recursos expressivos; gera neologismos, apelidos, oficializa diminutivos.

E, a autora, segue, dizendo: *"Acho, portanto que os húngaros pensam o que pensam, porque o fazem em húngaro. E por isso a psicanálise húngara, que é tida como profundamente empenhada na cura, não deixa, entretanto, de escoar para redes de influência na educação, na antropologia, na literatura. Em todo o lugar do afetivo".* (MAUTNER, Revista Ide, fev., 1995. Numero 25, p. 124)

Anna Verônica, no mesmo artigo, ao se referir a Eva Brabant (também húngara e estudiosa do pensamento de Ferenczi), escreve: *"ela diz não saber porque é tão frequente o cidadão de língua húngara pensar temas da psicanálise, pois autores sem nenhuma formação analítica, antes mesmo do surgimento desta, referiam-se, por exemplo, à importância das experiências da primeira infância, como se isso fosse um código muito natural"* (IDEM).

Partindo desta contribuição sensível, sugiro usarmos o húngaro como uma forma criativa de alusão à língua materna em geral. A Hungria – e o húngaro – presta-se bem a isto... ocupa um espaço indeterminado, entre o imaginário e a memória, remete-nos a um lugar entre o ocidente e o oriente, entre o conhecido e o desconhecido.

É inegável, que as palavras com sentido "aberto", dependentes do tom, do ritmo, das feições, ao permitirem o "vazamento" do afeto, também abrem espaço para o "borramento" dos limites. A língua da intimidade, por ser o único caminho até a experiência efetiva com a cultura, torna-se perigosamente poderosa, trazendo consigo o risco da sedução e da manipulação; ou seja, o risco da interrupção do amadurecimento.

Neste ponto, talvez seja útil uma distinção entre "língua materna" e "língua da mãe". Proponho pensarmos na expressão "língua materna" como que dizendo respeito a uma função de cuidado desempenhado na mais alta adaptação ativa do adulto. O que envolve a capacidade de tolerar não ser ouvido, de não impor a sua presença, de não ser percebido prematuramente. A língua materna, realmente materna, não existe para o bebê como tal, ela é criada pelo bebê, através de algo que se apresenta, num espaço e num tempo de previsibilidade, repetição e monotonia.

Por outro lado a "língua da mãe" é a língua que existe como imposição, apresenta-se e, ao se apresentar prematuramente, invade, confunde e ensurdece. Esta é a língua de quem não suportou cuidar de seu bebê anonimamente, de quem não suportou a solidão e o não reconhecimento. A língua de quem arrancou o bebê do descanso para que ele se transformasse em uma companhia.

Esta incapacidade do adulto pode dar início a uma série de perturbações que envolvem a submissão, a sobreadaptação e o prejuízo em termos de aquisições simbólicas. O ingresso no mundo simbólico, segundo Ferenczi, será garantido pela capacidade dos adultos cuidadores de organizar o mundo, de forma simplificada para receber o pequeno bebê ou, nas contribuições de Winnicott, a capacidade criativa será oportunizada por um ambiente que se adaptou às necessidades do bebê, somente a ilusão poderá permitir que a desilusão seja vivida como uma experiência. Ou seja, para estes autores: a onipotência sustentada pelos adultos; ou a ilusão, pelo ambiente; dará origem ao simbólico. E é, justamente, a aquisição do simbólico que tornará a criança e o adulto capazes de tolerar a quebra da onipotência e a desilusão, mantendo a confiança em si e no mundo e seguindo rumo à independência.

A língua do início antes do início é uma língua precária, envolvida em sensações, cheiros, penumbras, texturas e tons, de tão imprecisa pode deslizar, com precisão, para a intimidade da infância. O esperado é que esta língua, ao ser materna, apresente-se apenas no exato momento em que é criada; que ela não seja propriedade da mãe, mas algo novo a ser compartilhado. A língua materna é a mais pura e simples língua da infância, a língua materna não deixa registros, sua existência valorosa está em não existir.

Seguindo por estes caminhos...

Impossível não lembrar da afirmação de Chico Buarque de Holanda, em seu livro "Budapeste" (2003): *"o húngaro é a única língua do mundo, que, segundo as más línguas, o diabo respeita"*. O que nos leva a crer que este mestre das palavras também aceitou eleger o húngaro como um bom modo de se aludir à língua materna, à língua da intimidade, talvez possamos até dizer: à língua sem lei.

O editor do livro "Budapeste", Schwarcz, filho de um húngaro, afirma que a escolha de Chico Buarque deste idioma para fazer o jogo de "claro e escuro" com o português foi aleatória. É interessante acrescentar que Chico Buarque, quando escreveu o romance, não conhecia a Hungria.

O personagem José Costa, um *ghost-writer* brasileiro, que está em viagem para um Congresso de Escritores Anônimos, faz uma conexão em Budapeste e se enamora pela língua. Um detalhe curioso da narrativa e que não poderia deixar de ser mencionado é que, até então, José só escrevia em prosa e, ao conhecer a língua dos magiares, começa a escrever em verso, o que dá origem a seu primeiro livro de poemas.

Chico Buarque quer nos dizer algo com este outro contraste: poesia e prosa. Lembro-me de uma entrevista de Caetano Veloso de uma época que já se perde na minha memória, onde ele dizia que a precisão da obra de Chico Buarque revela que ele não faz concessões ou adaptações, "ele usa 'a palavra certa', sempre". Ou seja, Chico Buarque "sabe o que diz".

Propor que José, em Budapeste, descubra a língua que será capaz de despertar a sua própria poesia, é um recurso belíssimo que, inevitavelmente, ecoa no leitor. Para mim, por exemplo, esta referência, somada à sua frase "*... a única língua que o diabo respeita*", remete-me ao "Reino das Mães" de Goethe, descrito em "Fausto", escrito em 1808.

Mefistófeles, para possibilitar a "mágica", fará Fausto descer ao "Reino das Mães", lugar "sem tempo e sem espaço". Mefistófeles diz: "*Estranho é mesmo. Deusas ignoradas. De vós mortais. Por nós jamais nomeadas. Vai, pois, buscá-las nos mais fundos ermos; é tua culpa dela carecermos*". Fausto interroga: "*Qual o caminho?*". Mefistófeles: "*Nenhum! É inexplorável, que não se explora. É inexorável, que não se exora. Estás, pois, preparado? Não há trinco a correr, nenhum cadeado. Em solidões, ficas vagueando em vão. Noção terá do que é o ermo, a solidão?*" (GOETHE, 2001).

A pessoa que dispõe de uma comunicação para além da língua acordada tem ascensão sobre os mais frágeis, que tanto pode ser usada para o cuidado, como para subjugo. Partindo da expressão de Chico Buarque: este poder extremo, até mesmo "*o diabo teme*".

Somos humanos porque somos vulneráveis, e a permeabilidade nos faz ricos e nos faz fracos, a língua daquele que tem um bebê sob sua responsabilidade é, ao mesmo tempo, a mais bela fonte e a mais aterradora ameaça à existência do filho. A língua da mãe enfeitiça e silencia, a língua materna cuida e liberta.

A técnica psicanalítica proposta por Ferenczi e Winnicott, com objetivo de incluir e se adaptar às necessidades dos pacientes limítrofes e psicóticos, prevê um *setting* e um analista (em certa medida, diluído neste *setting*) capaz de oportunizar, como referiu Ferenczi, uma "repetição do trauma com a presença do analista, que oferece o contraste com o passado", ou, nas palavras de Winnicott, uma "regressão à dependência". As duas propostas se aproximam, ambas pressupõem um *setting* adaptável e um analista confiável. Sendo o *setting* uma "metáfora dos cuidados maternos", podemos pensar que a língua será a materna, "a fala" será a dos infantes e o mergulho será até o "Reino das Mães". Então, se a língua materna transposta para o *setting* equivale à "repetição do trauma com o contraste", equivale a uma experiência transicional, que coloca a vivência traumática dentro de uma cadeia simbólica e histórica.

Mas Ferenczi, preocupado com a hipocrisia profissional, também alerta para o perigo que, a vivência que deveria ser uma "repetição do trauma", sem a disponibilidade real do analista, estabeleça-se como uma "repetição traumática". Ou seja, uma situação de risco em que o terapeuta repete o papel do abusador original e reafirma a submissão de seu analisando. Onde a "língua do analista" seja imposta, tal qual a "língua da mãe" que invade, interrompe e desapropria, conduzindo, sempre, de novo, a uma "repetição traumática". Como refere Winnicott: *"A comunicação só se torna ruidosa quando fracassa"* (WINNICOTT,1994, p. 200).

Nestes termos, são muitos os perigos que envolvem esta análise. Porém, nos casos em que "a vida se tornou impossível", tanto Ferenczi como Winnicott, compreenderam que não existem atalhos. Uma nova possibilidade de vida só acontecerá, quando aquele que sofre encontrar alguém disponível a despender cuidados, disposto a correr riscos, capaz de se manter íntegro quando não for reconhecido; alguém capaz de falar a língua materna, a língua esquecida e fundamental.

10 De Ferenczi para Freud: a correspondência perdida.

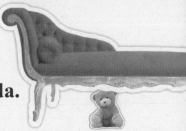

BUDAPESTE. Algum dia em maio de 1933. As dores persistem. Estou ingressando num mundo branco. Num lugar intermediário entre o sangue, as carnes vermelhas e a realidade bege das paredes e do lençol.

Um mundo criado por uma umidade que se instalou em meus olhos. Onde somente a língua materna faz sentido, com suas meias palavras, suas intenções, seus olhares.

Estou só, com este corpo débil que se interpõe entre eu e a vida. No final, somos só nós dois, velhos conhecidos.

Ouço vozes do lado de fora, posso identificar a de Gizella, como de costume atropelando as palavras, tensa, ciscando informações entre as enfermeiras.

Mas posso, facilmente, descolar-me de Gizella, parar de ouvir sua voz, desvencilhar-me de seus modos, e seguir adiante nos corredores, encontrar e cruzar uma porta, voar rasteiro sobre o gramado, ganhar velocidade, chegar ao Castelo de Buda, ingressar na Ponte

---

7. "A correspondência perdida" é uma compilação das cartas trocadas, nos primeiros anos de amizade, entre Freud e Ferenczi, combinadas com um material ficcional. O texto de ficção foi construído a partir de suposições acerca dos sentimentos e pensamentos de Ferenczi que poderiam estar transcorrendo em sua intimidade, reflexões impossíveis de serem reveladas ao seu interlocutor.
As cartas e passagens reais, obtidas através de pesquisas, estão entre aspas; propositadamente, não estão registrados os números das páginas das citações, para que o leitor possa mais facilmente se deixar levar para um campo intermediário entre a realidade e a invenção. Porém, foram obedecidas as referências de datas em cada correspondência.
A ideia da "correspondência perdida" surgiu em 2005, e seguiu inédita até agora.

Széchenyi, atravessar o Danúbio, chegar a Peste, avistar o Palácio Gresham e, por fim, me encontrar instalado em minha antiga poltrona verde musgo.

Esta é a única vantagem de ter morado neste corpo vulnerável - se, por um lado, ele me cerceou a vida, por outro, sempre me facilitou o devaneio. Esteve sempre aberto, mal delimitado, deixando-se levar para qualquer canto, por imagens, odores e texturas. Sem resistir.

O LEITE. Qualquer dia em 1907. Recostado em minha poltrona verde musgo. Cabeça jogada para trás, olhos rasgados, quase felinos e quase fechados, lábios relaxados, finos cabelos, levemente desalinhados, os pequenos óculos valsando entre as pontas dos dedos – secretamente, empreendo algum esforço para que os movimentos pareçam naturalmente ágeis e ritmados.

Logo, ao lado, minha escrivaninha manoelina, madeira escura, pés exageradamente adornados, pesados, erguendo-se do chão a muito custo. A escrivaninha fora de meu pai amado, generosa e útil herança, como se pressentisse que me faltaria uma âncora.

Livros de todo o tipo e origem jogados, abertos, fechados. Sendo a escrivaninha insuficiente, eles se derramam pelo chão.

Meu delicioso descanso é interrompido por duas batidas secas na porta.

- Entre, Sra...

Dois toques secos, parecem desgrudados da alma. Gestos descartáveis, sempre úteis e econômicos. Mais dois toques. - Pode entrar, Sra... Falo um pouco mais alto, ainda com certa inibição por nunca lembrar o nome desta Sra. - Obrigada, Sra...

Sempre às quatro horas da tarde chega até mim, graças à eficiência desta Sra. - de quem nem ao menos consigo guardar o nome - meu leite morno.

Sou o oposto desta Sra., esta, que me alcança o leite morno todo o dia às quatro da tarde. Nada em mim é automático, nada é econômico e autônomo. Cada gesto, sensação, palavra estão, de alguma forma, conectados à minha percepção, que, com uma onipresença tirânica, controla tudo o que faço e penso. Nada se descarta de mim sem que eu esteja em alerta. E tudo o que está à minha volta, o que me é dito, como me olham, todo o toque, todo o cheiro é imediatamente desmembrado e incorporado.

À minha consciência nada escapa. Vivo exausto, aos pedaços...

Nem mesmo desta Sra. - que me traz o leite morno e da qual não lembro o nome - deixo de ter ciência: escuto seus passos arrastados em qualquer lugar da casa. Sinto seu cheiro nos cômodos por onde ela passou uma semana antes. Vejo seus olhos tristes, percebo uma discreta luz de contentamento, vejo o que ninguém vê, tomo tudo pra mim.

Começo a crer que, nesta minha voracidade desmedida, engoli o nome desta Sra., este que nunca recordo.

VALE RESSALTAR. Nunca fui um homem de hábitos, não tive marcos, esboços de alguma rotina. Mas tive meu leite morno, no meio da tarde, durante quase seis décadas. E me orgulho disto.

Eu que vivi apenas com objetivo de ordenar o passado, coloquei meus dias sob ameaça, mas o leite morno me conduzia de volta e reordenava o tempo e o lugar.

PEGO O COPO. Final de 1907. Ergo-o, retirando-o de seu repouso na toalhinha de renda delicadamente trabalhada que recobre a pequena bandeja de prata, ergo-o com as duas mãos, eu gosto assim. Não quero desperdiçar nada do calor do leite, quero aproveitá-lo ao máximo. Uso as duas mãos, quase num gesto de devoção, trago o copo próximo ao peito, inclino a cabeça para frente, quero seu calor tocando meu rosto, umedecendo meus óculos, entrando em minhas narinas.

Bebo o leite. Imediatamente, ele me esculpe de dentro para fora. É pleno, porém, fugaz.

O PAPEL TIMBRADO. 18.I.1908. Enrijeço os músculos das costas, desencosto do alto espaldar da poltrona verde musgo, respiro fundo, procuro com os olhos a caneta e o tinteiro, enquanto puxo para a ponta da escrivaninha manoelina um papel timbrado:
Dr. Sándor Ferenczi
neurologista
perito médico junto aos tribunais da Coroa
VII, Boulevard Erzsébet 54

A CARTA. 18.I.1908. (De Budapeste a Viena). "Ilustríssimo Senhor Professor, sou-lhe imensamente grato por sua disposição em receber-me, a mim, um desconhecido para o senhor, na companhia do colega Stein. Agradeço-lhe, Professor, não apenas pelo fato de estar desejoso de um contato pessoal com o senhor, de cujas teorias tenho me ocupado há aproximadamente um ano, mas também por esperar deste encontro muitos ensinamentos úteis e instrutivos."

Estou ansioso para o primeiro encontro com o Professor Freud, que se dará em dois de fevereiro de 1908. Estou ansioso também pelo compromisso de falar para uma plateia de médicos mal informados sobre os frutos das pesquisas do Professor.

"Agora mais do que nunca necessito adquirir mais conhecimento sobre o tema, pois estou prestes a ter de falar sobre o conjunto de suas descobertas para um público médico que é, em parte, ignorante e, em parte, mal informado sobre o assunto. Para tanto, tenho presente o seu axioma, segundo o qual é preciso levar em conta os ouvintes para que se possa, efetivamente, dizer a verdade. Portanto, trarei inicialmente apenas fatos bastante óbvios, facilmente compreensíveis e, por este motivo, convincentes. De qualquer forma, trata-se de uma tarefa muito difícil. Precipitando-me sem tato, eu estaria só prejudicando a causa: gostaria de ser um mestre pelo menos na delimitação do assunto."

O jogo de associação de Jung me encaminhou para este mundo, onde se lança luz sobre o obscuro, onde nos tornamos cirurgiões da alma. Para, talvez, enfim, curarmos a dor incurável.

Nos cafés de Budapeste, eu vejo fervilhar um anseio, os bêbados, os solitários, os intelectuais, parecem antecipar a chegada de algo novo, algo libertário. Uma libertação que ultrapassa os limites territoriais da Hungria e se mistura ao subsolo e se adere ao ar e contamina o espírito.

A psicanálise de Freud me acolhe e me inquieta, ler os seus artigos ou escutar Jung é como chegar em casa - uma casa que é minha sem que nunca, antes, a tenha possuído -, mas, ao mesmo tempo, é como ser lançado ao mundo. A psicanálise é tanto a linguagem da intimidade, quanto da universalidade. E eu quero - e preciso - fazer parte disto.

A RESPOSTA. 30.I.1908. (De Viena a Budapeste) "Ilustríssimo Colega, fico muito satisfeito em receber o Sr. e o colega Dr. Stein no domingo, dia 2 de fevereiro, em minha casa. Devido a enfermidades na família, minha esposa não poderá recebê-los para o almoço, como fazíamos em épocas melhores com o Dr. Jung e Abraham. Sendo assim, peço-lhes que venham à tarde, ao redor de 3 horas, concedendo-me o restante do dia. Cordialmente, despede-se o colega, Dr. Freud. Envie minhas lembranças ao Dr. Stein."

Meu rosto está levemente ruborizado, olhos úmidos de contentamento. Com a carta na mão direita, mão pousada sobre a escrivaninha, abro o peito e conduzo a cabeça para trás, busco e encontro aconchego na minha poltrona verde e nos meus pensamentos.

Sinto que este é apenas o início de um longo e promissor intercâmbio. Tanto as descobertas teóricas da nova ciência como os impasses da clínica poderão ser amaciados pelos movimentos contínuos das futuras trocas de cartas, sonho com um ir e vir ritmado de Budapeste a Viena.

TRANSFERÊNCIA. 10.II.1908. (De Budapeste a Viena) "Ilustríssimo Professor! No decorrer do dia de amanhã, o Sr. Receberá a visita da Sra. Marton, de Tapolcza (Hungria). Eu a examinei há alguns dias e constatei uma paranóia ainda recente, na qual predomina o delírio de ciúme. Uma conversa mais longa convenceu-me de que a paciente ainda é capaz de efetuar transferência. Acredito que este seja um caso em que poderia tentar a análise com alguma esperança de sucesso. Antes de me decidir neste sentido, quis saber a sua opinião e, por isso, mandei a paciente viajar para Viena. O tratamento deveria, a meu ver, ser feito em uma instituição. Ou o Senhor considera dispensável o tratamento hospitalar? O último domingo, passado em sua companhia, tem-me ocupado ininterruptamente. Não tenho palavras de agradecimento por sua gentil amabilidade para comigo e pelas inúmeras sugestões dadas."

A RESPOSTA. 11.II.1908. (De Viena a Budapeste) "Ilustríssimo Colega, Sándor Ferenczi: Hoje vi a Sra. Marton. Trata-se de uma paranoia avançada que provavelmente ultrapassa os limites da eficácia terapêutica; mas é lícito tratá-la e, de qualquer forma, podemos aprender com ela. O cunhado médico que veio acompanhá-la é um burro; provavelmente, ele proporá algo diverso daquilo que propus. Exigi que ela fosse para uma clínica em Budapeste e que fosse ali tratada pelo Sr... Para hospitalizá-la, basta reutilizar a história que já introduzi: que o marido, a quem ela observa, é que é o doente. Dois dias depois poder-se-ia dizer que o marido seria transferido, dando continuidade à experiência pelo tempo que fosse possível, colocando-se sobre o solo de seu delírio. Só assim é possível obter eficácia; e não com argumentos lógicos. Em termos teóricos aprendi com o caso: ele é a confirmação daquilo que já sabia – que, no caso dessas formas de paranoia, trata-se da libido que se libera do componente homossexual. Com um cordial abraço, despeço-me, Freud"

ESTRANHOS. 08.III.1908. (De Budapeste a Viena) "Caro Professor! Tomo a liberdade de fazer-lhe um relato do seguimento da análise com Frau Marton (paranóia): O sucesso terapêutico é, no caso da Sra. Marton, igual = 0. Ela simplesmente inclui a psicanálise em seu sistema alucinatório e suspeita que eu a estou espionando a serviço de seus inimigos."

ANOTAÇÕES. Em algumas anotações, não anexadas à carta de oito de março de 1908, deixei que meus pensamentos sobre o caso da Sra. Marton fossem conduzidos pela associação livre.

DIVAGAÇÕES. 8.III.1908. Sra. Marton parece fazer parte de um grupo de pacientes estranhos, estrangeiros, bárbaros. Neles o caminho em direção a rememoração do passado não faz sentido algum.

É como se o seu ego transbordasse abarcando sensações e elementos do mundo, os quais ele não percebe mais como pertencentes ao mundo, mas passam a ser partes dela própria. Os neuróticos, os doentes, em geral fazem isto em maior ou menor grau.

Ainda que muitas vezes seus delírios tenham um conteúdo sexual (traições do marido), arrisco em pensar que o motor disto tudo, desta tendência a abarcar o mundo e não discriminá-lo, tem uma origem não sexual. Tem sua origem na imaturidade natural do ego primitivo, mas que, por um ou outro motivo, em alguns pacientes parece ter se mantido inalterado mesmo na vida adulta.

São divagações... quase delirantes! Mas já vinha me ocupando delas, mesmo antes de iniciar a psicanálise de Frau Marton.

Penso em dar asas a estes pensamentos, talvez escrevendo um artigo.

A RESPOSTA. 25.III.1908. (De Viena a Budapeste) "Ilustríssimo Colega: Não se deixe abalar pelo insucesso no caso de paranóia da Sra. Marton. Sucesso não será possível alcançar neste caso, mas nós precisamos dessas análises para finalmente chegar à compreensão de todas as neuroses".

UM GRANDE PASSO. Nesta mesma carta, Freud me anunciava ter em mãos o programa do encontro de Salzburg, organizado e denominado por Jung de "Reunião da Psicologia Freudiana", posteriormente, considerado o Primeiro Congresso Internacional de Psicanálise. Estávamos dando um enorme passo em direção a uma organização com incalculável poder de expansão e domínio.

Mas, naquele dia, o que me penetrou poderosamente foi a última frase da breve carta do Professor, referindo-se ao nosso primeiro encontro, que se dera em fevereiro de 1908, ele escreveu: "Em um dia chegamos a ficar muito bons amigos".

APAIXONAMENTO. A minha impressão do primeiro encontro com o Professor Freud, foi tão intensa, que eu mantive sufocada o quanto pude. Mas a sua cordial frase, no final da carta de 25 de março de 1908, desencadeou em mim uma paixão desmedida.

Esta paixão fez com que eu vivesse, por muito tempo, dividido entre Freud e a minha psicanálise. É curioso que esta constatação, no mínimo inusitada, resuma os 25 anos que se seguiram.

A MAIS TENRA IDADE. Algum dia em 1908. Ainda, tomado pela confusão que a psicanálise com Frau Marton me gera, começo a rabiscar no papel: - A história do desenvolvimento individual do ego (ou ontogênese) vista através da experiência psicanalítica, nos convencerá de que a projeção paranoica e a introjeção neurótica constituem apenas em exagerações de processos mentais cujos elementos se encontram em todo homem "normal".

Afinal como se dá a caminhada de um bebê recém-nascido até ele se sentir alguém no mundo? Uma sensação íntima me faz pensar que este é um percurso muito arriscado, onde a sorte será a grande senhora: O bebê terá que ter a sorte de estar cercado de adultos que consigam intuitivamente reproduzir, no mundo externo, características próprias do mundo intrauterino. Depois, ainda contando com a sorte, este bebê precisará que estes adultos estejam atentos para seus gestos, que serão apenas manifestações neuromotoras, expressando um desconforto, que, para o pequeno bebê, não tem nome algum. Os adultos, porém, deverão ser capazes de inventar que aquele gesto é uma comunicação. Lerão o "comunicado" e o responderão, com calor, silêncio, aconchego, odores agradáveis, alimento. Ainda contando com a sorte, o bebê necessitará que estes adultos permaneçam presentes, com cuidados repetidos, modos e tons de voz repetidos, cheiros que começam, lentamente, a demarcar uma familiaridade. A maior exigência que se pode fazer a estes adultos é que eles consigam se manter anônimos, ainda que presentes, eles procurarão reconhecimentos do bebê, mas não encontrarão, por um longo e quase insuportável tempo. Mas, com sorte, o bebê estará acompanhado por adultos que, por terem eles próprios recebidos adequados cuidados na sua primeira infância, pouparão o bebê de perceber prematuramente a existência de cuidadores.

Os adultos que toleram o anonimato e a falta de consideração do bebê para com eles foram crianças que cresceram recebendo o reconhecimento e a atenção devida, como consequência, nunca precisarão sugá-la de lugares indevidos. Um dia, num brevíssimo momento, este bebê de sorte vai ter a primeira sensação da existência do tempo, da continuidade, da persistência, do olhar, da mão, do cheiro, do colo e do amor. Este momento será seguido por outro, outro e outro. Não será mais fugidio, será constante. O rosto de quem lhe cuida poderá ser examinado, o cheiro será o aviso de uma aproximação, assim como a voz. O bebê poderá sonhar com este rosto, lembrar de um toque, ou de um odor. Poderá pensar em tudo que antes era apenas vivido. E quando, depois de mais uma pequena longa jornada, este bebê falar, será porque sua mãe será sentida como parte integrante de sua breve história, e, assim, ela saberá que pode se manter distante o tanto que a voz do seu bebê puder alcançar. Este bebê, ainda contando com a sorte, verá sua mãe voltando sempre que for preciso.

Se tudo correr assim, esta criança poderá sair da onipotência normal da infância e entrar no mundo das palavras, trocará a presença real e atenta dos adultos pela sensação de confiança íntima. Confiança característica de quem nunca suspeitou dos riscos deste percurso.

Flagro um soluço anunciando um choro. Pois, por onde anda o cientista nestes momentos? Após o soluço, náusea. Desprezo minha fragilidade. Mais forte que o desprezo, a náusea. Uma câimbra no estômago, como se ele tentasse se manter atracado num corpo que está em pleno maremoto. A comida volta como uma gigantesca onda, olhos mareados. Estou naufragando.

A CURA. Qualquer dia em 1908. Temo me diferenciar do professor Freud, tudo o que ainda não posso ver é uma diferença entre nós. Mas, vejo. Especialmente no que diz respeito aos propósitos da psicanálise: para mim a psicanálise é a esperança de cura, para Freud é um afinado instrumento de investigação. Eu busco a cura do sofrimento de uma multidão de desassistidos, desviados, desalojados.

Da qual eu faço parte.

Todos os dias, teço uma rede interminável, uma rede que una, que faça remendos numa alma esburacada, pedaços de tecidos disformes, às vezes, duros e desconfortáveis como uma tapeçaria rústica, às vezes, frágeis e delicados como uma renda cara. Porém, sempre, todos os remendos são vergonhosamente reveladores de meus próprios buracos.

Este tear enlouquecido, compulsivo, desenfreado tornou-me especialista. Sou especialista em alma esburacada. Formei-me em medicina, cuido de prostitutas, homossexuais, loucos, frequento os cafés noturnos em busca de ajuda, procuro respostas em todos os tipos de livros, tornei-me poliglota, vasculho pelo mundo novas técnicas de tear.

Poderia, caso um pouco de pudor não me houvesse sobrado, colocar ao lado de minha porta uma sóbria placa em bronze indicando: Dr. S. Ferenczi, especialista em alma esburacada.

IMPECÁVEL. As minhas construções teóricas sempre nasceram das angústias frente a pacientes difíceis.

Mas a angústia necessária para me deixar inquieto e inspirado, vinha também de outras fontes. Penso que um tanto de minha agonia foi gerada por algumas observações do professor Freud em relação a uma classe específica de pacientes - aqueles que nos desafiam com suas simples presenças, ressaltando nossos limites como psicanalistas e pessoas. Algumas das opiniões do Professor me causavam uma estranheza desconfortável, a qual era maquiada na superfície, mas, nas profundezas, afastava-nos.

Freud, rapidamente, conformava-se com a ideia de incapacidade do paciente de se submeter à técnica psicanalítica, eu, por outro lado, inconformava-me com a minha incapacidade. Deste incômodo, que colocava em questão meu amor por Freud e meu cuidado para com os pacientes que mais sofriam, nasceu meu primeiro texto com ideias realmente originais.

Na época, nem mesmo eu percebi que ali se instalava o germe de minha posterior discórdia teórica e técnica com Freud e seus seguidores. Ironicamente, Freud foi impecável nas suas investidas no sentido de garantir que meu artigo fosse publicado.

Finalizado meu pequeno texto, passei a me ocupar com um comentário crítico da obra de Ibsen. Escrevi ao Professor sobre minha admiração pelo trabalho deste dramaturgo norueguês.

O INIMIGO. 17.VII.1908. Caro, Professor, é espantoso o quanto Ibsen foi capaz de intuir. Poder-se-ia comparar *A Mulher do Mar*, por exemplo, ao tratamento psicanalítico de uma representação obsessiva. As outras obras também estão permeadas de intuições e alusões certeiras. Inquieta-me especialmente *O Inimigo do Povo* - esta é, atualmente, a peça que mais me interessa, o que é curioso, pois, sendo eu um entusiasta da capacidade de Ibsen de discorrer sobre a alma feminina, é de se admirar que me sinta tão atraído por este texto, no qual este seu dom invejável não chega a ser explorado. De qualquer forma, "O Inimigo" me desperta paixão e medo. É como se pouca coisa pudesse ainda ser dita sobre a humanidade. Esta peça tem um poder abismal. Interrompeu meu curso e não estou certo se tenho outra saída que não seja me render às profundezas deste abismo.

Ao perseguir os labirintos do humano, "O Inimigo" também me lança a refletir sobre o curso da nossa jovem ciência. É como se a psicanálise, e todo o conhecimento e mudança que ela oportuniza pudesse, no futuro, levar-nos a traí-la ou sermos traídos por ela.

Tentarei me explicar melhor: Vejo em mim (e o Professor será o primeiro a concordar) certo radicalismo no que diz respeito às minhas preocupações com meus pacientes, não identifico qualquer radicalismo teórico ou discordância com as descobertas freudianas, ao contrário, sou o mais leal de seus discípulos.

Mas quando penso em minha necessidade de ajudar qualquer paciente que bata à porta, temo. Pois, à imagem do Dr. Thomas Stockmann, se bem se recorda, principal personagem da história, eu enfrentaria qualquer resistência em nome da proteção daquela que considero nossa principal missão: genuinamente acolher e oferecer ajuda. E isto incluiria, caso necessário, uma escavação – expressão que escolho deliberadamente para seguir aludindo à peça - inclusive, na direção de nossas principais bases teóricas.

Espero não assustá-lo com este desabafo pleno de palavras e ideias imprecisas. Mas este texto de Ibsen é intenso, e, para nós, que buscamos a verdade e lutamos contra a hipocrisia pagando alto preço, ele é inspirador. Cordialmente, Ferenczi

EM TEMPO. Estas palavras nunca chegaram a Freud, o texto foi censurado e alterado por mim, havia algo de insuportavelmente premonitório nele.

O que enviei ao Professor foi uma carta que mais parecia uma pequena nota, um lembrete.

A SUBSTITUIÇÃO. 17.VII.1908. (De Budapeste a Viena) "Ilustríssimo Professor: Agradeço muitíssimo por ter-se incomodado em função de meu artigo. No momento, tenho me ocupado de um comentário crítico da obra de Ibsen sob o ponto de vista da psicanálise, é espantoso o quanto ele foi capaz de intuir. Poder-se-ia comparar *A Mulher do Mar,* por exemplo, ao tratamento psicanalítico de uma representação obsessiva. As outras obras também estão permeadas de intuições e alusões certeiras. Antes de conhecer a obra freudiana, não compreendia Ibsen totalmente".

SONHOS. Novembro de 1908. A nova edição de *A Interpretação dos Sonhos* me foi enviada pelo Professor, hoje, diferente de anos atrás, este texto é pleno de significados para mim. Recebê-la como presente do próprio Dr. Freud, meu professor, interlocutor, e, sobretudo, amigo, é de um valor imensurável. Mais do que um texto instigante, esta edição, com suas devidas ampliações me fornece luz para muitos problemas oníricos não resolvidos.

A Interpretação volta às minhas mãos num momento do ano de 1908 em que minhas análises estão andando bem. Evidentemente, nem sempre: há dias em que se vivenciam momentos muito desagradáveis. Continuo assumindo demais o problema do doente como problema meu. Escrevi ao Dr. Freud sobre esta minha tendência, mas o foco da carta foi a conferência que ministrei no mês passado.

SOCIEDADE DOS MÉDICOS. Outubro de 1908. Fui convidado pela Sociedade dos Médicos para discorrer sobre a explicação analítica da impotência psíquica. Os ouvintes permaneceram atentos. Um urologista tomou a palavra para dizer que cura todos os casos de impotência com massagens na próstata. Salgó também falou, num tom insolente insuportável. Respondi aos dois com uma dureza que me espantou, falei sem atenuantes. Sei que defendi bem a causa da psicanálise, escrevi orgulhoso ao professor Freud contando este episódio. Falei-lhe sobre como meu nervosismo me fez eloquente, e

Capítulo 10

como foram receptivos e calorosos os aplausos no final.

Mas a verdade é que fico desconcertado quando vivo situações deste tipo. A raiva até pode me trazer um bem momentâneo, tensionando minha musculatura, enrijecendo minhas carnes, que se colocam em prontidão e abraçam meus ossos. Minha voz, caso sobreviva a alguns momentos de gagueira, torna-se potente. Meus pensamentos agem rápido, encontrando atalhos, reproduzindo associações certeiras e criando outras tantas muito valiosas. Sinto-me uma máquina em pleno funcionamento. Mas isto tudo, depois, transforma-se em perturbação, fico exausto, culpado, envergonhado, repetindo na memória meus modos, minhas respostas, meu tom de voz. Pago um preço caro, e durante muitos dias. Este tipo de reação adversa me é tão familiar, que menos penso porque ela surge e mais me atenho a pensar como ela se esvai. É curioso como estes pensamentos, sensações e sentimentos ruminantes - que me assombram - vão me deixando, que súbita generosidade é esta que, dias depois, os faz ir embora.

REAÇÕES ADVERSAS. Novembro de 1908. Estas reações adversas não expus ao Professor. Afinal, a ênfase deve ficar na aguda e firme defesa que fiz da nossa causa.

A RESPOSTA. 26.XI.1908. (De Viena a Budapeste) "Prezado Colega, lamento muito ter de desmarcar o encontro do domingo, mesmo contra o desejo dos demais participantes. Com o Sr., porém gostaria, sem dúvida, de conversar sobre a nossa ciência. Por isso, proponho-lhe um adiamento de nosso encontro para um dos domingos subsequentes, o mais tardar (acabo de ser perturbado por um obsessivo de Budapeste, há dez anos doente) até o Natal.

Não é preciso arrepender-se de ter sido grosseiro com Salgó. Acho que não faz mal ser um pouco injusto com ele. O aplauso que o Sr. obteve na Sociedade dos Médicos se deve certamente mais ao seu desempenho pessoal do que à causa, mas sem dúvida isto faz bem. Um livro sobre os sonhos em outra língua seria algo desejável e de grande interesse. Tenho tentado convencer os ingleses há algum tempo. Até agora ninguém quis dar a largada. Mas esse dia virá. Estou trabalhando – se é que se pode chamar de trabalho o ritmo com que estou trabalhando atualmente (pois afora os domingos, quase não consigo escrever algumas poucas linhas) – em um Método Geral da Psicanálise, sobre o qual já tenho vinte e quatro páginas escritas.

Penso que ele deverá ser bastante importante para aqueles que já analisam. Quem não pertencer ao círculo, não entenderá uma palavra. Brill já publicou uma bela análise de uma demência precoce, em Zurique, na revista de Morton Prince; naturalmente, ele, Jones, Abraham e Jung correspondem-se regularmente comigo. Espero em breve ter notícias do livro que deveria sair em janeiro, mas que dificilmente sairá no prazo estipulado. No mais, o afluxo de trabalho continua constante, sem que eu possa ter tempo de observar seus efeitos. Ficarei sabendo o quanto aprendi, como de costume, só no outono. Certamente, a indiferença com relação a meus pacientes é um aspecto de meu aprendizado. Jung observou corretamente que é preciso curar a histeria com uma espécie de demência precoce. Um abraço cordial envia, Freud"

CARO PROFESSOR. 29.XI.1908. (De Budapeste a Viena) "Agradeço por sua longa carta, que muito me alegrou; embora, ela tenha significado um adiamento da viagem a Viena, que eu havia planejado para amanhã e pela qual aguardara ansiosamente. Não deverei adiar por muito tempo a execução deste plano; para isso, é provável que aproveite o feriado de Natal. É bem possível que eu esteja liberado antes disso. Neste caso, devo consultá-lo (por telefone) para verificar se há algum impedimento a uma antecipação de minha vinda.

O anúncio de seu volume de *Técnica* foi uma agradável surpresa para mim; necessitamos dele com muita urgência; ele nos poupará muito trabalho e decepções. Deve haver algo de doloroso em simplesmente transmitir a nós, aos mais jovens, esse conhecimento conquistado com tanta dificuldade e com tantos sacrifícios. A importância do presente que o senhor nos faz através deste livro será decerto apreciada por todos aqueles que até agora conseguiram levar adiante seu trabalho, em condições difíceis e sem esse instrumento fundamental.

Até a data da viagem a Viena, espero ter terminado um pequeno artigo, para o qual já tenho material coligido, de modo a não chegar de mãos vazias. Não posso dizer ao certo, porém, se conseguirei escrevê-lo até lá, mas ao comunicar o meu propósito, pretendo obrigar-me a um esforço maior para sua finalização.

Espero que o caso de doença em sua família não seja grave e que ela passe, deixando de ser um dos impedimentos à minha visita. (Este desejo não deve ser entendido como egoísmo meu). Cordiais saudações, envia-lhe, Dr. Ferenczi"

A LÍNGUA MATERNA. Algum dia em dezembro de 1908. A cada dia sinto maior dificuldade de escrever em alemão. A psicanálise me chegou em alemão, a maioria de meus câmbios científicos e culturais são em alemão. Mas me comunicar em alemão, parece-me tão difícil quando o que quero falar é do pequeno bebê e do mundo que o cerca. O mundo que não é percebido, e, por isto mesmo, vai sendo incluído no espaço que, aos poucos, vai se constituindo num bebê. Esta relação do bebê com o mundo eu arrisco em nomear de monista. Ao mesmo tempo, denomino de introjeção o processo em que o mundo é abarcado por este bebê, que se expande sem conhecer limites.

Como posso dizer em alemão que introjeção é a possibilidade de expansão e inclusão, garantidas, em fases precoces, pela falta de delineamento do "eu". E, mais:

como posso dizer que é esta falta de delineamento (o qual favorece a expansão e a inclusão), que justamente vai possibilitar gradualmente a consistência e a posterior delimitação do "eu"... Como posso...

Coisas acontecem somente por não serem percebidas. A percepção da diferença, posteriormente, emergirá de um lugar no tempo em que as diversidades não foram apresentadas.

O que é sustentado afinal pelos adultos? O não saber, a não percepção, o ilimitado. Como escrever isto em alemão, em palavras precisas... Só sei falar disto olhando nos olhos, na intimidade, na tonalidade da voz, nas feições.

O alemão é a língua da dominação e da ordenação, presente na política, nas universidades e nas sociedades científicas. O húngaro permaneceu livre para manter-se impreciso, mais do que língua materna, é a língua das mães e dos bebês. A língua que aceita serenamente seus limites, não impõe sua presença onde é inútil, o húngaro se retira com suavidade e dá espaço à ambiguidade e ao vazio.

De qualquer forma, está concluído mais um artigo. Em alemão.

OXIGÊNIO. Algumas vezes, escrever em alemão, fazia-me sentir como um iniciante mal treinado na técnica de respirar embaixo d'água. Facilmente o oxigênio me faltava, interrompendo o curso do meu pensamento, precisava me reorganizar, lançando mão de estratégias meticulosas e conscientes, cuidando para não me deixar levar pelo pânico, e, aos poucos: voltava a tirar algum oxigênio da água.

NATAL. 15.XII.1908. (De Budapeste a Viena) "Caríssimo Professor, está decidido: virei no Natal. Estou muito contente pela viagem. É evidente, porém, que eu só irei roubar o excedente de seu precioso tempo".

VIENA. Natal de 1908. Estar em companhia de Freud, recebido por sua agradável família, é reconfortante. Sentar à mesa, o tilintar dos talheres, os movimentos sincronizados de todos se servindo, o perfume da comida, o cheiro de cada um que ali transita, odores que valsam pelos aposentos da casa, dando-lhe corpo, as vozes se entrelaçam, os olhares atravessam a mesa e se encontram. Uma família grande o suficiente para favorecer composições diversas, mas pequena o suficiente para que todos sejam vistos e ouvidos. Depois da valsa, na intimidade de seus leitos, o cheiro de cada um é sempre recuperável.

Apesar do clima emocional, ou justamente por isto, penso em falar ao Professor sobre alguns de meus desconfortos, que ainda não sei se são relacionados à psicanálise como teoria ou como técnica, ou se, na verdade, o que ainda me abala é a tendência do Dr. Freud de colocar a investigação como prioridade em relação à terapêutica. Não será uma conversa fácil, temo um distanciamento ou mesmo um rechaço.

PESSIMISMO. "Pessimismo terapêutico", bem me lembro, estas foram as palavras de Freud para caracterizar o que eu sentia no Natal de 1908, ou melhor, o que eu deixei transparecer que sentia. Nossa conversa foi tomando um rumo perigoso. Para contornar o estrago, precisei abortar a exposição de minhas críticas a Freud, e, estrategicamente, coloquei-me como uma presa fácil. Menos mal, saí mais inteiro do que em qualquer outro encaminhamento do embate. Foi também neste Natal que Freud me falou, pela primeira vez, do convite do diretor da Clark University para que ele proferisse uma série de conferências por ocasião do aniversário da Universidade. Já nesta oportunidade, para meu profundo contentamento, manifestou sua vontade de que eu o acompanhasse caso a viagem à América fosse confirmada. Nos dias e meses que se seguiram à minha visita à Viena, Freud voltou a se dedicar intensamente a procurar periódicos interessados em publicar mais um trabalho meu, o que em muito me honrava e me tornava ainda mais grato. Eu estava quase que definitivamente preso num emaranhado de sentimentos em relação a Freud.

Capítulo 10

GENEROSIDADE. 02.I.1909. (De Budapeste a Viena) "Caríssimo Professor, em primeiro lugar quero agradecer-lhe de coração pelas tantas provas de generosidade que o Sr. mais uma vez tem-me demonstrado. Se não soubesse que a gratidão implica também sempre em sentimento de culpa e que esse sentimento mais separa do que une os homens, entregar-me-ia sem escrúpulos a ela. Assim sendo, aceito o seu oferecimento simplesmente como uma dádiva de meu feliz destino, lembrando-me de suas palavras em Berchtesgaten: 'O ser humano também deve saber aceitar presentes'. Lamento que meu artigo lhe dê tanto trabalho. Gostaria, porém, se possível, de evitar a comparação imediata com seu trabalho. Sei muito bem que a existência desse modesto artigo só se justifica em si mesma, perdendo toda a justificativa de existir, após a publicação de seu trabalho. Tentarei o seguinte: escreverei a Jung, falando desse assunto e perguntando-lhe se ele poderia conseguir que o *Journal für Psychologie und Neurologie* publique o artigo antes do volume II. Pedirei também que me recomende eventualmente uma outra publicação. Caso Jung responda negativamente, tomarei a liberdade de aceitar seu gentil oferecimento para o contato com Bresler. A propósito, já revisei o trabalho: incluí apenas algumas frases, deixando o restante inalterado. Tive o cuidado de não utilizar o que aprendi com seu "Método". No caso de uma reelaboração meticulosa, isso seria inevitável; deixei-o, portanto, como estava. Foi difícil recomeçar depois dos belos dias em Viena. Na verdade, a maré está baixa por aqui: o mês de dezembro foi crucial, perdi – cedo demais – três pacientes. De momento, só estou com dois, a preços 'módicos'. Contudo não estou deprimido, sei que as coisas vão melhorar. A 'Associação dos Médicos' (não a 'Sociedade dos Médicos' onde proferi há pouco tempo atrás uma palestra) convidou-me a dar uma conferência sobre o estado atual da patologia das neuroses e sobretudo da terapia. (A Associação é bem decente, pagam por uma conferência 120 coroas). Seria o lugar adequado para se colocar em questão o real valor dos métodos de tratamento não-analíticos e sobre a forma de sua atuação. Poder-se-ia fazer também uma crítica à concepção corrente das neuroses. Senão, só poderei apresentar ao público médico leigo uma repetição de meu primeiro trabalho, definindo a orientação. Como posso escolher o tema, permito-me fazer-lhe uma consulta para perguntar-lhe se há algum outro tema que fosse talvez de sua preferência. Consola-me que o Sr. 'quase' aceitara a viagem para a América, embora eu 'tenha condições' de segui-lo mesmo até lá.

174

O Sr. não se livrará tão facilmente de mim, verá! (Agora percebo que a brincadeira de 'ter condições' era determinada por segundas intenções de caráter financeiro). Desejando ainda os melhores votos de Feliz Ano-Novo a toda família, agora ampliada, despeço-me atenciosamente, Dr. Ferenczi"

TRABALHO DURO, O4.I.1909. (De Budapeste a Viena) "Caro professor, envio-lhe uma amostra do trabalho duro e doloroso que venho desenvolvendo em mim mesmo. Por certo, o Sr. descobrirá nele algo que necessariamente me terá escapado. Por favor, não me poupe, diga-me tudo. Estou firmemente decidido a enfrentar a verdade cara a cara, seja ela como for. Um cordial abraço de, Ferenczi"

O ANEXO. Anexada a esta carta de quatro de janeiro de 1909, estavam anotações onde eu me expunha ao máximo, entregava-me, oferecia-me em sacrifício. Por vezes, antecipava-me a Freud, fazendo interpretações sobre meu complexo fraterno, sobre minha tendência a buscar um abrigo paterno e sobre o que classifiquei como compulsão por amor incondicional. É-me incrivelmente claro como estas tentativas de análise com Freud tinham um sentido autopunitivo, uma vez que se esboçava um irremediável conflito, onde eu já questionava algumas construções, principalmente as que influenciavam diretamente a qualidade da relação entre o analista e o paciente.

Além de punição por meus maus pensamentos, estas análises e auto-análises serviam a outro propósito: como eu, por covardia, não conseguia ser absolutamente sincero sobre questões de nossa nova ciência, e sentia que esta insinceridade poderia prejudicar nosso relacionamento, optei por forçar uma intimidade através de meu próprio esquartejamento.

Neste jogo estratégico, processava-se uma inversão, os elementos mais arcaicos e efetivamente mais poderosos da minha história, apareciam para mascarar meus sentimentos e pensamentos sobre Freud e a psicanálise. Minha censura, peculiarmente, estava mais dirigida às experiências atuais do que às remotas. Ou melhor, minha censura sempre se processou de maneira peculiar. Ela sempre foi consciente, sempre manejável, nunca fui poupado pelo meu inconsciente, poucas vezes ele assumia alguma tarefa de maneira autônoma, tudo me era apresentado sem disfarces ou eufemismos, tudo sempre me foi absolutamente claro, transparente como o vidro, nada de misterioso eu encontrava em mim. Lidava diretamente com muitas das vivências traumáticas da minha tenra infância (a única tormenta que, a esta época, permanecia nebulosa seria revelada poucos meses depois, no convés de um certo transatlântico). O que experimentei, nos primeiros anos, com Freud me conduziu a usar estrategicamente esta crueza: coloquei minhas preocupações com nossas diferenças para trás da cortina e lancei luzes sobre minha dor e desamparo originais, distraindo e atraindo Freud, conforme minha necessidade prioritária daqueles tempos.

Pedi a Freud que me reenviasse o texto anexo, tamanho era seu teor confidencial.

ALIVIANDO A CULPA. Aos poucos, reconhecia em Freud uma certa ambivalência dirigida a mim e a outros membros do círculo psicanalítico. (Tendo a achar que fui prioritariamente alvo de sua ambivalência, mas não descarto a ação de minha neurose e narcisismo distorcendo a avaliação deste assunto). Algumas vezes, ele manifestava grande dedicação (por vezes, desmedida) no sentido de buscar alternativas para publicação de nossos trabalhos; no entanto, existiam situações estranhas, nas quais, quase que obsessivamente, ele planejava e nos orientava no sentido de evitar que determinado texto fosse apresentado ou publicado antes de um outro, normalmente antes de um trabalho dele próprio. Naturalmente, esta prática gerava insegurança e contribuía para que algumas ideias novas nunca viessem a público. Talvez um dos motores desta conduta fosse de origem egoística, mas, talvez, um outro fosse originária de preocupações com o fortalecimento e sobrevivência de nossa (sua?) nova ciência. De qualquer forma, as duas disposições têm em comum preocupações com o poder (o poder pessoal de Freud e a imposição do poder da psicanálise como ciência).

O certo é que estas oscilações de Freud, entre ser um benfeitor e um tirano, inicialmente, não me incomodavam muito, confundiam-me um pouco, mas eu me ajustava rapidamente ao teor de suas cartas; sendo que, muitas vezes, surpreendi-me aliviado frente a suas pequenas maldades.

1909. No primeiro semestre de 1909, quase todas as nossas cartas continham alguma nota sobre a possibilidade de empreendermos a viagem para a América. O Novo Mundo começou a fazer parte de nossa imaginação, ainda que o modo de vida americano fosse por nós criticado e, por trás disto, temido.

AMÉRICA. 10.I.1909. (De Viena a Budapeste) "Eu também senti muito pela viagem à América, e mesmo que, contra todas as previsões, a viagem acontecesse, eu também teria condições de convidá-lo a acompanhar-me. Mas eu acho a exigência de sacrificar tanto dinheiro para ir dar palestras demasiado "americana". A América deve dar e não extrair dinheiro de nós. Aliás, em breve, seremos "mal-falados"; assim que eles alcançarem o fundo sexual de nossa psicologia. Brill escreve, ora com esperanças exageradas, ora com preocupação; creio que logo achará tudo muito difícil. Envio-lhe meus cordiais votos de Feliz Ano Novo – que ele nos mantenha vivos, Freud"

MEUS PENSAMENTOS. 12.I.1909. (De Budapeste a Viena) "A viagem para a América também tem ocupado meus pensamentos. Em termos materiais, não tenho problemas insuperáveis. Talvez, daqui a alguns anos, a América venha a pagar por suas palestras em vez de cobrar por elas. Lá tudo depende da moda. Com um abraço cordial, extensivo também a toda à família, despeço-me, Dr. Ferenczi"

NOTÍCIAS. 17.I.1909. (De Viena a Budapeste) "Da América, não tive mais notícias, nem obtive resposta às informações que solicitei a Brill. Não confio muito, temo os pudores do novo continente. Se, mesmo contra toda a humana expectativa, a viagem afinal resultasse, já estou dando sua companhia como certa. Um cordial abraço, despeço-me, Freud"

TÉCNICA. A ideia de escrever um artigo sobre técnica fez com que Freud bloqueasse a passagem para publicações minhas e talvez de outros de seus seguidores. Esta manobra de Freud, mais do que me incomodar, serviu para aumentar a minha expectativa em relação ao seu texto. Numa carta bem humorada e num tom pouco habitual, quase brincalhão, Freud se retratava, chegando a falar sobre estar com peso na consciência por ter adiado e quase inviabilizado uma de minhas publicações. Nesta oportunidade, Freud mencionou ter sido motivado por questões de "discrição equivocada, ou sabe Deus por que motivo". Uma confissão arriscada, mas que me passou despercebida na época, fazendo muito sentido anos depois. No todo, foi uma carta divertida, as palavras de Freud me alegraram. Como muito me alegraram, poucos dias depois, as palavras que ele usou para expressar seu apreço por mim. Nunca esquecerei, logo após o casamento de sua filha Mathilde, no início de fevereiro de 1909, Freud me escreveu dizendo: "agora posso confessar-lhe que, no verão passado, eu teria desejado ver o Sr. no lugar do jovem, de quem aprendi a gostar desde então, e que acaba de partir em viagem de núpcias com minha filha". Mathilde não despertara nenhum sentimento especial em mim, no entanto, pensar que Freud chegou a considerar a ideia de eu me tornar membro de sua família teve um enorme significado. Esforcei-me para conter minha emoção e encaixotá-la em uma resposta breve.

DIGNO. Sem data. (De Budapeste a Viena) "Caro professor, o desejo que o Sr. teve para com minha pessoa orgulha-me, pois entendo daí que o Sr. considerou-me digno de ocupar um lugar em sua família, a mim, que a tenho na mais alta estima. Com um abraço cordial, despeço-me, Dr. Ferenczi"

SONHO. Algum dia de 1909. Acordo molhado, o pijama empapado em líquidos, meu corpo já gélido. Passo a mão pelo rosto, em direção aos meus cabelos, não é possível diferenciar o que é lágrima e o que é suor. Toco num rosto e sinto um corpo que não reconheço. Desisto de levantar, fico quieto, olhando para o teto, esperando que as coisas se ajeitem sozinhas. Não sinto nem um sinal de tristeza ou ansiedade que possa dar sentido para estas lágrimas e a este suor, meu corpo está autônomo, não sinto nada que explique estas reações. Claro, estou um tanto confuso, um tanto solitário, ao perceber meu corpo tão independente de mim. Na verdade vivo a maior solidão do mundo. Decido aguardar.

A memória de um sonho vem chegando, tenho esperança que este sonho me reúna novamente.

ISOLDE. Ainda me lembro, vinte e cinco anos depois, deste sonho. Realmente a chegada desta lembrança, naquela manhã, ajudou-me a retomar a posse de meu corpo. As imagens e as sensações foram vindo devagar: um portão de ferro envelhecido, com uma pintura esverdeada que se misturava à ferrugem, levei minha mão para empurrá-lo, subitamente meu movimento foi interrompido pelo ladrar de um cão enorme e feroz que se aproximava, colocando o focinho entre as grades e quase me alcançando, pulei para trás e meu coração disparou. Até hoje, esta cena faz meu coração bater mais forte e descompassado. Ainda assustado, tentei chamar pelo professor Freud, ao mesmo tempo me detive na pequena casa que se erguia bem no centro do terreno, contrastando com o portão, a casa estava em ótimo estado. Uma certeza absoluta de que ali o Professor me aguardava me tranquilizou. Porém, meu chamado não era respondido, e, aos poucos, minha voz se tornava inaudível, e tudo o que se ouvia era o forte e persistente latido. O cão, agora, assustava-me menos, minha angústia maior era de não ser ouvido por ninguém. Junto com a impossibilidade de emitir sons, eu tinha uma sensação de sufocamento. A porta principal da casa se abriu, era uma porta majestosa de madeira entalhada, muito alta. Percebi que a casa passara de uma singela e graciosa morada do campo para uma imponente mansão, verde, com as aberturas impecavelmente brancas. Simplesmente, com a expectativa da porta se abrindo, meu coração se amansou, como se amansou o cão à minha frente. Cheguei a sorrir aliviado, meus olhos estavam vidrados no movimento da porta e na silhueta que se anunciava. Não foi Freud quem cruzou a entrada da casa e veio em direção ao portão, ao cão e a mim. Era uma mulher, nem feia nem bonita, com um sorriso receptivo. Toda vestida em trajes pretos, que estavam ali apenas para realçar seu rosto luminoso. Num gesto um tanto maternal, pleno de confiança e compreensão, ela entendeu meus apuros com o cão e a minha dificuldade de falar, com um gesto simples ordenou que o cão se colocasse ao lado do portão, liberando a passagem para mim. Entrei sentindo uma felicidade infantil, não saber de Freud deixou de ser um problema. Minha atenção estava inteiramente dirigida a esta mulher. Eu estava quase sorridente, quase ofegante, de boca entreaberta, em prontidão para dizer alguma coisa. Porém, depois de fechar o portão, ela me deu as costas e seguiu andando para o lado da casa, como que esquecendo a minha presença. O cão, totalmente amansado, seguia ao seu lado, os dois contornaram a casa e sumiram da minha vista. Fiquei, alguns segundos, paralisado e, então, fiz o mesmo caminho que a mulher e o cão. Nos fundos da casa, o terreno se tornava íngreme, avistei a dupla descendo o terreno em direção a um bosque. A ameaça de perder Isolde de vista me deixou incomodado, acelerei o passo, e gritei o seu nome, que neste momento me era conhecido. Ela não me ouviu, comecei a correr, tomado por um desespero, gritei seu nome o

Capítulo 10

mais alto que pude, senti as lágrimas desfigurando minha face, senti um gosto salgado e os soluços se misturando com o nome que eu não parava de gritar. Havia muito a ser dito. Consegui alcançá-la. O cão desaparecera. Chegando ao seu lado, inclinei meus ombros, pescoço e girei a cabeça para ver seu rosto o mais de frente possível, ela não se virou para facilitar meu intento, nem movimentou os olhos, mas sei que me viu, ela moveu sutilmente os lábios deixando escapar um sorriso, quase zombeteiro da minha espiadela. Ela sabia que eu a acompanhava. Segui caminhando a seu lado em direção ao bosque. Nada mais havia a ser dito.

Isolde, este nome nunca mais me deixou depois deste sonho, ele foi o pseudônimo que escolhi para Gizella - nos tempos em que precisávamos ter certo pudor - ainda que Gizella nunca tenha sido exatamente Isolde.

RECORRÊNCIA. Este sonho, de fevereiro do ano de 1909, nunca mais foi sonhado, porém, jamais foi esquecido. Nunca esquecido devido ao impacto emocional que me causou, penso eu, e também porque Isolde jamais partiu. Ela seguiu aparecendo em vigília, sob forma de devaneio. Recorrentemente, ela surgia: a memória do mais doce dos sonhos e do mais cruel dos pesadelos. Apresentava-se serena, iluminada, gerando em mim a mesma sensação ilusória de que este novo encontro seria permanente, mas, como uma fotografia mal fixada, sua imagem ia se desbotando rapidamente, até desaparecer. Deixando-me, mais uma vez, desolado. Num mesmo instante, eu era o mais feliz dos homens e a mais infeliz das criaturas.

DEVANEIOS. ????? de 1909. A ideia do Professor sobre o sonho como realização do desejo representou um marco quase que insuperável no entendimento do psiquismo humano, porém, surpreendentemente, para mim, nos últimos dias, esta formulação tem sido alvo de reflexão. O sonho, mais do que tudo, parece ser um trabalho ativo do psiquismo no sentido de elaborar experiências desagradáveis passadas ou de domar o medo frente à possibilidade de experiências negativas futuras. Talvez, simplesmente o fato de conectar as sensações desagradáveis a imagens criadas ou recriadas alivie a tensão. Assim, o que seria uma fatalidade imposta se torna, graças ao trabalho dos sonhos, uma obra por nós orquestrada. Nesta linha de pensamento, os sonhos estariam muito mais a serviço de uma preservação do "eu" do que em nome do desejo sexual. Arrisco em dizer que o sonho mais do que uma realização de desejo, é, na sua base, uma realização de necessidade.

É certo, todavia, que algumas experiências e alguns perigos iminentes são de tal grandeza que a construção onírica se torna insuficiente para amenizá-los. Neste ponto, surgiriam os sintomas, ou as fantasias dos neuróticos que eu proponho que se chamem 'pensamentos-sintoma' e os sonhos dos neuróticos, 'sonhos-sintoma'; os quais se traduziriam por fantasias ou sonhos recorrentes que são incapazes de auxiliar na elaboração do sofrimento ou do medo, mas reverberam como um pedido de socorro.

NOTÍCIAS. 28.II.09. (De Viena a Budapeste) "Prezado Colega, eis o que aconteceu: como o Sr. deve estar lembrado, a Clark University de Worcester, Boston, convidara-me em dezembro para um ciclo de conferências, que estava previsto para a segunda semana de julho. Recusei o convite, porque partir em junho significaria um grande prejuízo em termos financeiros. Agora soube pelo Presidente Stanley Hall que a festividade para a qual foram feitos os convites foi adiada para a semana do dia 6 de setembro. Essa alteração, à qual se acresce um aumento na contribuição deles à viagem, torna possível e mesmo cômodo para mim aceitar o convite. Deverei portanto embarcar depois do dia 20 de agosto aproximadamente e espero retornar pelo dia 10 de outubro. Tendo em vista o que havíamos combinado anteriormente, gostaria de consultá-lo para saber se o Sr. desejaria participar da viagem. Para mim seria um grande prazer. Com o abraço cordial de Freud."

TRANSATLÂNTICO. As combinações sobre a nossa excursão à América retomavam espaço em nossas cartas. Prontamente respondi a Freud, reconfirmando meu interesse em acompanhá-lo. Trocávamos ideias sobre as despesas, que tipo de viagem empreenderíamos, um navio de imigrantes, um navio luxuoso, qual rota. O irmão de Freud nos ajudava opinando em vários detalhes. Muitas vezes nos perdíamos navegando mais pelo mediterrâneo, nossa paixão em comum, do que dimensionando a grandiosidade de nossa aventura transatlântica.

Porém, era frequente, que Freud reservasse um pedaço de suas cartas para perpetuar sua postura autoritária, o que muitas vezes serviu para aliviar meu desconforto por todas as restrições silenciosas que eu já lhe fazia, mas, com o passar do tempo, algumas de suas manifestações, começaram a atacar minha autoestima já tão debilitada. Freud falava de minha "bondade constitucional", referindo-se, principalmente, a minha atitude com meus pacientes, não apenas analisandos, mas também pacientes dos hospitais, indigentes, prostitutas. Eu sempre soube que a sua expressão "bondade constitucional" encerrava uma crítica dirigida à minha fraqueza. Freud captava minha fragilidade e fazia a ela um julgamento moral. O somatório de suas observações, muitas vezes, me deixava contrariado, eu ficava impassível, temia encontrar, por traz destas discordâncias, algo intransponível.

Por exemplo, ao se referir ao nosso colega Dr. Stein, Freud disse, em certa ocasião: "Estranho que a maioria desses invertidos não sejam mesmo pessoas completas." Este tipo de observação me gerava uma contração dos músculos do meu pescoço e eu me calava, mais entristecido do que raivoso; como me calava também frente às suas restrições a alguns trabalhos meus. Recordo-me de uma observação acerca de um esboço cujo tema era as "causas desencadeadoras das neuroses", escrito no início de 1909, e que Freud me desencorajou a publicar dizendo: "Acho que a primeira parte do artigo que o Sr. pretende escrever constitui uma parte importante de um contexto maior e que deve ficar em repouso até que o restante seja descoberto. A segunda parte refere-se a um detalhe interessante, porém, em princípio, não muito relevante e que certamente permite outras interpretações".

Na carta seguinte, preponderou o tema da nossa viagem à América. Reservei poucas linhas para lhe responder a seus comentários sobre meu texto.

CARO PROFESSOR. 02.III.09. (De Budapeste a Viena) "Seguindo seu conselho, deixarei repousar o artigo sobre as 'causas desencadeadoras'. Ele não seria realmente muito mais do que uma transcrição mais moderna de "histeria" de Breuer e Freud. Agora, relendo seu livro, pela segunda vez, percebo nele o germe de tudo o que sabemos atualmente. Com o abraço cordial do Dr. Ferenczi"

A SEXUALIDADE INFANTIL. Nos primeiros tempos, a "causa freudiana" era maior do que tudo, fui um soldado despido, um infante engrossando as primeiras fileiras; algumas vezes, inclusive, um informante infiltrado, um delator por trás de meus olhos cordiais.

Constantemente, nossa correspondência era finalizada por um balanço geral referindo as publicações e as tendências do pensamento de nossos opositores, ou mesmo, simpatizantes e aliados. Havia sempre a necessidade de um patrulhamento. Este tipo de troca de informações me fazia sentir próximo a Freud. Os nossos parâmetros eram a sexualidade infantil e a teoria da libido, se eram aceitas ou contestadas nos artigos ou oratórias. Isto nos dava a medida de quanto um aliado era confiável, ou se um simpatizante estava finalmente abraçando a causa, ou o quanto um opositor seguia sendo perigoso.

O CONSULTÓRIO. 05.V.1909. (De Budapeste a Viena) "Caro Professor. Em meu consultório, tenho percebido uma melhora na situação. Mesmo que a 'baixa' dos últimos meses não tenha sido capaz de me deprimir, sinto-me aliviado ao ver que tempos melhores parecem se aproximar.

A análise de um jovem senhor muito inteligente, homossexual, tem-me propiciado muita satisfação. Ele tem-me trazido atos falhos interessantes, envio-lhe alguns em anexo.

Nele, o caso 'déjà vu' foi impressionante! Algumas vezes, ele vinha com um sonho novo; depois, contava-me os acontecimentos do dia, entre eles, um 'déjà vu'. Na análise do sonho seguinte, apareceu uma parte esquecida do sonho, que lhe propiciou a compreensão imediata daquela sensação de familiaridade, ou talvez só no curso da interpretação. A 'outra vida há muitos milhares de anos' terá sido a vida onírica da noite anterior, associada intimamente, entretanto, a impressões de infância há muito esquecidas. Será que a crença tão difundida na reencarnação e na metempsicose não permitiria a mesma explicação? Finalizo meus relatos rapsódicos e o cumprimento, cordialmente, Dr. Ferenczi".

JUNG. 13.VI.09. (De Viena a Budapeste) "Prezado Colega. O Sr. deve ter ficado sabendo através do grupo de Jung que ele recebeu um convite para a nossa cerimônia, para proferir três conferências sobre um tema que lhe foi dado. Ora, isso aumenta toda a história, e certamente, para nós, tudo será engrandecido e ampliado. Ainda não sei se ele conseguirá viajar conosco no mesmo navio, mas, de qualquer maneira, lá permaneceremos juntos. Com um abraço cordial, despede-se, Freud"

NOVAMENTE A TÉCNICA. Nesta mesma carta, Freud voltou a mencionar seu projeto de um artigo sobre técnica, que por sua força revelatória servia como marca-passo de muitas outras produções de outros psicanalistas que permaneciam no aguardo deste texto. Ao final, ele me fez um gentil convite para que eu participasse do jantar de despedida das Quartas-Feiras (quartas-feiras em letra maiúscula era como Freud nomeava as reuniões psicanalíticas que vinham acontecendo em Viena).

INTERROGAÇÃO. Nunca soube bem o porquê, mas não respondi esta correspondência. Quinze dias depois Freud me escreveu:

INTERROGAÇÃO. 28.VI.09. (De Viena a Budapeste) "Prezado Colega: ???"

COMPLEXOS. Alguns sentimentos dos quais me envergonho estavam sendo plantados e cultivados. Tanto pelas circunstâncias em que se dava o movimento psicanalítico e minha relação com Freud, como por meus mais antigos complexos pessoais, Jung estava se tornando alvo de sentimentos competitivos muito fortes. Ele seria nosso acompanhante na viagem à América, mais do que isto, ele fora convidado como palestrante com as mesmas honras que Freud. Por mais obscuro que eu pareça, basta me conhecer um pouco para perceber algo que em mim é tangível: não são as honrarias, nem o poder, nem o dinheiro o que me movimenta. No caso com Jung, não era diferente. O reconhecimento que a América dirigia a Jung em nada me afetava, eu era o convidado do Professor, eu financiava minha própria viagem, sem nenhum convite para palestrar, sem nenhuma audiência. Era o amor de Freud que eu disputava. O meu desespero por ser amado, as sensibilizações advindas de algumas de suas pequenas crueldades em relação a minha produção teórica, combinadas, inclusive, a seus atos sedutores – como, por exemplo, sua confidência de ter desejado me ver no lugar de seu jovem genro – confundiam-me e faziam germinar em mim um ciúme, talvez uma inveja dirigida a Jung.

Meu colega suíço encantava a todos, era hipnoticamente belo, quase agressivamente altivo, com uma soberania impressa em seus modos e em sua voz; Jung tinha uma autoconfiança desconcertante acompanhada de uma dificuldade em ser confrontado. Reagia às críticas com veemência, mas logo processava alguma aparente conciliação, que trazia seus oponentes, quase enfeitiçados, para o seu lado. Jung era o filho mais velho de Freud, seu primogênito, ao qual, incondicionalmente o lugar de herdeiro direto está reservado (ficou claro, mais tarde, que existiam condições). O filho no qual até os defeitos caem bem, pois para substituir o pai é necessário personalidade forte, uma certa intransigência e arrogância. Eu era o filho que fica ao lado do pai, orbitando-o, admirando-o, cedendo, assegurando espaço para o seu brilhantismo. Eu era o filho que amava o pai, Jung era o filho que amava ser o pai. Freud e o movimento psicanalítico precisavam de nós dois. No lugar deste filho mais novo, muitas vezes, passando despercebido e vivendo como uma sombra pelos cantos da casa, eu tive o benefício de conhecer Freud melhor do que Jung conhecia. Por isto, sabia exatamente onde tocar para tirar de Freud restrições a Jung. Certamente eu não tinha poder algum de incrementar ou incentivar estas críticas, mas eu sabia o que dizer para ouvir de Freud algo que aplacasse meu ciúme e minha inveja. Tento me absolver destes deslizes, consolando-me com a ideia de que minha influência real sobre este assunto foi sempre nula ou, no máximo, muito pequena.

LIBIDO. Desde muito cedo, Jung gerou em Freud preocupações. O filho dileto resistia a dar à sexualidade o status que Freud lhe atribuía dentro da psicanálise. Ou melhor, era a força oculta dos movimentos libidinais o que mais distanciava um teórico do outro. A metapsicologia, que, desde sempre se esboçou nas ideias sobre libido, era substituída por Jung por conceitos que caracterizávamos como místicos e inadequados para o fortalecimento da nossa ciência.

Muitas vezes, eu respondia a Freud incentivando seus comentários críticos em relação a esta tendência de Jung. Cuidava, também, em elogiar as publicações nas quais ele parecia se render ao cerne da concepção freudiana, eu sempre as assinalava como conquistas de Freud e armistícios de Jung. Esta conduta tinha tanto o objetivo de enaltecer o poder de Freud, como de garantir que não caísse no esquecimento as diferenças latentes entre os dois. Por exemplo, no primeiro semestre de 1909, fiz a seguinte apreciação sobre a edição inaugural do *Jahrbuch*, uma publicação que tinha Jung como um de seus editores: "O *Jahrbuch* impressiona. O que há de mais valioso nele é a meu ver a adesão de Jung às concepções freudianas. Agora Jung só fala dos 'destinos da libido'".

Estas pequenas doses de veneno, eram o suficiente para intoxicar a mim próprio, sempre sentia remorso por proceder assim. Até por que, além de ser capaz de perceber todas as qualidades de Jung - aliás, facilmente perceptíveis -, eu também o admirava por sua dedicação ao trabalho com esquizofrênicos. Sentia que ele não estava errado ao resistir a aplicar a teoria da libido como diretriz para o estudo das psicoses; e, se a concepção da libido não servia para as psicoses, eu já podia prever que não serviria para o entendimento dos primórdios da história de uma criança, consequentemente, não poderia ser reconhecida como fundamento supremo para o entendimento do "eu".

Alguns trabalhos meus já apontavam para este caminho, mas Freud tratava-os como um mal entendido, ou considera que eu me expressara mal, ou que eu não havia atingido a compreensão total de seus ensinamentos. Para mim, por vinte anos, foi impossível expor abertamente minhas discordâncias, mais que tudo, eu precisava do amor de Freud. Covardemente, era-me suficiente o contentamento de ver um de meus colegas se tornando alvo de crítica.

EXPIAÇÃO. O amor pela nossa nova ciência e todo o potencial terapêutico que eu via nela ameaçava minha lealdade a Freud. O amor por Freud ameaçava minha lealdade a meus colegas. O que eu batizei de "autoesquartejamento" parecia uma boa forma de expiação de minhas culpas. Eu esperava ansioso por nossos encontros nos quais sabia que teria sua atenção por completo. Minha análise, dos primeiros tempos, era absolutamente informal, Freud resistia em dar este nome, para ele o que fazíamos era apenas um incentivo para a minha autoanálise. Nenhum de minha geração se analisou, mas, para mim, o contato humano sempre foi vital. Para Freud, submeter-se à análise era cruzar uma divisa perigosa que separava os psicanalistas dos doentes. Os analisandos eram de uma outra classe, eram "gentalha" como o próprio Freud se referia. Aliás, hoje, fica claro para mim que a palavra "analisando", criada por mim, surgiu na ânsia de esfumaçar a linha de carvão escuro que separa, de um lado, os psicanalistas e, de outro, os pacientes. Linha escura, grossa, mas que, com um simples toque descuidado, borra, criando tons de cinzas em espaços anteriormente brancos.

VIAJANTES. Esperava empolgado pela viagem transatlântica, a aventura em terra americana seria eclipsada pela importância que teriam os nossos dias no navio, cercados de água, embalados pelo oceano. Os mais reveladores sonhos seriam sonhados, eu os daria todos, de bom grado, de presente a Freud.

PREPARATIVOS. No verão de 1909, já selado o nosso projeto América, começamos a trocar cartas contendo pequenas combinações prosaicas referentes à nossa travessia.

O GUARDA-ROUPA. 04.VII.09. (De Viena a Budapeste) "Prezado Colega: Eu e minha família viajaremos somente no dia 14 deste mês para Munique. Nosso endereço será: Ammerwald, *Post Reutte* (e não Hotel Post), Tirol.

Desta vez não ouso contar com sua visita, pois suponho que a América deverá devorar todos os seus dias de férias. Poderemos definir mais tarde o local de nosso encontro, se será no caminho ou se somente em Bremen. De passagem, há uma remota possibilidade de que, no domingo, entre um trem e outro, entre a 1h e 30min e as 3h e 20min, eu faça uma parada em Budapeste. Será que não poderíamos almoçar juntos? Eu lhe enviarei um telegrama, caso viaje. Suponho que nesse período de verão o Sr. esteja bem sozinho.

Quanto ao guarda-roupa, estou levando, além da roupa para a viagem, um fraque e um terno. Provavelmente, o primeiro é dispensável. Para a viagem de navio, não esqueça de um bom capote. É melhor deixar para comprar as cartolas lá, por serem difíceis de transportar, e para, antes da partida, arremessá-las ao oceano.

Acabei a história do Homem dos Ratos, ela está pronta para ser enviada a Jung, mas acabou também toda a minha capacidade de trabalho neste período. No verão, América e nada mais! Recebo com prazer os votos de boas férias. Quanto ao tempo não posso fazer nada, o verão deste ano é pouco promissor. Minha filha fugiu do mau tempo de Pustertal para ir a Klobenstein, no Ritten, acima de Bolzano, para onde pretendemos ir nós também no próximo ano. Espero que haja tempo para todas as conversas de caráter científico a bordo do G. Washington, se o mar não nos perturbar. Estou muito contente com tudo. Cordialmente, Freud"

BOA COMPANHIA. 22.VII.09. (De Budapeste a Viena) "Caro professor, não estou tão sozinho como o Sr. supõe. Um feliz acaso possibilitou que também nos meses de verão eu esteja frequentemente em boa companhia. Seja como for, quando o Sr. falou da possibilidade de eu passar alguns dias com o Sr. nas montanhas tirolesas, fiquei muito tentado a aceitar. Por enquanto não é possível, infelizmente! Lamentei muito que o projeto de viagem a Budapeste não tenha sido realizado, eu já estava esperando por sua vinda.

E agora, ainda algumas questões: pretendo levar 5.000 coroas, 2.000 em mãos e 3.000 expedidas anteriormente por documento de crédito. Como destinar 1.200 Mk = 1.500 Mr para a viagem, para os 30 dias restantes: 60 coroas por dia = 1.800 Kr; perfazendo um total de 3.300 Kr. O restante fica para despesas imprevistas. O Sr. acredita que seja suficiente? De preparativos de minha parte, nada ainda! Uma hora diária de conversação em inglês é a única coisa que me faz lembrar da América. O Sr. tem planos para a estada na América? Caso tenha, que lugares pretendemos visitar? Desculpe-me por tantas perguntas. Um abraço cordial ao Sr. e a toda a família. De Ferenczi."

NESTE VERÃO. Antes de embarcar para a América, Gizella ampliava sua importância em minha vida. Ela era uma simpática amiga da família, a sogra de meu irmão, oito anos mais velha que eu e minha amante. Uma companhia agradável, uma interlocutora atenta, uma curiosa da psicanálise.

Freud ouviria muito sobre ela a bordo do G. Washington, mas, ainda sob o codinome de Isolde.

Estes meses, do ano de 1909, marcaram um impulso profissional como psicanalista. Aos 36 anos, renunciei a todas as minhas atividades como "médico de família" e, afora as perícias junto ao tribunal e as consultas da previdência, me dediquei exclusivamente às análises. Esta atividade passava a ter maior representação financeira na minha vida, especialmente porque, frente à forte pressão de Freud eu deixei de aceitar novos pacientes de graça.

Em perspectiva, posso perceber claramente que, naquele momento, também com apoio de Freud, renunciei ao meu sonho de ser pai.

NADA DA AMÉRICA. 08.IX.09. (De Viena à Budapeste) "Prezado Doutor, não espero nada da América, mas alegro-me bastante com nossa viagem juntos. Na volta, quando Jung nos deixará provavelmente logo depois do desembarque, faremos em Berlim e em Hamburgo tudo aquilo que é possível fazer conjuntamente e, a seguir, nos separaremos para cumprir inevitáveis obrigações familiares. Não lhe escreverei mais e espero a confirmação de sua chegada a Bremen. Jung faz um percurso de viagem complicado e nos encontrará somente a bordo do navio. Até breve! Freud"

OS DOUTORES. Eu, Freud e Jung nos encontramos em Bremen, embarcamos no dia 21 de agosto.

NO NAVIO. Chegamos à América no dia 29, passamos uma semana em Nova Iorque e partimos para Worcester, sede da Clark University. Freud pronunciou "As cinco lições sobre a psicanálise". Eu fui seu interlocutor privilegiado todas as manhãs, enquanto ele esboçava suas aulas magníficas em nossas caminhadas. Freud e Jung receberam o título de *Doctor júris honoris causa*. Visitamos as quedas do Niágara, fomos à casa de campo de Putman e tomamos o navio de volta em 21 de setembro.

Contrariando nossa visão negativa da comunidade científica americana, a psicanálise, a nossa ciência, foi muito bem acolhida. Freud foi recebido com reverências.

Conforme o plano de Freud, nossas cartolas foram arremessadas ao mar, antes de partirmos de Nova Iorque, de volta ao Velho Continente.

UM GRANDE BERÇO QUE NOS EMBALA. Algum dia no final de setembro de 1909. O transatlântico, um grande berço que nos embala... Cruzamos o oceano como quem domina o mar. Grande ilusão... Por vezes, via-nos desamparados à mercê de forças impensáveis. Nosso berço é tão frágil, corta as águas numa imponência ilusória, sem o saber que as águas se deixam cortar. Se o transatlântico se pensa grandioso, ignora que se equilibra numa tênue superfície, esquece que o oceano é infinito, soberano e, quem sabe, vaidoso... E, por puro capricho, as profundezas nos erguem, enquanto assim o quiserem.

Os dias e noites vividos no transatlântico me causaram forte impressão, confesso que fiquei com medo de enlouquecer, mas, por outro lado, pressentia que se eu não me entregasse totalmente nesta experiência, talvez, nunca pudesse me sentir são o suficiente para seguir minha vida adiante.

Fomos peças de um jogo perigoso, aparentemente proposto por nós próprios, mas talvez unicamente orquestrado por Freud. Porém, com intuito de comprovar sua cumplicidade, ele foi honesto ao nos revelar seu terrível sonho de angústia, no qual "faltavam quinze para o meio-dia"...

"Faltavam quinze para o meio-dia", depois de alguns meses, ocorreu-me uma interpretação um tanto narcisista deste sonho. Pensei que a sensação dos quinze minutos que faltavam poderia ser a medida de uma percepção inconsciente de Freud sobre nossas discordâncias veladas...

Ingressamos num grupo de análise, onde nos comprometemos a contar nossos sonhos jamais falados. A cada noite, sentávamos no convés e fazíamos confissões que nem mesmo os próprios sonhadores suspeitavam até então. Nos primeiros dias, era difícil lembrar sonhos que considerássemos com alguma relevância. Mas, com o passar dos dias, com o embalo do álcool, com o ritmo do mar, fomos nos tornando seres sem limites entre o visceral e o mental.

Mas havia um sonho que eu guardava só para mim, e pretendia guardá-lo para sempre. Era breve, um sonho de sombras e sensações. Ele vinha para me engolir ao menor sinal do meu relaxamento. Por isto, quase minha vida inteira, lutei para me manter vigilante. Batizei este sonho de "a dor proibida", eu estava proibido de pensar nele, ainda que ele me pensasse a cada escurecer.

Mas, por fim, determinado a me oferecer integralmente, conteio a Freud:

Eu, delicadamente embalado num berço, uma canção, sem letra, ritmava minha respiração, respiração adocicada de menininho, um pequenino corpo exposto sobre um berço, um colchão, um lençol. Como todo bebê humano, as partes moles expostas. Subitamente o embalo do berço é interrompido. A canção permanece, porém, num ritmo alterado, um vulto sem rosto surge, sombreando a inocência; o pequeno menino submetido, despenca e desfalece.

Noite após noite, eu desfaleço. Tenho dificuldades em saber se isto se repete por que já estou morto ou por que ainda estou vivo.

DE VOLTA. A experiência no transatlântico, a intensidade das emoções que vivi, jogaram-me num mundo tão sensível que, de volta à Europa, fui em busca de novas perguntas para, talvez, obter novas respostas. Dividi com Freud o interesse por vidência, por Madame Seidler, de Berlim... Trocamos cartas em que o percebi curioso, porém, apreensivo, por vezes, com julgamentos um tanto limitados e limitantes.

MADAME SEIDLER. 05.X.09 (De Budapeste a Viena) "Caro professor! Já nos primeiros dias após meu retorno tenho tal acúmulo de trabalho que só agora posso finalizar a carta que havia começado no trem.

[...] Suponho que ela disponha realmente de faculdades incomuns, elas talvez pudessem ser explicadas como uma espécie de 'leitura de pensamento', como leitura de meus pensamentos. A profunda autoanálise que empreendi após a sessão levou-me a essa hipótese. A maioria das declarações sobre o Sr. correspondem a processos mentais que eu realmente produzira, mas, em parte, àqueles que eu talvez possa ter recalcado.

As observações de Madame Seidler sobre maturidade, sobre idade (no sentido intelectual) e sobre o fato de o Sr. ter superado tudo o que há de mais humano correspondem exatamente a uma longa meditação que mergulhei no navio, depois de ter descoberto um tanto dolorosamente a minha infantilidade com relação ao Sr. e sua personalidade (como exemplo a ser imitado). Primeiro, superei um pensamento arrogante: 'Prefiro ser assim como sou, pelo menos sou feliz, uma criança feliz. Mas o Sr. (Prof. Freud) parece ser tão velho intelectualmente, explicando tudo, dissolvendo todas as próprias paixões em pensamentos, que não pode ser feliz'. Logo percebi, porém, que esse pensamento era uma tentativa de resistência e resolvi então tentar seguir as indicações dadas pelo Sr. [...].

O fato de não estarmos nos entendendo entre nós dois tem tido um papel importante em meus pensamentos nas últimas semanas: descobri por seu sonho que, no meu caso, ainda faltam 'quinze para o meio dia' (que interpretei assim: o Sr. ainda não encontra em mim uma compreensão completa). Os ciúmes em relação a Jung inspiraram em mim um pensamento, reforçado de modo infantil, de que o Sr. não me estima integralmente (meu modo de pensar, minha boa vontade, meu anseio por conhecimento, etc). (Mais tarde, corrigi isto) [...].

Mas se supusermos que ela tenha adivinhado meus pensamentos, a questão não estaria menos obscura. Além da teoria da 'indução psíquica', teria de se pensar também na possibilidade de uma hiperestesia extática nos mínimos movimentos de expressão, isto é, pensar que de alguma forma todos nós traímos nossos pensamentos em nossa linguagem, movimentos, etc. Apenas, em última instância, chegaríamos à suposição de uma verdadeira clarividência, de telepatia, etc. [...] Estou pensando também em consultar uma das videntes de Budapeste.

A América é como um sonho. No conjunto, ela aconteceu como eu esperava: tive muito maior ganho e prazer com os companheiros de viagem do que com tudo o que aconteceu lá. Mas estou contentíssimo por ter participado da viagem. Cordiais abraços a todos, Dr. Ferenczi"

IMPRESSÕES SENSÍVEIS. Anos mais tarde, dedicado à clínica de pacientes graves, e às reflexões sobre o encontro entre o mundo do adulto e o universo da pequena criança, utilizei a expressão 'impressões sensíveis'. Uma capacidade à flor da pele dos pequenos bebês – a qual deveria ser exercitada pelos cuidadores de crianças - de perceber e tentar decodificar os mínimos sinais expressivos dos que os rodeiam. Agora, sei que um proto pensamento neste sentido aguçou, no final do ano de 1909, minha curiosidade sobre a "telepatia".

RESPOSTA DE FREUD. 11.X.09 (De Viena a Budapeste) "Prezado amigo, Posso enfim recobrar o ânimo e escrever-lhe sobre sua experiência com Madame Seidler. Superei agora o choque e estou diante deste como de qualquer outro, o que não é fácil.

Parece que podemos admitir que ela com certeza lê. Como ela o faz, pouco interessa. Mas ela é uma pessoa muito burra, senão não reproduziria os nomes com tanta exatidão, contentando-se com aproximações.

Não posso excluir a possibilidade de que tenha alguma capacidade, qual seja a de reproduzir os pensamentos que o Sr. produziu. Todas as outras explicações, como sensibilidade apurada para gestos, etc., parecem-me, em primeiro lugar, insuficientes e, em segundo lugar, pressupõe que haja nesta mulher uma singular capacidade psíquica. A hipótese de transmissão de pensamento em si não exige isto; pelo contrário, ela deve ser uma pessoa bem estúpida, passiva até, na qual se reflete aquilo que de outra forma seria reprimido por uma atividade de pensamento própria. Pretendendo enganar e se fazer de milagreira, ela obtém assim a coragem e a atenção necessárias para perceber o que se produz nela de quase fisiológico.

O que ela fala de minha pessoa – na verdade, disparates – torna-se importante no momento em que o Sr. dá o seu aval e confere legitimidade ao que ela diz. E então o Sr. é responsável por isto.

[...] ela não é assim um fenômeno psíquico, mas apenas algo puramente somático, que certamente constitui uma novidade de primeira ordem. [...] Depois poderemos realizar uma viagem de estudos à Berlim, caso o Sr. não encontre algo igualmente bom em Budapeste. Estou sobrecarregado de trabalho. Com minha filha, não há novidades (já tinha escrito que ela está doente de novo?). Um abraço cordial, envia-lhe, Freud. Espero que o Sr. tenha recebido o Anatole France".

HOMOSSEXUAL. 14.X.09. (De Budapeste a Viena) "Caro |Professor, [...] Agora estou com duas análises: meu homossexual e uma histérica de angústia com compulsão à masturbação (e a se lavar).

O homossexual (que se encontra em total processo de transferência) irá procurá-lo nos próximos dias (como tentativa de fugir de mim) em Viena e perguntar-lhe se 'o homossexualismo tem cura'. Hoje, ele teve a fantasia de que eu permitia a ele pernoitar em minha casa, mas *não* no quarto; se eu o autorizasse ele não iria mais 'se encontrar com Freud'. Por favor, não cite o homossexualismo do Dr. Stein diante dele. Se ele fugir em direção a ele, não será bom para nenhum dos dois. Infelizmente, preciso constatar também que Stein está se afastando de nós. Ele socialmente fala que eu e o Sr. fomos 'longe demais, queremos explicar tudo sexualmente, negligenciamos o impulso de autoconservação'. [...] Lamento que a Sra. sua filha esteja doente novamente! Um abraço cordial de Ferenczi. Naturalmente, o paciente homossexual não deve ficar sabendo que eu escrevi ao Sr.!"

O LOUCO SOU EU. Nesta carta me portei como um louco maldoso. Agarrado nos pedaços de uma correspondência que não existia mais.

Que clarividência me fez valorizar e referir a necessidade e o pedido de meu paciente de dormir em minha casa, mas *não* em meu quarto. - Uma bela ilustração de minhas suspeitas de que anterior às questões de identidade sexual, ou seja, antes dos desejos, estão as necessidades. Meu paciente precisava *dormir* na minha casa, não ter *relações* na minha cama.

Mas que cegueira, logo em seguida, fez me criticar as palavras de Stein nos apontando como extremados – quando eu próprio pensava isto! -.

Será possível que minha autocensura foi tão forte que estes dois assuntos ocupavam o mesmo parágrafo e eu não fui capaz de reuni-los? Este era eu, partido em fragmentos, em busca do amor de Freud.

OS NOJENTOS. 22.X.09 (De Viena a Budapeste) "Prezado amigo: Escrevo-lhe apressadamente, porque de outra forma não seria possível. A exploração é à americana. Quase não tenho tempo para viver, muito menos para trabalhar. Ainda por cima, Stanley Hall, em uma carta amável, lembrou-me de minha promessa relativa às Cinco Lições. Por ora, terminei realmente apenas metade de uma página.

Há muito menos pacientes chegando do que pacientes regulares, o que dificulta a redistribuição de horários. Os pacientes são nojentos, apenas me proporcionam a oportunidade de realizar novos estudos técnicos. [...] Estou me ocupando também de Leonardo da Vinci.

Com um abraço cordial, ao Sr. e à Sra. Gizella, Freud"

NO ANO SEGUINTE. Tempos depois, em mais uma carta a Freud, pude retomar o assunto de meu paciente, considerando-o como alguém com grandes capacidades de percepção e de expressão, "meu *homo sapiens*" me conduzia de volta ao tema da telepatia, ou melhor, às impressões sensíveis.

HOMO SAPIENS. 17.VIII.10. (De Budapeste a Viena) "[Em anexo] Algumas observações recentes sobre o tema da transmissão de pensamento, que peço que sejam bem conservadas:

Tem chamado minha atenção com frequência o fato de meu paciente homossexual (com suas fortes resistências e uma transferência incs. sobre mim igualmente forte), algumas vezes, inserir em suas associações coisas que se relacionam com meus pensamentos daquele momento. Em determinada sessão ele me disse: 'Estou deitado. As roupas estão vazias, como se não houvesse um corpo dentro delas'. Ao que logo eu associei: na noite anterior, antes de dormir, eu li "Les fous dans la littérature", de nosso velho conhecido, Anatole France. No qual é descrito um demente que se veste com um casaco de um tecido que parece o de uma poltrona ou colcha. Ao chegar para fazer uma visita, coloca a bengala à maneira de uma coluna vertebral, enfia um chapéu na bengala e a reveste com seu próprio casaco bizarro, e olha este fantasma como se fosse um velho amigo. O texto impressionou-me muito [...]"

A VERDADE. Eu e o Prof. compartilhávamos de uma grande simpatia por Anatole France, em maio de 1910, eu fiz o seguinte comentário: "é com imenso prazer que estou lendo um livro delicioso, 'Le livre de mon Ami', um dos melhores livros sobre a alma infantil, de uma fineza e de uma profundeza de sentimentos encantadoras. Leia-o, por favor!". Freud nunca me contou se teve contato com este livro. Penso, agora, no desespero que me levou a lhe escrever: "Leia-o, por favor!".

Quanto ao anexo de 17 de outubro de 1910, ele carregava o peso do que ali não estava sendo falado. Mais uma vez, eu citava o meu paciente, por quem eu nutria uma crescente simpatia, não compreendida por Freud; citava também este belo personagem, este louco de Anatole, que começara a se apresentar de maneira insana após perder seu amado filho. Este senhor, ao forjar um amigo sem corpo, diante de incrédulas testemunhas, passava a proceder como um respeitável orador, a quem todos queriam ouvir. Até o dia em que ele "descobriu", de maneira inegável, que seu filho tinha morrido... Então, o cativante doutor, não suportando a dolorosa verdade, suicidou-se.

A dolorosa verdade... que levou Dr. Stockmann, um "inimigo do povo", de Ibsen, à solidão; levou o personagem de Anatole ao suicídio. Meu paciente homossexual me apontava para uma verdade desconcertante? Até onde a perseguição da verdade me levaria?

Duas frases invadem minha mente: a expressão que apareceu em meu sonho e sobre a qual eu e Freud conversamos pessoalmente, "fique de bico calado e siga em frente", e uma canção húngara que diz, "em toda face da Terra não há ninguém mais órfão do que eu".

JANEIROS. Os dias, meses e anos, com suas aproximações e distanciamentos de Freud foram perturbadores. Eu o amava, amava sua família, seus filhos, sua esposa Martha, amava seu passado, amava o amor que ele recebera de sua doce e disponível mãe. Não sentia inveja, nenhuma, não queria desapropriá-lo de nada. Eu o amava inteiro. Eu, sim, experiente em assuntos de despedaçamento, atomização e pulverização, gostaria de me tornar gás para abraçá-lo de forma desmedida. Porém, a psicanálise de Freud começava a ter vida própria, independente de seu criador, ela agora era um tanto minha também, e estávamos íntimos. Eu e a psicanálise vivíamos uma aproximação perigosa. Não apenas eu, mas, sobretudo, ela, dava sinais de ser propensa a deslealdades com seu Senhor. Entramos num percurso arriscado. Por fim, perdi Freud.

UM INIMIGO DA PSICANÁLISE. E, assim, por pura dedicação, me tornei um "inimigo" da psicanálise... Porém, a própria psicanálise, a minha psicanálise, ao final da vida, me conferiu algum mérito e me ofereceu um presente (ou será que este foi um presente da própria morte?).

Amparado pela nossa amada ciência, pude me sentir seguro o suficiente para mergulhar inteiro no sonho de "dor proibida"... assim, íntegro, consegui ultrapassar a memória do sofrimento e entrei por completo no mundo dos sonhos. Rompi uma membrana elástica e resistente deixando para trás toda a dor.

Repetição e inauguração... o ritmo da canção se restitui, reencontro o pequeno menino, não há vultos, nem sombras. Tudo parece simples... Simples, como deve ser.

Acordo delicadamente.

O FIM. 24.V.1933. As dores se foram. Estou de volta, deitado em minha solidão branca. O desenlace de uma vida de angústia, inquietude, fome, falsas esperanças, mas cheguei perto de algumas verdades, que, para mim, bastaram.

Fui próximo, senão íntimo, de um dos grandes homens da história da humanidade, isto me enche de orgulho e honra. E, como me sobraram poucas coisas nesta vida, levo isto comigo. Foram 25 anos de troca de correspondência. São muitas cartas, carrego todas comigo, mas me pesam mais as cartas nunca enviadas, as cartas em húngaro, as cartas que Freud não entenderia.

Sinto todo meu corpo um pouco adormecido, o coração batendo num ritmo que contém vida sem desespero, a respiração ofegante, porém, compassada, quase sinto meu sangue circulando, tenho os membros um tanto pesados, o que mantém um contato agradável com o colchão. A ponta dos dedos, o nariz e os lábios me parecem frescos, como que, levemente úmidos.

Pisco longamente, é tão bom fechar os olhos e abri-los, invento uma brincadeira, com minhas pálpebras, vou me despedindo. O encontro entre o que vejo e o que sinto já não é mais perigoso, estou satisfeito, fiz o que me foi possível, estive em todos os lugares e posso dar adeus a todos eles.

Um pingo d'água de uma torneira de uma pequenina pia no

canto do quarto me embala. O pingo se forma e aguarda hesitante antes de se desprender da boca metálica, cai agudo, próximo ao ralo, é envolvido pela fina camada de água que o aguarda, é deformado e sugado, indiscriminadamente, para dentro do cano. Deixarei o próximo pingo d'água me levar. Desprendido, agudo, envolvido, deformado e, por fim, sugado.

11 Através dos sonhos: um roteiro para teatro.

APRESENTAÇÃO. A psicanalista Verônica Viegas recebe sua paciente Marina para mais uma sessão. Pela primeira vez, a jovem faz referência a um perturbador sonho repetitivo, seu "pesadelo branco" como ela o denomina. A revelação conduz analista e paciente aos primeiros tempos da vida de Marina.

Após a sessão, ainda envolvida pelos mistérios do sonhar, Dra. Viegas embarca nos seus próprios devaneios e se faz presente em grandes momentos da história da psicanálise.

Ela assiste às contribuições dos grandes mestres sobre os sonhos; observa momentos de inspiração mágica, de violentos confrontos e de pensamentos complementares, que se enriquecem mutuamente.

Dra. Viegas, nos seus sonhos diurnos, torna-se testemunha das manifestações de coragem que conferiram corpo e alma à psicanálise.

Ao final da última conferência, Verônica terá uma única e inquietante questão.

Vamos escutá-la...

CENÁRIO. De um lado do palco um ambiente de consultório de psicanálise, divã, duas poltronas, mesa auxiliar, abajur, tapete, livros.

Iluminado com um foco de luz, restante do palco no escuro.

---

8. Esta peça foi encenada no XII Congresso da Flappsip, em Porto Alegre, e no XII Encontro Brasileiro sobre o Pensamento de D. W. Winnicott, em Fortaleza, graças ao talento de queridos amigos da América Latina e de várias partes do Brasil, sob o título de "Os sonhos diurnos da Dra. Viegas".

No outro lado um púlpito, que será iluminado, posteriormente, também por um foco de luz.
(ilumina-se a cena no consultório, a Dra. e sua paciente já estão sentadas, com uma sessão em prosseguimento)

Marina (sentada na poltrona): *Minha amiga, Clara, me disse o mesmo que falamos aqui, que eu pareço forte e decidida, mas apenas no início, só na superfície. Quem me conhece melhor se surpreende de como eu sou insegura... Tudo aquilo que a gente tem conversado... não é agradável ouvir isto, mas foi uma conversa boa...*
Voltei a ter um sonho esta semana... fazia mais de um ano que eu não sonhava este sonho. Na minha análise anterior, eu o batizei de "pesadelo branco". Por que nada de ruim acontece. Nada que eu lembre ou que eu compreenda.
Apenas sinto uma agonia horrível. Como se viver fosse algo impossível.
Fico miseravelmente exposta, nua, com um fio de voz que não me permite pedir ajuda.
Acordo com o corpo todo dolorido, tenso, com dificuldade de levantar a cabeça, meus pés doem profundamente, só consigo mexê-los depois de alguns segundos...

Dra. Viegas: *Marina, eu ouço a tua voz. Este fio... este fio, é suficiente... pode falar...*

Marina: (silêncio) (se levanta e deita de lado no divã, numa posição confortável, mais relaxada)

Marina: *eu acordo todos os dias como se estivesse nascendo, meu nariz está obstruído, minha garganta está quase fechada com uma secreção. Meus olhos acordam colados, meu coração acelera, toda minha pele está levemente dormente, quase doída, quase ausente.*
Meu corpo, nesta passagem do sono para a vigília, parece tão desadaptado para a vida na terra...
O ar não entra...
Estou nascendo, sem respirar, não há ninguém para me acolher, e, nem mesmo, me recolher, sugar as secreções, me embrulhar em uma manta e me acomodar numa cama de acrílico.

Eu acordo sempre à deriva, na incerteza do nascimento.

Dra. Viegas: *Tu saberias me contar algo sobre o teu nascimento original?*

Marina: *Sim, isto sempre foi assunto na minha família. Dizem que eu nasci grande e forte, com muita vivacidade. "Um bebê espetacular", dizia meu pai. Mas minha mãe perdeu muito sangue, ficou muitos dias a mais no hospital, ela poderia ter morrido. Fui pra casa sem ela.*
Pode ser louco o que vou dizer: penso que o meu pai se decepcionou com ela. É estranho... mas parece que ele acreditou que tudo de bom ficou em mim e ela se esvaziou.

Dra. Viegas: *De alguma forma tu te sentes responsável por isto?*

Marina: *Pelo quê?*

Dra. Viegas: *Pelo risco de morte que ela correu após o parto e por ter sido vista como incapaz por teu pai...*

Marina: *Claro, claro... isto é muito claro para mim. Como poderia ser diferente? De alguma forma eu roubei a vida da minha mãe.*
E continuei roubando na medida em que nada do que ela fazia era suficiente para a menina do meu pai. Ela não era confiável para me alimentar, para me ensinar, para me colocar para dormir. Meu pai tentava retirá-la de todos os espaços.

Dra. Viegas: *Como se a fragilidade dela pudesse te contaminar?*

Marina: *Nunca pensei nisto desta forma... (silêncio) Simplesmente, parecia que ela não fazia parte do nosso mundo, nosso mundo vigoroso e iluminado. Ela vivia em suas fragilidades...em suas sombras. Por onde andam as sombras de minha mãe?*

(silêncio)

Lentamente se apaga o foco de luz no consultório, inicia uma música e a Dra. Viegas se despede de Mariana, silenciosamente.

Num telão, ao fundo do palco, projeção 1: "J. Breuer, 1893".
Acende uma luz focada no púlpito, onde um senhor de meia idade organiza os papéis para iniciar uma oratória.

Verônica Viegas, na penumbra, volta-se para o púlpito, curiosa. Vendo a cena, vai se encaminhando para uma cadeira para assistir a palestra.

J. Breuer: *Boa noite, caros colegas. Desejo trazer com esta palestra algumas considerações sobre nossas últimas descobertas acerca das manifestações sobre os mecanismos psíquicos.*
Peço desculpa aos presentes, pois, inevitavelmente, precisarei lançar mão de termos da neurologia. Fazendo uma alusão a Fausto: um sentimento de sufocamento está fadado a acompanhar qualquer descida ao Reino das Mães.
Então, vamos adiante. Conhecemos dois estados extremos do sistema nervoso central: um estado de vigília e um sono desprovido de sonhos. Uma transição entre elas é proporcionada por uma série de condições de todos os graus de clareza decrescente. O que nos interessa aqui não é a questão da finalidade do sono e sua base física, mas a questão da distinção essencial entre os dois estados extremos.
Numa zona fronteiriça, moram os sonhos, e, neste espaço, detectamos que a associação é defeituosa e incompleta. Sendo assim, podemos presumir, com segurança, que, no sono mais profundo, essa ruptura de vinculações entre os elementos psíquicos é levada ainda mais adiante e se torna total.
Parece-me admirável que os sonhos sejam o buraco da fechadura por onde podemos espiar o inconsciente obscuro e a porta para entendermos a magnitude do ser humano.
Agradeço a atenção.

(do fundo da plateia, uma participante vestida com elegantes trajes da época, levanta o braço, pedindo a palavra)
Breuer: *A palavra é sua, Srta....?*

Lou Salomé (falando da plateia): (vai falando de forma incisiva e caminha no corredor entre as cadeiras em direção ao palco)
Sou Louise Von Salomé, de São Petersburgo. Não sou médica, mas estou bastante interessada nas suas contribuições tanto sobre os

mecanismos psíquicos como sobre o sofrimento humano.
Tenho um contato próximo com as ideias de um filósofo alemão, Sr.
Friedrich Nietzsche, ainda pouco conhecido em Viena. Friedrich, ou
melhor, o Sr. Nietzsche, ao falar do inconsciente, interessa-se por
suas profundidades. Ele entende que o inconsciente é aquilo que não
encontrou resguardo na linguagem. Mas, ao mesmo tempo, este des-
conhecido, intangível, é, para ele, justamente o que constitui o
homem.
Não quero me alongar, minha pergunta é a seguinte: Seria possível
uma aproximação entre a concepção de "inconsciente" do Sr.
Nietzsche, com este inconsciente, que mencionaste, onde ocorre uma
total ruptura dos vínculos?

Breuer: *Agradeço sua pergunta, Srta. Salomé. Parece-me totalmente*
possível e, inclusive, enriquecedora esta aproximação das reflexões
de médicos com a de um filósofo sobre o inconsciente profundo.
Na medida em que nos dispomos a tratar os processos psíquicos na
linguagem da psicologia, voluntariamente evitando expressões como
"excitações do córtex" e substituindo-as simplesmente por palavras
como "ideias"; estaremos nos aproximando da filosofia. Penso que,
por este terreno, aparentemente menos sólido, estaremos abandonan-
do os "postulados" e encontrando melhores chances de nos aproxi-
mar da real experiência humana.

(apaga a luz, Breuer sai)
(Lou Salomé volta para seu lugar na plateia)

Projeção 2: "S. Freud, 1908"
(acende a luz, S. Freud prepara-se no púlpito)

Sigmund Freud: *Senhores, há alguns anos, usei as seguintes palavras*
para revelar minha descoberta sobre os sonhos: "Se adotarmos o
método de interpretação de sonhos, indicado por mim, verificaremos
que eles realmente têm um significado e estão longe de constituir a
expressão de uma atividade fragmentária do cérebro, como as autori-
dades têm alegado. Quando o trabalho de interpretação fica concluí-
do, percebemos que um sonho é a realização de um desejo".
Esta afirmação se mantém absolutamente verdadeira. Uma outra e
fundamental peculiaridade do conteúdo dos sonhos é ele incluir

impressões que remontam à primeira infância e que não parecem acessíveis à recordação de vigília. Ou seja, o sonho é uma realização de um desejo prioritariamente originário da infância.

Nesta conferência, pretendo comprovar o fundamento principal dos sonhos, apresentando-lhes interpretações das motivações de uma série de sonhos que variavam em seus elementos cênicos, mas que apresentavam sempre a mesma intenção. O sonhador: eu próprio. O desejo a ser realizado: conquistar Roma.

Com minha autoanálise, descobri a forma pela qual meu ardente desejo pela cidade eterna fora forjado por uma soma de impressões de minha mocidade.

A ambição que nutria meu sonho de conquistar Roma foi alimentada por uma história que eu ouvira muitas vezes em minha infância. Na época de meu nascimento, uma velha camponesa profetizara à minha orgulhosa mãe que, com o nascimento de seu primeiro filho ela trouxera ao mundo um grande homem. Estava aí a origem da minha sede de grandeza, que iria determinar o conteúdo deste conjunto de sonhos (e, por que não dizer, que iria determinar uma ousadia no transcurso da minha vida de vigília também).

Um outro fato, de natureza oposta, parece ter sido também determinante no meu caráter perseverante: Durante uma caminhada, meu pai, com a intenção de me mostrar como as coisas estavam melhores para os judeus, naqueles novos tempos, contou-me que quando jovem, num certo sábado, foi dar um passeio pelas ruas do seu lugar de nascimento. Estava bem vestido e usava o seu novo boné, forrado de pele, do qual se orgulhava muito. Um cristão dirigiu-se a ele e, com um só golpe, jogou seu boné na lama e gritou: "Judeu, saia da calçada!", "e que fez o senhor?", eu perguntei. "Desci da calçada e apanhei o boné", foi sua resposta mansa. Isso me impressionou, como uma conduta não heroica, por parte de um homem grande e forte que segurava o pequeno menino pela mão.

Para mim, era evidente uma semelhança e um contraste entre a história de meu pai humilhado e a cena em que o pai de Aníbal, Amilcar Barca, fez seu filho jurar que se vingaria dos romanos.

Ouvindo a triste história de meu pai, e lendo avidamente a história de Aníbal e Amilcar, eu começava a compreender o significado de pertencer a uma raça estrangeira... Mas eu não iria me deixar abater...

O general cartaginês Aníbal se tornou o herói de minha juventude! Para minha mente, Aníbal, invadindo e ocupando a Itália, simboliza-

va a tenacidade dos judeus, e Roma simbolizava a organização da Igreja Católica. A concretização desta invasão iria ser perseguida, por mim, com toda a perseverança do cartaginês. Eu estaria realizando não apenas um desejo meu, mas o desejo de Amilcar, de seu filho, Aníbal, e o desejo que meu próprio pai não fora capaz de desejar...

Estabeleceu-se uma forte comunhão entre estas impressões de minha meninice; que vão desde a decepção e desamparo vividos ao lado de meu pai; passam pelo resgate da profecia que trazia a promessa de eu ser forte o suficiente para vingá-lo e culminam no meu encontro com a história de Aníbal, que me apontava os caminhos para eu ser um grande homem. Assim, nesta combinação de experiências de satisfação e de frustração, estão reunidos os elementos que, agindo no inconsciente, impulsionaram o meu desejo de ser um grande conquistador.

Durante inúmeras noites, meus sonhos se ocuparam em me levar à Cidade Eterna. O desejo de chegar a Roma se tornara em minha vida onírica o manto e o símbolo de grande número de outros ardentes desejos!

Espero que minha exposição sobre o poder dos desejos inconscientes possa contribuir efetivamente para o desenvolvimento da nossa nova-ciência: a psicanálise.

Obrigado!

Adler (levanta-se e fala da plateia): *Dr. Alfred Adler, Viena. Gostaria de externar meu profundo respeito à capacidade de observação e de autoanálise daquele que é o pai de nossa ciência. Aproveito, apenas, para assinalar a importância de temas como poder e inferioridade que aparecem tão fortemente na cena em que o seu pai é humilhado diante de seus olhos... acredito que uma reflexão, neste sentido, não pode ser ignorada e nem adiada...*

(Apaga a luz, Freud sai, Adler senta)

Projeção 3: "C. Jung, 1912"
(Ilumina o púlpito, com novo conferencista)

Carl Jung: *Boa noite, Sras e Senhores. Agradeço o convite para participar desta conferência sobre os sonhos. Como todos sabem tenho um grande interesse pelas simbologias. Acima de tudo, penso que os*

Capítulo 11

sonhos são expressões do inconsciente coletivo, o contato entre o sonhador e seu sonho é algo valioso para o seu bem-estar, criatividade e humanização.

A realização disfarçada de um desejo sexual pode motivar sonhos, mas, certamente, não é sob este signo que todos os sonhos acontecem. Os sonhos podem ser feitos de verdades inelutáveis, de sentenças filosóficas, de ilusões, de fantasias desordenadas, de recordações, projetos, antecipações, assim como, de visões telepáticas e de experiências íntimas irracionais.

Da mesma maneira que os sonhos não se limitam a ser realizações de desejos sexuais, acredito que a concepção de "libido" seja muito estreita para a considerarmos como o princípio fundamental que rege a existência do indivíduo.

Proponho o termo "energia psíquica" para nos aproximar daquilo que move o humano, dentro desta concepção a sexualidade é uma das expressões mais importantes, mas não anterior, por exemplo, à fome e ao desamparo.

Nos sonhos, como nas fantasias e nos sintomas, a própria sexualidade pode fornecer recursos para a "simbolização" de impulsos mais amplos e mais profundos. Ou seja, a realização de um desejo sexual num sonho, mesmo que disfarçada, pode ser, em si, também um disfarce.

Obrigado!

Otto Rank (levanta-se e fala da plateia): *Otto Rank, Viena. Dr. Jung, boa noite. Serei breve: na medida em que o Sr. propõe um princípio único, o Sr. ataca um dos pilares fundamentais para o entendimento das neuroses, ou seja, o "conflito psíquico". É lamentável perceber a sua dificuldade em aceitar a contribuição de nosso mestre sobre a teoria da libido e o princípio do prazer em confronto ao princípio da realidade... A própria literatura de Hoffmann, Charmisso, Dostoiévski, Poe e Maupassant, ao expressar a extrema humanidade de seus personagens, utiliza-se da duplicidade: alma e sombra...*

(escurece o púlpito, Jung sai, Rank senta)

Projeção 4: "S. Ferenczi, 1931"
(reacende apresentando um novo palestrante)

Sándor Ferenczi: *Senhoras e senhores, é para mim uma honra estar aqui como palestrante no 75° aniversário do professor Freud. É de surpreender que uma Associação onde tantos de seus membros são dignos, e até mais dignos do que eu, de cumprir esta missão, tenham escolhido a mim, um estrangeiro, como orador. Só posso pensar que estou aqui como testemunha, para que uma crítica equivocada, que tem sido recorrente, seja neutralizada, a crítica se sustenta na absurda ideia de que nosso mestre seria intolerante com todos os talentos independentes.*

Neste sentido, acredito que meu depoimento pode ter validade. Ser conhecido como um espírito inquieto ou, como foi recentemente dito em Oxford, ser considerado o "infant terrible" da psicanálise; conduz todos a pressuporem a isenção de meus argumentos.

É inegável que, desde um determinado ponto de vista, Freud pode ser considerado um ortodoxo, criou obras que permanecem intactas, imutáveis. A interpretação dos sonhos, por exemplo, pela sua validade incontestável, resiste a todas as vicissitudes do tempo e das mudanças na teoria das pulsões.

Proponho que façamos um exercício de revisitar justamente "A interpretação dos sonhos". Freud nos apresenta como função dos sonhos: a transformação do material que poderia perturbar o sono em realizações de desejo.

Penso, entretanto que o retorno destes elementos traumáticos já representa em si mesmo uma das funções do sonho. Pois se observarmos, com minúcia, a relação entre a história pessoal e os conteúdos oníricos, torna-se cada vez mais evidente que aquilo que observamos como elementos motivadores do sonho são, de fato, repetições de traumas.

Nos últimos anos, alguns autores tornaram conhecido o fato de que a tendência à repetição na neurose traumática, também, tem uma função intrinsecamente útil: ela vai conduzir o trauma a uma resolução, se possível, definitiva; melhor do que isto não fora possível no decorrer do acontecimento originário comovente.

É de se supor que esta tendência também exista mesmo onde não vinga, ou seja, onde a repetição não leva a qualquer resultado melhor do que o traumatismo originário. Assim, uma definição mais completa da função do sonho seria: todo e qualquer sonho, ainda o mais desagradável, é uma tentativa de levar acontecimentos traumáticos a uma resolução e a um domínio psíquico melhor. Proponho que se inclua à máxima irrefutável de Freud, a ideia de que o sonho, em seu nível mais profundo: é a realização de uma necessidade.

Enquanto não retornarmos às contribuições de Freud sobre a valorização de eventos traumáticos, não avançaremos na compreensão dos sonhos e nem na ampliação da psicanálise, os casos mais graves permanecerão inacessíveis a nossa técnica.

Ernest Jones (levantando-se, vindo do fundo da plateia, andando entre as cadeiras): *Dr. Ernest Jones, Londres. Não compreendo sua proposição de considerar o sonho como uma busca continuada e compulsiva de resolução de um trauma...*

Mesmo diante dos sonhos de ansiedade, nosso mestre não fraquejou, teve a lucidez de perceber que a realização de desejo seguia sendo imperativa. O que ele descobria, neste momento, era o reflexo onírico dos naturais conflitos entre as diferentes instâncias psíquicas.

Mais tarde ainda, enfrentando fortes impasses na clínica e ciente dos traumas de guerra, Freud nos brindou com sua extraordinária obra "Além do princípio do prazer", a qual soluciona de forma definitiva este item que ainda parece angustiar o senhor. Graças a esta contribuição de Freud que já completou uma década, todos nós sabemos que tanto a tendência humana à destrutividade, como a compulsão à repetição e, especificamente, os sonhos traumáticos repetitivos, são manifestações diretas da Pulsão de Morte. Diante de tal revelação, por que insistes em seguir tateando na escuridão?

(Apaga a luz focada no púlpito, Ferenczi sai, Jones volta para seu lugar na plateia)

Projeção 5: "M. Klein, 1942"
(acende o púlpito, com a presença de nova palestrante)

M. Klein: *Boa noite. Para iniciar esta comunicação sobre o simbolismo dos sonhos e o valor da interpretação de seus significados dentro do processo analítico, gostaria de relatar a experiência onírica de um paciente do sexo masculino. Este sonho teve um papel importante não apenas para fazê-lo reconhecer impulsos destrutivos dirigidos para com sua mãe e para com a analista, mas também o desejo de apropriação e destruição de seus atributos femininos como um fator bem específico em sua relação com elas.*

Os ataques à mãe-analista, em fantasia, seguem duas linhas principais: uma é o impulso predominantemente oral de sugar até exaurir, morder, escavar e assaltar o corpo da mãe-analista despojando-o de seus conteúdos bons. A outra linha de ataque deriva dos impulsos anais e uretrais, e implica a expulsão de substâncias perigosas (excrementos) do self para dentro da mãe-analista.

Cabe ressaltar que, via de regra, a voracidade e destrutividade se tornam mais intensas, na medida em que o paciente vai entrando em contato com a capacidade criativa da analista. Era neste ponto de alto nível de potencial agressivo que este paciente se encontrava.

O seguinte sonho trouxe o insight muito mais forte quanto ao desejo de destruição do seio bom da analista e iluminou seus desejos arcaicos de possuir todos os atributos femininos da mãe. No sonho o paciente havia estado pescando; ele se perguntava se deveria matar o peixe que apanhara a fim de comê-lo, mas decidiu pô-lo na cesta e deixá-lo morrer. O cesto, no qual estava carregando o peixe, era do tipo usado pelas mulheres para levar roupa na lavanderia. O peixe transformou-se, repentinamente, num lindo bebê. Então ele notou que os intestinos do bebê estavam saindo, pois o bebê tinha sido ferido com o anzol. As associações mostraram que o peixe não era apenas o meu trabalho e meu bebê, mas que também representava a mim. Embora o paciente ainda não pudesse reconhecer plenamente que o modo como ele tratava o peixe, o bebê e a mim significava destruir-me e a meu trabalho como um ataque ao seio bom, inconscientemente, ele se dava conta disto. Eu também interpretei que a cesta de lavanderia expressava seu desejo de ser uma mulher, de ter bebês e de privar sua mãe deles.

O efeito deste passo, em direção à integração, foi um forte ataque de depressão por ter que encarar os componentes agressivos de sua personalidade. A revelação dos impulsos destrutivos do paciente, em toda sua dimensão, só foi possível através da via do sonho que pode, então, ser submetido a um trabalho minucioso de interpretação.

Agradeço a atenção dos senhores.

Melitta Schmideberg (levanta-se e fala da plateia, num tom assertivo): *Dra. Melitta Schmideberg, Berlim-Londres. Boa noite a todos. Alerto que a Sra. Klein não deveria desenvolver seu argumento do "seio bom" do analista sem entrar na questão da real qualidade do trabalho do analista, isto é, da existência ou não da capacidade de adaptar-se às necessidades do paciente. Vinculada a isto, acha-se a capacidade ou a ausência de capacidade da mãe de efetuar uma adaptação que torne possível que seu bebê seja atendido.*

O argumento da Sra. Klein conduziu-a a um ponto em que ela, não querendo lidar com a relação do bebê com a mãe real, precisou deliberadamente ignorar o fator externo variável e seguir fazendo investigações enganosas na intimidade do mundo da criança. Afirmo que, ao escolher o segundo caminho, a Sra. Klein envolveu-se numa perigosa denegação dos fatores da realidade externa, sendo forçada a usar massivamente o fator da hereditariedade. O que a desqualificou irremediavelmente quanto ao entendimento da infância.

Para infortúnio da psicanálise, as descrições dos mecanismos primitivos que tentam substituir a consideração da realidade são vagas, ambíguas e não-científicas. Seu sistema de análise e de análise didática se assemelha ao sacramento católico da confissão, com vistas à manutenção e ampliação do poder. O sistema de falsas explicações, controle e submissão em muito se assemelha às estruturas eficazes da propaganda nacional socialista forjada por Goebbels.

Finalizo aqui e agradeço!

(durante o aparte de Melitta, burburinhos na plateia)

Joan Rivière (levantando-se e falando da plateia, dirigindo-se à Melitta): *Joan Rivière, Londres. Sra. Dra. Schmideberg, Melanie Klein produziu, na verdade, algo novo na psicanálise: a saber, uma teoria integrada que leva em consideração todas as manifestações psíquicas, normais e anormais, do nascimento à morte. Infelizmente, a sofisticação de sua teoria e a precisão cirúrgica de suas contribuições técnicas não pode ainda ser compreendida por um certo número de membros desta Sociedade. Para que as ideias da Sra. Klein sejam reconhecidas, em toda a sua grandeza, é necessário um pensamento psicanalítico sagaz e a capacidade de se libertar de preconceitos antiquados. O que parece ser um processo bastante penoso para alguns...*

(Apaga a luz focada no púlpito, Melanie Klein sai, Melitta e Rivière se sentam)

Projeção 6: "Anna Freud, 1950"
(acende o púlpito, com a presença da nova palestrante)

Anna Freud: *Boa noite. Sinto-me extremamente emocionada por ser convidada a proferir algumas palavras neste aniversário de 50 anos da contribuição de meu pai, "A interpretação dos sonhos". Nesta noite, me darei o direito de ser um tanto pessoal e emotiva, a maioria de vocês sabe que, desde muito cedo, passei a fazer parte do mundo da psicanálise e isto se deu, justamente, através do mágico portal dos sonhos. Quando tinha apenas 19 meses de vida, tive um sonho que acabou ficando famoso, pois meu pai o usou justamente para ilustrar o seu grande axioma: "o sonho é uma realização de desejo", contido em sua obra magistral de 1900. Eu, após uma indisposição digestiva, havia sido colocada na cama ainda com fome. Nessa noite, aparentemente sonhando, gritei pedindo "morangos" e outras guloseimas. A mente aberta de meu pai fez com que ele, a partir deste episódio, fosse capaz de compreender o funcionamento dos sonhos. O entendimento da vida onírica desvendou mistérios sobre o aparelho psíquico e nos tornou capaz de auxiliarmos aqueles que nos procuram em busca de alívio para seu sofrimento. Os sonhos que nossos pacientes adultos nos trazem ou o conteúdo da brincadeira de uma criança são presentes valiosos que nos são oferecidos.*

Ainda que os simbolismos oníricos e lúdicos sejam instigantes, considero o furor da interpretação um grande erro. Principalmente no que diz respeito à interpretação transferencial. Penso que as intervenções predominantemente baseadas em conteúdos agressivos e invejosos inibem o surgimento de uma possível relação positiva entre o paciente e o analista. Me preocupo com relatos de casos onde a análise e as interpretações parecem ajustadas para que os pacientes sejam comprovações de teorias. Sinto que a Sra. Klein e seu grupo tendem a enxergar em seus pacientes apenas aqueles elementos que sustentam suas concepções.

Erguer o véu do simbolismo dos sonhos e do brinquedo só faz sentido se favorecer o encontro entre o analista e seu paciente. Se não for assim, será apenas uma arma para a tirania intelectual.

Tudo o que vivi poderia ser resumido em apenas uma frase: passei a vida entre crianças. E, posso garantir: as conheço e as reconheço! Agradeço a atenção, me sinto grata pela oportunidade.

Paula Heimann (levantando-se, alterada, falando da plateia): *Paula Heimann, Londres. É bastante lamentável constatar que a Srta.*

Freud e seu grupo queiram transformar a psicanálise profunda em pedagogia, ou em uma terapia da consciência...
Saiba, Srta. Freud, que não existe necessidade de impormos a teoria a nossos pacientes, uma vez que a experiência clínica, constantemente, comprova a veracidade das contribuições da Sr. Klein.

(Paula Heiman senta)

Marie Bonaparte (falando do fundo da plateia, levantando-se e caminhando em direção ao palco, de forma arrogante e um tanto abusada): *Princesa da Grécia, Marie Bonaparte, Paris. Como uma velha amiga, que desfruta da intimidade da psicanálise, há três décadas, sinto-me à vontade para alertar os dois grupos que polarizam a Sociedade Britânica: cuidado, não se distanciem das questões anatômicas, não esqueçam a máxima do nosso mestre 'A anatomia é o destino"! O desejo que povoa os sonhos está subordinado, irremediavelmente, à biologia. Não se enganem!!!*

(apaga o foco no púlpito troca o conferencista, Marie Bonaparte volta para seu lugar)

Projeção 7: "W. Bion, 1963"
(reacende com novo palestrante)

W. Bion: *O ato de sonhar é o fenômeno central do psiquismo, constitui o que é consciente e o que é inconsciente, o manifesto e o latente. O indivíduo incapaz de sonhar não é capaz de separar o dentro e o fora, tampouco distinguir entre realidade psíquica e realidade externa. Desse modo, também não é capaz de dormir nem de acordar. É através da atividade da função alfa que os elementos sensoriais podem ser processados, digeridos, tornando-se elementos alfa, capazes de ser reunidos para produzirem pensamentos.*
O sonho, seja durante a vigília ou durante o sono, não é uma deformação de elementos latentes reprimidos; sua configuração em imagens visuais é o primeiro processo de sintetização das impressões sensoriais. É "olhando" para essa organização que se poderá atribuir palavras àquilo que se vê pela primeira vez. O cerne do sonho não é o conteúdo manifesto, mas a experiência emocional.
A função alfa e o sonhar são condições sem as quais qualquer proces-

so criativo está impossibilitado de ocorrer. Sob esta ótica, os poderes da censura e da resistência são essenciais para a diferenciação do consciente e do inconsciente e ajudam a manter a discriminação entre os dois e a própria capacidade imaginativa.
Na ausência da função alfa, o indivíduo deixa de ser um sonhador e se depara com uma tela de elementos beta que, por sua vez, só se prestam a ser evacuados por meio de identificações projetivas.
Muito obrigada pela atenção. Boa noite.

Marion Milner (levanta-se, falando da plateia): *Marion Milner, Londres. Peço a palavra para parabenizar o Dr. Bion. Particularmente, me interesso por sua proposição de que o sonhar não é um trabalho de deformação a serviço da repressão. É sempre válido lembrar que o sonhar é obra do mesmo poeta que cria constantemente o mundo externo, descobrindo algo de familiar naquilo que não é familiar.*

M. Balint: *Dr. Michael Balint, Budapeste-Londres. Eu gostaria de ressaltar o valor da contribuição do Dr. Bion, quando nos refere: "o cerne do sonho é a experiência emocional". Minha questão é a seguinte: em meus estudos, tenho me dedicado a três níveis do psiquismo humano, o nível da criação, o nível da falha básica e o nível do conflito edípico; o Sr. vê possíveis relações entre estes estados e diferentes tipos de sonhos? Desde sonhos primitivos de sensações até sonhos sofisticados que envolveriam realizações de desejos?*

(apaga a luz do púlpito, sai Bion, Balint e Milner se sentam)

Projeção 8: "M. Little, 1969"
(entra Margareth Little, reacende a luz do púlpito)

M. Little: *Agradeço o convite. Hoje, tenho como objetivo desenvolver um pouco de minhas ideias sobre a 'psicose de transferência' e como ela pode se expressar nos sonhos. Pretendo refletir, também, sobre as dificuldades que poderão ser encontradas pelo analista, em termos de interpretação destes sonhos. Dificuldades, a meu ver, relacionadas, inclusive, com a incapacidade de alguns terapeutas em reconhecer a gravidade da doença de seu paciente.*
Quem me conhece sabe como é difícil eu apresentar minhas contribuições sem que me inclua pessoalmente como exemplo. Vou trazer algu-

mas reflexões, a partir da experiência com minha segunda analista. O quadro global da minha análise com a Srta. Sharpe era o de luta constante entre nós, ela insistindo em achar que o que eu dizia era devido a um conflito intrapsíquico relacionado com a sexualidade infantil, e eu tentando dizer-lhe que meus problemas reais eram questões de existência e identidade. Eu não sabia quem eu era; a sexualidade era totalmente irrelevante e sem sentido, a menos que a existência e a sobrevivência pudessem ser tidas como certas, e a identidade pessoal pudesse ser restabelecida.
Assim, como um sonho pode ser revelador do inconsciente de um paciente, é incontestável que a má interpretação de um sonho será reveladora das incapacidades de um analista. Os meus sonhos, naquela época de luta, confusão e fragmentação foram interpretados como fantasias de coito violento com o meu pai e desejo de destruir minha mãe.
Parecia muito difícil para a minha analista entender que o que eu mais temia era não ser alguém e me tornar a cópia vulgar de minha mãe ou da própria Srta. Sharpe. Não havia ali nenhum desejo envolvido, apenas medo diante de um risco real.
Obrigada pela presença de todos vocês!

Masud Khan (levanta-se, falando da plateia): *É sempre muito bom ouvi-la. Muitas de suas contribuições sobre transferência e suas advertências quanto às dificuldades do analista em reconhecer o sofrimento de seu paciente - o que talvez revele a gravidade da doença do próprio analista - são temas que me inspiram...*

Hannah Segal (levantando-se e falando da plateia, bastante impaciente): *Dr. Khan, apresente-se. O Sr. ainda não conseguiu internalizar o protocolo? É simples: seu nome completo, local de origem!*

Masud Khan: *Ah, sim, obrigada Dra. Hanna Segal. Desculpem-me. Príncipe Masud Khan, Jhelum – Londres.*

(Hanna Segal se senta)

Masud Khan segue falando: *Gostaria apenas de lançar uma questão para desenvolvimentos futuros: seria possível também falarmos em Perversão de Transferência? Pensando a perversão não como o fra-*

Através dos sonhos: um roteiro para teatro

casso da repressão, mas como um processo de alienação de alguém que não pode se tornar verdadeiramente desejante. E, por fim, pergunto: afinal, do que são feitos os sonhos daqueles que não desejam? Obrigado!

(apaga a luz do púlpito, Margareth Little se retira e Khan se senta)

Projeção 9: "D. Winnicott, 1970"
(entra Dr. Winnicott, reacende luz)

D. W. Winnicott: *Boa noite, agradeço a presença de todos. Peço desculpas pelo incômodo que posso causar ao fazer uma comunicação, usando as minhas próprias palavras, não saberia fazer diferente...*
Brevemente, o que penso sobre o sonhar: Parece-me muito perigoso que o analista sagaz, ao ouvir um sonho - no qual, o sonhador, olha para a lua e se enamora por seu brilho - tenha a expectativa de que seu paciente se conforme com uma interpretação qualquer. Criada, talvez, na própria imaginação do analista; associando, por exemplo: a lua do sonhador com o bico de um seio.
Como psicanalistas, precisamos guardar nossa capacidade de simbolização e nossos conhecimentos sobre motivações sexuais para nós mesmos. Já seria motivo de grande contentamento, testemunharmos o nosso paciente sendo capaz de se apaixonar pela lua e sonhar com o luar.
Diante do relato de um sonho, é esperado que sejamos vivazes o suficientes para irmos ao encontro daquilo que proponho chamar: Gesto Espontâneo.

Dra. Verônica Viegas (levanta-se e fala da plateia): *Sou a Dra. Verônica Viegas, venho da América Latina. O sonhar é algo íntimo, delicado e, ao mesmo tempo, poderoso... Ao estudar psicanálise, ao ouvir a voz dos grandes gênios, vemos muitas complementariedades, mas, muitas discordâncias... são tantas vozes, tantos idiomas que, paradoxalmente, por vezes, nos sentimos sozinhos. Sozinhos, diante de nossos pacientes.*
Desculpe-me, mas, mais do que uma pergunta, este é um desabafo, uma inquietação...

D. W. Winnicott: *Dra Viegas, a psicanálise é uma ciência em luta,*

215

pulsante e viva. Tive minhas lealdades iniciais a Freud, Melanie Klein e outros, mas, por fim, a lealdade acaba se voltando para nós mesmos, e isso deve acontecer com a maioria de meus colegas. Entendo sua apreensão... Certamente haverá fracassos, e isso também é algo a que teremos que sobreviver, a fim de desfrutarmos de êxitos.

Dra. Viegas: *Muito obrigada, Dr. Winnicott.*

Toca uma campainha, Verônica olha na direção do "consultório", lentamente a luz do púlpito vai diminuindo e, a do "consultório", acendendo.

Dra. Viegas: *Com licença,* (emocionada e preocupada em retornar) *Muito obrigada a todos, preciso retornar...*

Ela vai se encaminhando para o consultório, faz menção de abrir a porta, apagam-se as luzes totalmente, ao mesmo tempo, inicia a música bem baixo.

Ouve-se a voz da Dra. Viegas: *Bom dia.*

(aumenta o som da música)

FIM

12   O que a arte tem a falar sobre isto?

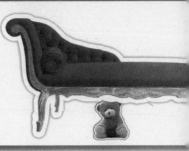

A subjetividade é um conceito relativo a um momento histórico; surgiu em período específico, no qual movimentos sócio-familiares, econômicos, científicos e culturais apontavam para uma mesma direção. Nasciam e se impunham como imperativos as noções de privacidade, de interioridade, de individualidade, de valorização do conhecimento e de naturalismo.

Este conjunto de conquistas, que iniciou com a Renascença, abasteceu-se com o Iluminismo e culminou no Romantismo, veio forjar um novo tempo. O mundo sofria mudanças de dimensões incalculáveis, com repercussões estridentes e silenciosas, inegavelmente profundas. A chegada da Modernidade transformou o mundo objetivo e inaugurou o subjetivo.

O senso de subjetividade é contemporâneo à noção de arte como representação da natureza, distanciando-se de suas funções de comunicação e de reverência mítica e religiosa. Para alguns autores a própria arte se inaugurava. Estas manifestações artísticas refletiam e, ao mesmo tempo, antecipavam profundas alterações no espírito humano.

Com o desenvolvimento científico e disseminação de melhores recursos técnicos, as tintas e demais materiais de pintura evoluíram, favorecendo a maior delimitação das imagens. O dentro e o fora ficaram mais definidos e o rosto humano, fidedigno. A aquisição da tridimensionalidade na Renascença colocou as figuras centrais circundadas por um entorno realista. A relação humana com sua interioridade, com a alteridade e com o mundo circundante ingressava numa nova era.

Falar nas conquistas advindas da Renascença, do Iluminismo e do Romantismo é traçar o perfil do homem da modernidade. O homem subjetivo.

Neste cenário, onde o privado se impunha ao público, o individual, ao coletivo e onde a tridimensionalidade e a capacidade de representação passavam a apontar o caminho para o "senso de ser", surgia a psicanálise. E apenas neste momento e neste ambiente, onde o conceito de subjetividade se revestia de sentido, poderia ter surgido.

No entanto, coube, mais uma vez, à arte, que vivera na Renascença e no Neoclassicismo seu ápice do domínio de representação da natureza, antecipar os novos movimentos do espírito humano. A partir da conquista da capacidade de imitar a realidade objetiva, em consonância com a construção da subjetividade, restava à arte a desconstrução.

O próprio Romantismo, considerado, ao lado da Renascença e do Iluminismo, um dos pilares da Modernidade, trazia em si os elementos que viriam ajudar a desestabilizar o projeto moderno. Para o Romantismo, a busca de ordenação e racionalização comuns à Modernidade se afastava da essência do humano, que se manifesta nos limites borrados e na complexidade desconfortante.

Em conformidade com novos sinais de inquietação, as artes plásticas, passavam a ser visuais, abrindo espaços para manifestações diversas, aceitando as idiossincrasias dos autores, respeitando as percepções individuais e as emoções particulares. O dentro e o fora, o íntimo e o explícito não mais se constituíam nos contrastes, mas nas misturas. A própria noção de representação na arte é colocada em xeque.

Não é demérito algum à psicanálise estar alguns passos atrás dos movimentos artísticos, no entanto, seria elogiável se buscasse partilhar do dinamismo do espírito humano, e nada mais humano do que a arte.

Se a subjetividade, grande conquista da era moderna e sustentáculo da teoria psicanalítica, é um conceito histórico, claramente inserido num determinado tempo (e lugar), não se pode desconsiderar que este conceito é suscetível às transformações históricas. Como suscetível e flexível deve ser a própria psicanálise.

A arte contemporânea é indefinível, e, *"ironicamente, podemos ver aí sua definição. Vivemos num mundo em fluxo constante. Tudo é completamente novo e inquietante, e a arte tem propensão natural a refletir essa situação [...] A arte da atualidade perdeu temporaria-*

mente o rumo, indo ao encontro do desconhecido e do incerto" (BECKET, 1997, p. 331).

Esta indefinição é assustadora, acima de tudo, por expor as indefinições do próprio homem contemporâneo.

O hibridismo, o caos, a precariedade das fronteiras, a aceitação da obscuridade, o monismo, a continuidade anterior à contiguidade, a imensidão, a inacessibilidade à essência da natureza humana e à sua própria universalidade, o convite para que se abra mão da dualidade organizadora e asséptica não são, por acaso, características do Romantismo que se aproximam do próprio pensamento de Ferenczi e Winnicott? O Romantismo, um dos sustentáculos da Modernidade, dialeticamente, é-lhe uma ameaça. Não seriam as contribuições de Ferenczi e Winnicott, partes indissolúveis da história da psicanálise, também percebidas como ameaças contra uma tradição que, na luta por se impor, tornou-se rígida e amedrontada?

A clínica psicanalítica hoje está em contato com complexidades inegáveis e grandes desafios. As noções de subjetividade e representação psíquica estão sendo constantemente confrontadas. No caleidoscópio das infinitas identidades e possibilidades de relações, as antigas referências, muitas vezes, não auxiliam, nem mais confortam ou protegem. O mundo hodierno é repleto de possibilidades, assustadoras, sem dúvida, porém, provocadoras e estimulantes. Nada mais é simples, asséptico e compartimentalizado, a contemporaneidade é híbrida, ilimitada e rica.

Assim como o espírito humano não cabe mais nos traçados e contrastes definidos de uma arte renascentista ou neoclássica, não se ajusta mais aos recursos de uma psicanálise tradicional herdeira de um mundo moderno. Estamos em expansão.

Referências Bibliográficas

ARMONY, N. 2018. *O homem transicional: subjetividades em transformação*. Terra de Areia, Triângulo.
BECKETT, W. 1997. *História da Pintura*. São Paulo, Ática.
BOKANOWSKI, T. 2000. *Sándor Ferenczi - Psicanalistas de hoje*. São Paulo, Via Lettera.
DIAS, E. O. *A teoria do amadurecimento de D. W. Winnicott*. Rio de Janeiro, Imago, 2003.
FÉDIDA, P. 1988. *Clínica psicanalítica*. São Paulo, Escuta.
FERENCZI, S. 1908-1933: *Obras Completas*. Volumes I, II, III e IV. São Paulo, Martins Fontes, 1992.
_____1932. *Diário Clínico*. São Paulo, Martins Fontes, 1990.
FERENCZI, S. e FREUD, S. 1908-1914. *Correspondência*. Rio de Janeiro, Imago, 1994.
FIGUEIREDO, L. C. 2002. *A invenção do psicológico*. São Paulo, Escuta.
FREUD, S. 1896. A etiologia da histeria. In: Freud, S. *Edição Standard Brasileira das obras psicológicas completas de Sigmund Freud*. v. III. Rio de Janeiro, Imago, 1976.
_____1905. Meus pontos de vista sobre o papel desempenhado pela sexualidade na etiologia das neuroses. v. VII. Rio de Janeiro, Imago, 1976.
_____1906. Delírios e sonhos na *Gradiva* de Jensen. v. IX. Rio de Janeiro, Imago, 1976.

Referências Bibliográficas

_____1914. A história do movimento psicanalítico. v. XIV. Rio de Janeiro, Imago, 1976.

_____1920. Além do princípio do prazer. v. XVIII. Rio de Janeiro, Imago, 1976.

_____1924-25. Um estudo auto-biográfico. v. XX. Rio de Janeiro, Imago, 1976.

_____ 1933. Obituário de Sándor Ferenczi. v. XXII. Rio de Janeiro, Imago, 1976.

GOETHE, J. W. 1806-1832. *Fausto*. São Paulo, Cosac & Naify, 2001.

GUERRA, V. 2008. *Violência de pais contra filhos: a tragédia revisitada*. São Paulo, Cortez.

GUINSBURG, J. 2002. *O Romantismo*. São Paulo, Perspectiva.

HONIGSZTEJN, H. 2014. *A psicologia da criação*. Curitiba, Maresfield Gardens.

IBSEN, H. 1882. *Um inimigo do povo*. Porto Alegre, L. P. M., 2001.

KAFKA, F. 1912. *A metamorfose*. Porto Alegre: L. P. M, 2001.

KLEIN, M. 1946-1963. *Inveja e gratidão e outros trabalhos*. Rio de Janeiro, Imago, 1985.

LAPLANCHE, J. 1988. *Teoria da sedução generalizada*. Porto Alegre, Artes Médicas.

LISPECTOR, C. 1964. *A paixão segundo G. H*. Rio de Janeiro: Rocco, 1998.

LITTLE, M. 1990. *Ansiedades psicóticas e prevenção*. Rio de Janeiro, Imago, 1992.

MALCOLM, J. 1983: *Nos arquivos de Freud*. Rio de Janeiro, Record.

MASSON, J. M. 1984. *Atentado à verdade - a supressão da teoria da sedução por Freud*. Rio de Janeiro, José Olympio.

MASSON, J. M. (org) 1986: *A correspondência completa de Sigmund Freud para Wilhelm Fliess* 1887-1904. Rio de Janeiro, Imago.

MAUTNER, A.V. 1995. Uma brisa que vem de dentro. *Revista Ide*. n. 25, p. 124.

MELLO, J. e MELGAÇO, A. 1995. *Winnicott: 24 anos depois*. Rio de Janeiro, Revinter.

MOURA, L. 2004. A sobrevivência marginal do conceito de trauma.

Revista do Cep de P. A., v.11, p.55.

MOURA, L. 2013, 10 de agosto. A infância está sempre em risco. *Zero Hora – Caderno de Cultura.*

OGDEN, T. 2000. Lendo Winnicott. *Revista Brasileira de Psicanálise.* n. 36, v. 4.

OUTEIRAL, J. (org.) 2013. *Amadurecer – ensaios sobre o envelhecimento –* Curitiba, Maresfield Gardens.

RANKE, HEINEMANN. 1996. *Eunucos pelo reino de Deus.* Rio de Janeiro, Rosa dos Tempos.

ROBERTS, J. M. 2001. *História do mundo.* Rio de Janeiro, Ediouro.

RODMANN, R. (org.) 1987. *O gesto espontâneo D. W. Winnicott.* São Paulo, Martins Fontes, 1990.

TOLEDO, R. P. 2007, 7 de março. África, Feitiçaria e Maioridade Penal. *Revista Veja*, p. 122.

SARAIVA, J. B. 2008. *Adolescentes privados de liberdade.* São Paulo, Cortez.

WINNICOTT, D. W. 1958. *Da pediatria à psicanálise.* Rio de Janeiro, Francisco Alves, 1993.

_____ 1965. *O ambiente e os processos de maturação.* Porto Alegre, Artes Médicas, 1990.

_____ 1971. *O brincar e a realidade.* Rio de Janeiro, Imago, 1975.

_____ 1989. *Explorações Psicanalíticas D. W. Winnicott.* Porto Alegre, Artes Médicas, 1994.

_____ 1984. *Privação e delinquência.* São Paulo, Martins Fontes, 2012.

YALOM, I. 2002. *Quando Nietzsche chorou.* Rio de Janeiro, Ediouro.

Produção Editorial

Adriana May Mendonça - Psicóloga, Psicanalista, Membro Efetivo do CEP de PA, Coordenadora dos Seminários do Instituto Cyro Martins, Membro dos Seminários Winnicott – POA, Membro fundador e da Comissão Editorial da Rabisco – Revista de Psicanálise, Membro da Diretoria da FLAPPSIP – Federação Latinoamericana de Associações de Psicoterapia Psicanalítica e Psicanálise (gestões 2015-2017 e 2017-2019). Coautora, organizadora e tradutora de livros psicanalíticos. Vencedora do Prêmio "Argentino S. Lineado". Asociación Psicoanalítica Argentina - APA - Buenos Aires (1999)
adriana.may.mendonça@hotmail.com

Denise Martinez Souza - Psicóloga, Psicanalista, Membro Pleno, Coordenadora de Seminários e Supervisora do CEP de PA (Centro de Estudos Psicanalíticos de Porto Alegre), Coordenadora de Seminários no Instituto Cyro Martins, Membro dos Seminários Winnicott – POA, Membro fundador e da Comissão Editorial da Rabisco – Revista de Psicanálise, Past President da FLAPPSIP – Federação Latinoamericana de Associações de Psicoterapia Psicanalítica e Psicanálise. Coautora organizadora e tradutora de livros psicanalíticos.
denisemtzsouza@gmail.com

Marcia Zart - Psicóloga, Especialista em Psicoterapia Psicanalítica e Clínica de Adultos; Integrante dos Seminários Winnicott Porto Alegre; Membro fundador e do Editorial da Rabisco – Revista de Psicanálise; Coautora, organizadora e tradutora de livros psicanalíticos. Recebeu o prêmio de melhor trabalho teórico-clínico apresentado no XXI Encuentro Latino-americano sobre o Pensamento de D. Winnicott, realizado na Asociación Psicanalítica Argentina (APA) em Buenos Aires/ Argentina (2012).
//marciazart.wordpress.com/
www.zart.com.br/marcia
marcia@zart.com.br

ANOTAÇÕES

ANOTAÇÕES

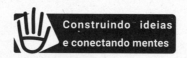

Este livro foi composto com tipografia Bembo e impresso em Pólen Natural 80g. em fevereiro de 2025.